格非
中短篇小说精品

时间的
炼金术

格非 著

图书在版编目(CIP)数据

时间的炼金术 / 格非著. -- 杭州：浙江文艺出版社, 2025. 8. -- ISBN 978-7-5339-8018-4
Ⅰ. I247.7
中国国家版本馆 CIP 数据核字第 202544U4W2 号

策划统筹	曹元勇
责任编辑	易肖奇
校　　对	李子涵
营销编辑	耿德加　胡凤凡
责任印制	吴春娟　睢静静
装帧设计	金　泉
数字编辑	姜梦冉　诸婧琦

时间的炼金术
格非　著

出版发行	浙江文艺出版社
地　　址	杭州市环城北路 177 号
邮　　编	310003
电　　话	0571-85176953(总编办)
	0571-85152727(市场部)
印　　刷	上海盛通时代印刷有限公司
开　　本	850 毫米×1194 毫米　1/32
字　　数	170 千字
印　　张	8.875
插　　页	4
版　　次	2025 年 8 月第 1 版
印　　次	2025 年 8 月第 1 次印刷
书　　号	ISBN 978-7-5339-8018-4
定　　价	66.00 元(精装)

版权所有　侵权必究

目录

001　相遇
046　初恋
053　凉州词
064　去罕达之路
074　紫竹院的约会
083　镶嵌
119　半夜鸡叫
158　时间的炼金术
208　谜语
217　窗前
227　喜悦无限
252　解决
260　月亮花
267　沉默

相　　遇

在遥远的过去,布达拉宫的大祭司曾经做过这样一个预言:一九〇四年,也就是藏历的木龙年,西藏将会出现一场巨大的灾难。祭司曾在不同的场合详细地描述了这场灾难的性质,但没有指明它将来自何处。

一九〇三年的初夏,随着一支由英国人、印度的锡克人和廓尔喀人混编而成的入藏远征军沿着蒂斯塔河谷悄悄潜入甘宗坝,情势终于渐渐地明朗了。

1

由弗朗西斯科·荣赫鹏上校率领的这支远征军在抵达甘宗坝之前,除了高原反应和瓢泼大雨所造成的行军困难之外,他们没有遇到其他的障碍。辽阔而岑寂的高原似乎在熟睡之中,传说中由牧羊人组成的藏族军队依然杳无踪迹。

无论从哪个方面来看,荣赫鹏上校都是一个真正意义上的冒险家。他从桑德赫斯特指挥学院毕业后,在印度的密拉特以及克什米尔地区开始了他的军旅生涯。一八八六年秋天,他只身潜入中国腹地,足迹遍布东北平原、蒙古、新疆和昆仑山区。在荣赫鹏上校看来,他最终被任命为英国远征军的最高军事长官,完全是因为自己卓越的军事天才和丰富的山区经验。这一看法和印度的寇松总督的初衷大相径庭。当总督第一次见到荣赫鹏的时候,这位年轻军官的任性、鲁莽、急躁、不顾后果的性情就给他留下了深刻的印象。在西藏那样一个神秘的地区作战,荣赫鹏无疑是指挥官最合适的人选。

远征军在甘宗坝的营地屯扎在平原上的一条黝黑发亮的小溪旁。从这里可以俯瞰整个塔尔甘河谷,而耸立在远处的埃弗勒斯山峰似乎近在咫尺,银灰色的峰峦积雪叠嶂,闪烁着耀眼的光芒。

六月的初夏,正是这一带气候宜人、花卉盛开的时节。荣赫鹏上校坐在营帐中的一个树桩上,满面忧郁地和布雷瑟顿少校下着他们刚刚学会的厄尔鲁特棋。布雷瑟顿少校显得心不在焉。他不时转过身朝那片寂静的山谷张望,这种意味深长的窥望仿佛引动了荣赫鹏上校心中积存已久的焦虑。

部队在进入甘宗坝之后,就陷入了遥远无期的等待之中。寇松总督在最近的一封来信中暗示他,英国国会对于远征军是否应在近期内占领春丕、攻取江孜、向拉萨进军感到犹豫不决。这种犹豫和延宕是软弱无力和装腔作势的混合物,荣赫鹏上校担心,它会在战略上使英国军队处于不利地位,为西藏人大量集结军队争取时间。寇松总督在信的末尾告诫他,在中国以及西藏的谈判代表到达甘宗坝之前,他没有任何理由轻举妄动。

塔尔甘河在山谷中静静地流淌。越过一片低矮的灌木丛和长势不好的青稞地,荣赫鹏上校可以看见三三两两的英国士兵在河谷中模糊不清的身影。他们日复一日地在那里逡巡,采集化石、植物、蝴蝶和昆虫的标本。山谷里到处都是毛茛属植物和一簇簇杜鹃花,远远看上去,那些密密的花朵就像燃烧的煤块一样通红、灿烂。高原的风在山野里横吹着,除了溪流嚯嚯流淌的水声之外,四周笼罩着一种懒洋洋的寂静。

晌午时分,一个传教士模样的人骑着一匹西藏本地的矮种马,沿着河谷边缘的那条狭窄的小路,朝营地的方向慢慢走来。

这个人的到来使荣赫鹏和少校之间那盘索然无味的棋总算可以告一个段落了。上校很不耐烦地将一枚棋子扔进棋盘,同时站起身来。

"你瞧,有人朝这边走过来了。"

"看上去是一个牧师。"布雷瑟顿说。

"就是几天前我们遇到过的那个苏格兰人。"

布雷瑟顿少校没有吱声。他的双眼满含忧虑,心事重重地看着旷野里教士的身影,仿佛教士的造访带来了某种神秘的危险。

布雷瑟顿是荣赫鹏上校青年时代的密友,荣赫鹏受命进入西藏的前夕,将他从遥远的加德满都调到自己的军团中,让他负责后勤和运输。布雷瑟顿生性耿直、忠于职守,是一位称职的军需官,但正如荣赫鹏上校后来认识到的那样,西藏这样一个地域,并非每个人都适合在这里生存,布雷瑟顿进入西藏的第一天就感到极度恐惧,连续不断的痢疾的折磨很快就使他形销骨立,喇嘛教寺庙的诵经之声总使他感到不安,他一连几次用一种可怕的语调对他的伙伴和保护人这样说道:"我们也许永远到不了拉萨。"

在上午十点至午后一点之间,共有三个人先后造访了荣赫鹏上校的营地指挥所,他们分别是:苏格兰传教士约翰·纽曼、扎什伦布寺的大住持和中国驻藏官员何文钦。

在临近午餐的这段时间里同时会见三个人是不可能的。荣赫鹏上校凭着自己的直觉与兴趣,不假思索地选择了中间的一位(即扎什伦布寺的住持)加以接见,而将另外两位悬搁在营帐外的荞麦地里。

扎什伦布寺的大住持在营帐中一露面,就给荣赫鹏上校留下了难忘的印象,他身材清瘦,满脸皱纹,猩红的长袍空空荡荡。大住持显然不是作为官方的谈判代表而是以私人劝说者的面目出现的。他彬彬有礼的举止和宽厚的外表与僧侣的身份极为相称,令荣赫鹏上校感到吃惊的是,这位身处城堡迷宫的喇嘛精通汉话和英语。

他们最初的谈话巧妙地绕开了侵略、占领等一系列敏感的字眼。由此可见,大住持对时下流行的外交策略并非一无所知，他们从宗教习俗、医学谈到巫术和神迹，最后在哲学上发生了严重的分歧。

荣赫鹏上校早年粗涉过斯宾诺莎和莱布尼茨的著作，因此，他有足够的哲学常识和喇嘛进行周旋。

在他们不到两个小时的谈话中，双方为地球是否是圆的这样一个问题颇费了一些口舌。不管怎么说，这次会见毕竟还是令人愉快的，尤其是大住持的许多荒诞而古怪的言论和见解在荣赫鹏的记忆中不知不觉地扎下根来。

在营地外的荞麦地里，中国驻藏官员何文钦与苏格兰传教士的见面则多少显得有些不尴不尬。

何文钦肩负着大清帝国的使命千里迢迢来见荣赫鹏，而后者则莫名其妙地将其拒之门外，让他和一名传教士待在一起。从何文钦和约翰·纽曼见面时的情形来看，两人以前不仅见过面，而且还相当熟悉。另外，也许还存在着一些鲜为人知的过节。

传教士满面笑容地走向何文钦，伸开双臂做出一副想要拥抱他的样子。何文钦却在荞麦地里连连后退。

许多英国军官在营帐外不明所以地目睹了一切，没有人知道这两个人在开阔的荞麦地里究竟谈了些什么。传教士似乎对何文钦先生身上穿着的丝绸长袍颇感兴趣，当他终于靠近何文钦之后，便立即掀起长袍的一角，用手指捻了捻。这一过于亲昵的举动，无论在中国还是英国的传统礼节中，都是有失检点的。

2

大住持从荣赫鹏上校的营帐内出来,正是阳光普照的午后。他没有立即返回坐落在日喀则的扎什伦布寺,而是走在了另外一条路上。由于长年经受高原冷风的抽打和强烈的日晒,他的脸庞干枯得像一张羊皮。

当他的马缓缓跑下塔尔甘河谷,大住持看见了苏格兰传教士沿着河床踽踽独行的身影。原先和他待在一起的那位中国官员此刻已经消失不见。

约翰·纽曼来到甘宗坝并非为了会见荣赫鹏,他的真正意图在于等待何文钦先生。荣赫鹏上校拒绝会见一切来自中国的谈判代表,使这位清朝官员黯然神伤。他几乎是灰溜溜地离开了甘宗坝,独自一人返回苍南的中国村。

传教士的马走得很慢,大住持不一会儿就撵上了他。两个人之间始终保持着一段距离,沿着棕红色的河谷,在炽烈的光线下走成了单行。

夏季的风越过山脊,朝这边吹过来,裹挟着一股冰雪的凉意。鹊鸭和雪鸽在树篱间啁啾,瀑布的泻水在附近的一个山涧中发出单调而遥远的喧响。

也许是为了排解眼前的这种慵懒的寂寞,大住持试探性地和传教士开始了交谈,在不着边际的闲聊中,大住持一直紧锁眉头,心事重重。

荣赫鹏上校是一个很难对付的人。尽管他对藏传佛教并不反感(甚至还略带谨慎的好奇心),但他的傲慢和冷漠使人难以接近。大住持不仅没有刺探出任何有用的情报,甚至,原先计划中劝阻英国人向拉萨挺进的建议始终没有机会向上校提出来。看来,有些话并非想说就能说出口。另外,来自拉萨方面的判断与事实大有出入,英国人似乎已经做好了深入西藏腹地的所有准备,他们占领圣地拉萨只不过是个时间问题。

日暮时分,一座红白相间的巍峨城堡出现在视线之中,大住持拽住了马头。出于告别时必要的礼节,大住持向苏格兰传教士发出了同宿城堡的邀请(纯属客套),约翰·纽曼心里想的是婉言谢绝,而口头上却立即应承下来——这说明,要约束住自己的言行是多么的不易。

这样一来,这件事至少导致了两个后果:从长远的时间来看,它引发了后来的一系列变故,而在眼下,基督教传教士和西藏大喇嘛即将同宿一处,使两个人都感到心情紧张。

这座东方式的城堡建造在平原上的一个山包上。它是一座杂乱无章的六层楼建筑。城堡的前后各有一个院落,院落外的场地上拴着七八匹藏种马,一排排渡鸦栖息在檐墙上,它们喊喊喳喳地叫唤着。城堡左侧不远处的一片山坳里,有一幢尼姑庵。一些尼姑排着队到河边去汲水。

在过去的几年中,约翰·纽曼从未获准进入真正意义上的藏式城堡,因此,他想好好利用一下今天的这个机会。黑夜来临的时候,他们在膳房匆匆吃过一些糌粑和青稞酒之后,传教士便向大住持提出了参观城堡的要求。大住持略略思索了一下,便点头同意了。很快,一位年幼的仆童给他们拿来了一盏酥油灯。

顺着石砌的台阶朝上走,这座晦暗幽冥的建筑迷宫便依次呈现在传教士的眼前。在这座城堡的第二层,约翰·纽曼看到了一座巨大的旧式武器的仓库。房间和过道里堆满了干草、黑色的火药、生锈的头盔、盾牌、胸铠和火绳枪。这些物品作为旧时代的遗迹,多已废弃不用,上面覆盖着一层厚厚的灰土,而镶嵌在壁龛里的一排排转经筒由于不时受到人手的触摸,却显得熠熠发亮。

月光从墙洞的雉堞中照射进来,将大住持的脸衬得蓝幽幽的。这种光亮使约翰·纽曼周身掠过一阵冰凉的寒气。

约翰·纽曼似乎感觉到,在这种情形之下,争执两种宗教的优劣是极为不利的(在过去,他把和喇嘛之间的这类争执看成是自己神圣职责的一个部分)。但是,既然大住持已经挑起了话头,他出于礼貌,也只能勉强地加以必要的答复、论辩和修正。

"其实,我们从来就没有认为你们的基督教存在着什么缺陷。"大住持带领传教士来到五楼的一间藏经室之后,这样说道,"事实上,我们并没有派人去苏格兰或者伦敦传教。所有的宗教都具有相似的性质,却产生出迥然不同的习俗。比如,你们总是用'肮脏'一词来形容藏人的仪表,的确,我们平时很少洗澡,和你们西方人坐在澡盆里扑打水花的方式不同的是,西藏人习惯于在洁净的风中沐浴。这就好比给人治病,汉族人用的方法是捏一捏病人的手腕,你们是用一只铁皮圆块在病人的胸部滑来滑去,而在西藏,一个人是否有病,要根据他在一只木桶里小便的声音来确定……"

"你说得不错,"传教士附和道,"不过,有一个问题我始终不明白,你们信仰佛陀,但如何知道佛陀的确存在,存在于何处,又以怎样的方式了解尘世的苦难呢?"

"在基督教里,你们凭什么知道耶稣的存在?"大住持反问道。

"依靠神迹。"约翰·纽曼答道。

"什么神迹?"

"比方说,按照《圣经》里的记载,先知将一条爬行的蛇变成一条僵硬的拐杖……"

"这只不过是一种魔术而已,"大住持打断了他的话,温和地笑了笑,"在克什米尔、印度和西藏,很多流浪艺人都精通这一技艺……"

约翰·纽曼的脸由于羞耻和激怒而变红了,他正想进行严厉的驳斥,扎什伦布寺的大住持拍了拍他的肩膀,用一种神秘的语调悄悄地对他说:"你跟我来,我给你看一样东西。"

在那盏飘忽不定的灯的指引下,约翰·纽曼跟在大住持的身后,朝楼下走去。他们穿过一条又一条被烟炱熏黑的狭长甬道和几间密室,最后来到了城堡后部的一处幽僻的小院之中。

"你看那是什么?"大住持用手指了指院落里一棵树。

"一棵树。"

"你走近它,仔细看看。"大住持将手里的酥油灯递给他。

无论从哪个方面来看,这棵树初见之下和其他的树木并无两样,树冠蓬乱,枝蔓芜杂,沉甸甸的树枝伸到了围墙之外。传教士并不知道它的种属,但是风过叶动的奇异声响使他意识到它的确与众不同。

约翰·纽曼提着灯渐渐地靠近它,很快就被自己看到的情形震慑住了。因为在这棵树的每一个叶片上都有一个轮廓清晰、栩栩如生的佛教人物。树叶苍翠墨绿,有的深一些,有的浅一些。

"你可以用手摸一摸那些叶片。"大住持在黑暗中对他说。约翰·纽曼在仔细地观察了那些泛满露珠的叶片之后,伸手剥下了一块树皮,新皮上再度呈现出一个欢喜佛的佛像。

"这就是胡克神父曾经提到过的那种神树吗?"

大住持点一点头。

约翰·纽曼从一本书中曾经读到,一八八四年,法国人胡克神父在青海塔尔寺的山脚下也曾看到过类似的情景。

"在西藏,这样的树木一共有多少棵?"传教士问道。

"至少有两千棵,"大住持对他说,"除了为数不多的几棵之外,它们大都不为人知。"

"我可以摘下一片叶子带走吗?"

大住持未置可否地笑了笑。

这个夜晚的后半夜,大住持和传教士是在城堡顶端的露天平台上度过的。一面英国国旗在墙垛上哗啦啦地响着,这面旗帜作为英国人曾经占领城堡的标志,使他们的谈话又不知不觉地过渡到英国军队入侵西藏这件事情上来。

"只有一个办法可以阻止英国人进军拉萨。"约翰·纽曼提醒大住持。

"什么办法?"

"绑架荣赫鹏。"

他们在说这番话的时候,实际上已经是第二天的黎明。在拂晓的冷风中,传教士看见尼姑庵中的一些妇女跪在河边的树林中洗涤藏毯,她们用藏话高声谈论着什么,无拘无束的笑声远远地传过来……

3

由于天气原因,英国远征军原定在圣诞节前夕对古鲁—吐纳一线发动进攻的计划不得不推迟到第二年的春天。

一九〇四年一月十六日,荣赫鹏上校的二十三工兵团推进到了古鲁峡谷的前沿,与此同时,规模庞大的藏军已经抢先占领了峡谷上所有的制高点。古鲁峡谷是江孜的门户,而夺取江孜城堡将是英国人进入拉萨的首要目标。

连日来,荣赫鹏上校遇到了进藏以来最大的难题。一方面,恶劣的自然气候使士兵们的缺氧反应日益加剧,肺炎和干咳在军营中肆虐,荣赫鹏担心,这种情形如果再持续两到三周,本来就很薄弱的后勤运输线将无法给士兵提供足够的粮食;另一方面,国会方面依然在敦促荣赫鹏上校竭尽全力设法和西藏人谈判,这不免给人造成一个错觉:筹备两年之久的远征军历经艰险、翻山越岭来到西藏并非为了军事上的征服,而只是外交上的一次小小的尝试。这一点是上校难以忍受的。

一月十七日,荣赫鹏上校决定直接和西藏军的首领进行交涉。如果藏族军队不在五小时之内撤离古鲁峡谷,他将不顾来自国内的阻挠,给那些沉浸在喇嘛教义中扬扬自得的西藏人以及他们的匹夫之勇以必要的教训。

荣赫鹏上校与藏军首领拉萨代本的会谈是在古鲁峡谷的沙地上举行的。他们匍匐在一条藏式卡垫上,通过蹩脚翻译的传述极为艰难地进行了交谈。拉萨代本的固执和自信使荣赫鹏上校大为恼怒。他坚持提出,如果英国人不在近期内撤离到亚东以南的山区,那么"大地会突然开裂""世界将彻底毁灭"。随后,这位爱国心切的代本对即将发生的灾难做了一番冗长的描述。

荣赫鹏显然认为自己的自尊心受到了某种伤害。他将翻译拉到一旁:"告诉那个西藏人,世界是安拉的,大地是帕夏的,天空是喇嘛的,但所有这一切都必须由英国人来统治。"

谈判就这样结束了。

下午两点四十分,荣赫鹏上校和布雷瑟顿少校蜷缩在临时指挥所的营帐内,目送着一支由一百名英国人和三百名印度人组成的突击队进入幽深的峡谷。

上校的想法是这样的:随着英军的马队进入峡谷的深处,那支由火绳枪和原始弓箭武装起来的藏族军队不会无动于衷。一旦他们首先开弓放箭,藏军的侧翼将会遭到马克沁机枪分队的有力攻击。在第一场战事行将展开的前夕,荣赫鹏上校神情肃穆,面容忧郁,站在他身旁的布雷瑟顿少校由于过于激动,身体不住地战栗。他们无法预料接下来将会发生的一切。

十分遗憾的是,西藏人在这件事情上表现出了极大的耐心,他们静静地目睹着英国军队走入峡谷,始终未放一枪一弹。

担任挑衅任务的突击队在峡谷中兀自转悠了一阵,一无所获地按原路又退了回来。荣赫鹏有些沉不住气了,他不假思索地下达了第二道指令:他命令突击队攀上峡谷,"像伦敦警察在特拉法尔加广场驱散示威人群一样将西藏人赶跑"。

黄昏时分,灾难终于发生了。

西藏人在一片混乱之中,乱哄哄地你推我搡。他们既没有得到撤退的命令,也没有听到抵抗的信号。当英国士兵冲上峡谷,要他们缴械的时候,那些藏军一边低声地抱怨着,一边很不情愿地被解除了武装。

来自拉萨的代本被眼下这种令人耻辱的突发事件深深地

激怒了,同时,他感到战争已经将自己冷落在一边。他怒不可遏地大叫了一声,抄起自己的连发手枪朝一名英国士兵的下巴狠狠地敲了一下。

藏军代本和官兵在这场挑战事件中表现出来的善良、克制和忍让使英国的战地记者深受感染。但是,他们已经无法阻止全副武装的英国军队对"那些天真淳朴的牧羊人"进行残忍的杀戮。

当藏军像羊群一样涌下峡谷山坡的时候,他们遭到两挺马克沁机枪和近三百支步枪的扫射。

在猛烈的枪击声中,西藏军队以令人不解的缓慢速度朝树林中散逃。布雷瑟顿少校一连几次提醒荣赫鹏:对于那些手无寸铁的藏军进行盲目的扫射,显然违背了进军西藏的根本宗旨。荣赫鹏上校冷笑了一下,点上了一支雪茄。

"这样一来,战争才像那么回事。"荣赫鹏上校不紧不慢地说,"战争毕竟是战争,而不是中国式的推拿游戏。尸体和鲜血会使士兵们兴奋起来,同时也可以使我们入藏以来沉闷、紧张的神经系统松弛一下。"

过了一会儿,荣赫鹏上校不无遗憾地说:"目前的状况的确很糟,藏军毫无还击之力,如果有必要,我愿意给西藏人配备现代的英式武器,以便两军能够在峡谷外开阔的平原上重新来一次真正的搏杀。"

一月二十日的中午,荣赫鹏上校率领他的英国军团穿过古鲁峡谷,浩浩荡荡地朝江孜进发。

上校骑着一匹高大的印度种马,在缤纷阳光的照耀下昏昏入睡。在行军途中,沿途的冰川河谷、森林沼泽看上去就像油画一样虚假。这一带的风物景观与瑞士山区颇为相像,洁净艳丽、阒寂无声。

来自英国国内的抨击并没破坏荣赫鹏上校赏心悦目的良好心境。对于那场刚刚结束的古鲁之战,议会的评论是意料之中的,他们指责英国军队在古鲁对淳朴的藏民展开了大屠杀。而《笨拙》画报的第一篇文章则以反讽的口吻这样写道:"我们深为遗憾地得知,西藏人在古鲁对我们的士兵发动了突然袭击,其灾难性的后果是,他们严重地损坏了军官们拍摄的风光照片……"

对于弗朗西斯科·荣赫鹏上校来说,现在,只有一件事真正牵动着他的内心。他梦寐以求渴望见到的圣地拉萨就在几百公里之外,除了一百多年前的托马斯·曼宁,他将是进入拉萨的第一个英国人。昨天晚上,他躺在古鲁河畔的营帐内,做了一个意味深长的梦。在梦中他看见一个高大迷人的藏族妇女站立在纳木错湖边,她猩红的头饰和繁复的袍服为一阵清风所吹散,显露出秀美的胴体。

在漫长的行军途中,空气中到处都散发着树木清冽的芳香,藏红花和雪莲开遍了山谷,雪山下苍翠的灌木林和针松像锦缎一般绵延,嘛呢石堆和佛塔随处可见。

与此同时,荣赫鹏上校所无法预料的某种危险也正在悄悄地酝酿之中。在他向江孜进军的同一时刻,一支由一千六百名康巴人组成的藏兵突击队正星夜兼程朝藏南的日喀则汇集。按照扎什伦布寺大住持的秘密指令（它最早源于苏格兰传教士的即兴发明），这支突击部队将悄悄地潜入江孜，以便在未来的某一个时间向英国远征军的指挥中枢——荣赫鹏上校的指挥所发动突袭。

4

　　苏格兰传教士约翰·纽曼离开帕里城堡之后，经过三天的长途跋涉，来到了气候湿润的贡巴拉山区。

　　站在贡巴拉山的山脊上，约翰·纽曼能够看见山下散落的破败的村庄。那些简易的木房歪歪斜斜地搭建在树林中，远远看上去就像一个个坍塌的鸟巢。在村庄东南部的一条小河边，矗立着一幢石砌的院落，仿佛明代风格的仿古建筑，它便是中国驻藏官员何文钦先生的住宅。

　　何文钦居住的这座村落位于江孜以东大约七十里左右的丛林地带。这个名叫苍南的村庄终年少见阳光，但充沛的降雨却使这一带的木莓、樱桃和茶蔗子属植物长势茂盛。

　　十一年前，昔日运河航道上大清帝国的押粮官开始了他半降职半流放的漫漫旅途。他在甘肃的察冈和青海的玉树做了短暂的停留之后，终于在一八九三年秋天抵达西藏。随着时间的推移和地理概念的变化，古城扬州的画舫珠帘在他的记忆中日渐遥远。他像一只急于返回花蕊深处的甲虫,日复一日地等待着皇帝陛下的诏书,渴望重新回到二十四桥迷蒙的月色中去。

何文钦的宅院离苍南的温泉很近。每天中午,他都能看见一些藏族人和外地来的商人与香客去温泉洗澡。那些天性开朗的妇女脸上涂满了油脂和动物的干血,如果不是经过泉水的洗濯,他也许永远也无法发现这些女人天然的秀美。苍南地区的西藏人非常懂得享受,他们深知泉水中的铁质和硫黄对健康的作用,如果泉水不太热,他们就点燃干马粪将石块烧烫,然后将石块投入水中。因此,在何文钦住宅的四周,整天都弥漫着一股股淡淡的粪味。

一天早晨,何文钦在熟睡中被屋外的喧嚷之声惊醒了。站在卧室的西窗下,他看见一个外国人正在温泉附近给藏人表演魔术。家中的女仆告诉他,这个外国人已经在苍南盘桓了数月之久,他会的魔术像石榴的种子一样多。

何文钦吩咐女仆,只要她愿意,她可以随时将这位外国佬请到家中,让他把所有的魔术都表演一遍。

当天傍晚,那位身穿黑色长袍、头戴草编毡帽的外国人跟在女仆的身后来到了何文钦的院子里。这就是驻藏官员何文钦和苏格兰传教士约翰·纽曼的第一次见面。

由于何文钦对基督教一无所知,他在想象中将约翰·纽曼看成是一个流落异乡、靠表演魔术为生的印度香客。这一次,约翰·纽曼随身带来了一些黑色的金属仪器。他耐心、谦卑、一丝不苟的表演很快就赢得了女仆的满心欢喜,但何文钦并未对这些离奇的现象表现出很大的兴趣。最后,约翰·纽曼让何文钦见识了两件珍贵的物品:照相机和高倍显微镜。按照约翰·纽曼的说明,前者可以将人的面目固定在纸上而对人体毫无伤害,后者则可以使地图上的线脉迅速变粗。何文钦摇了摇头,表示他无法相信这种离奇的说法。为此,约翰·纽曼当场做了表演,他伸手从地上捉起一只虱子,将它置于显微镜的镜片之下,当何文钦看到那只虱子在镜片下突然变成一只老鼠的时候,他惊讶得说不出话来。后来,何文钦向传教士坦率地说明了自己在那一瞬间的真实感受:

"我一度以为时间出了问题。"

约翰·纽曼是一个地地道道的中国通。早在几十年前,他就跟随耶稣会传教团在中国的长江流域开始了传教生涯。他曾在古城江宁、扬州一带待过很长的时间。他的这一经历引发了他与何文钦之间永不厌倦的话题。

尽管传教士和何文钦很快就开始了密友般的交往,但是他们之间的往来并非总是令人愉快的。在何文钦看来,约翰·纽曼对他表现出来的过分的热情和亲昵之举(比如拥抱之类)往往使人心慌意乱。尤其是当传教士不断恳请他加入基督教会时,何文钦更是满心不悦。出于初见之下的礼节,他没有一口拒绝。

一九〇三年,随着英国远征军突然侵入中国西南高原,国难当头的危机使何文钦与苏格兰人之间的友谊受到了严重的威胁。

约翰·纽曼骑着他那匹枣红色的藏种马缓缓来到了何文钦先生的住宅前。院子里静悄悄的,一簇青翠的橘树枝挂满了果实,在风中摇荡。院子的矮墙上爬满了藤蔓,一道经幡纯粹作为装饰从天井中斜穿而过。

女仆告诉他,何文钦先生正在午睡,如果没有什么急事的话,可以在书房等候。女仆的语调冷冰冰的,听上去让人很不舒服。约翰·纽曼联想到他在甘宗坝与何文钦不欢而散的会面,一种淡淡的忧郁很快缠上了他。

传教士朝院门走来的时候,何文钦在后院并未睡着,他透过一扇木格子窗和两道飘满流苏的门洞看到了他委顿的身影。不过,他不愿意立刻起床与他见面。

几天前,他遵照驻藏大臣的旨意前往甘宗坝,准备与英国远征军的荣赫鹏上校举行会谈。如果他能够阻止或者延缓英国人向拉萨挺进的步伐,拉萨的驻藏大臣将保证他在一年内回内地供职。可是,甘宗坝之行的结果是令人沮丧的。那位傲慢、自负的上校竟然以他"官阶太低"为由,拒绝与他会面。

自从英国人的军队出现在古鲁河谷的那时起,他曾经屡次写信给驻藏大臣,建议朝廷尽快从青海发兵,以便在英国人进入拉萨之前,在江孜平原和英军展开决战。他的建议立刻遭到了驻藏大臣的严词批驳。这件事从一个侧面引发了何文钦一连串不祥的猜测:古老帝国本身似乎也正在经历着一场前所未有的祸乱,原先驻防在青海、四川的军队纷纷内调便是明证。看来,朝廷对西南边陲的统辖已经名存实亡了。

从某种意义上说,国势的倾颓与个人际遇的乖张是一致的。每当牦牛商队经过苍南,西去印度和锡金,一种不可遏制的思乡之情便油然而生。他时常梦见淮扬城外的舟楫桅顶,幽深的街巷,一夜风雨送来桂子的芳香。清晨醒来的时候,竟然泪流满面。

傍晚,传教士约翰·纽曼像往常一样笑容可掬地来到客厅里。他看见何文钦先生脸色阴郁地站在一幅地图前,正用一支铅笔在地图上圈圈点点。

"你们的人已经占领了江孜。"何文钦对他说道。

"我们的人?"传教士支吾了一声。他感觉到何文钦先生语调冷漠,心事重重。

"他们在古鲁河谷杀死了一千多名西藏人。"何文钦依然背对着他。

"何先生尽可放心,"约翰·纽曼朝他走了过来,"英国人永远也到不了拉萨。"

"为什么?"

约翰·纽曼正要说些什么,一名穆斯林装束的尼泊尔香客走了进来。他的怀里夹着一个青布包裹。

尼泊尔香客将布包递给何文钦,随后一声不吭地躬身退了出去。

"布包里面是什么东西?"传教士问了一句。

何文钦没有回答,他将布包放在桌子上,小心翼翼地打开它。那是一支簇新的德式手枪。

何文钦熟练地将一发子弹嵌入枪膛,然后转动了一下膛肚,将枪口对着约翰·纽曼。

"何先生,这不是在开玩笑吧?"传教士脸上红一阵白一阵,笑容显得有些不太自然了。

何文钦面容沉静,但瞳仁中迸射出一股迷乱的浮光:"如果你们的基督在天有灵,他会在冥冥之中保佑你的。"

随后,他扣动了扳机。

约翰·纽曼双手遮住面部,像是试图挡住眼前耀眼的光线。

"何先生!"他叫道。

何文钦不紧不慢地打了第二枪,仍然是空膛。他失望地看了看这支手枪,叹了口气,随手将它搁在了桌上。

传教士早已大汗淋漓,他脸上的肌肉不住地抖动着,泪水溢出了眼眶。他惊魂未定地站在屋子中间,显得有些不知所措,过了好一阵,他仿佛才从惊惧中回过神来,这位传教士用一种怪声怪气的语调对何文钦喊道:"何先生,我对你的恶作剧一点也不欣赏,一点也不!"

何文钦莞尔一笑,伸手端起了桌上的茶杯。

5

英国远征军在古鲁河谷对藏军的攻击事件很快就传到了藏南的扎什伦布寺。一名转经归来的年轻的喇嘛告诉大住持:"根据江孜牧羊人的报告,英国军队在古鲁河谷杀死了数十名西藏人。"

两天之后,更为详细的消息由一名朝圣者带到了日喀则。在那场残酷的袭击事件之后,江孜一带的牧民一共在碎石遍地的草丛中发现了三百二十一具藏军的尸体(处理这些尸体给江孜地区仅有的两名天葬师带来了空前的难题)。更多的被俘藏军下落不明。

这一消息使扎什伦布寺的大住持极为震惊。虽然大住持在心里对它早有预见,但事情一旦发生,这位一向善于自我克制的大喇嘛还是忍不住潸然泪下。

英国人穿过古鲁河谷、挺进江孜的传闻接踵而至,它迫使大住持将绑架荣赫鹏上校的行动计划大大地提前了。

一千六百名康巴人似乎在一夜之间就汇集到了日喀则,这些人是临时从东南山区的牧羊人中招募来的,他们身材高大,面色茶红,头上戴着盘成箍结的红布帽。

大住持在扎什伦布寺外的一条大路旁接见了他们,并且按照这一带古老的宗教礼仪为他们逐一摸了顶。

按照大住持的命令,这些康巴人组成的突击部队必须在五月三日之前赶到江孜,在五月四日的午夜对英军指挥部所在地发动攻击。进攻一旦得手,他们将挟持荣赫鹏上校进入羊卓雍湖畔的森林中,等待下一道命令。负责指挥这场攻击战的康巴人首领和大住持坐在路旁的沙地上,他们极为详尽地讨论了这一行动计划的种种枝节和补救措施。最后,年轻的康巴人首领向大住持提出了这样一个问题:"可是,我们凭什么来辨认我们要抓的那个人?"

"噢,我差一点忘了。"大住持笑了一下,拍了拍自己的脑门,然后从怀里掏出了一张硬纸片递给他。

这是一张荣赫鹏上校的照片,它是那位苏格兰传教士约翰·纽曼在几个月前送给大住持的。

首领接过照片,吃惊地睁大了眼睛。照片上的这个人面容清瘦,嘴角留着一簇浓密的胡须,肩章、胸徽清晰可见,看上去像真人那样栩栩如生。康巴人的首领朝照片瞥了一眼,立刻将它丢在地上,仿佛它像炭火一样烫手。

"你不用害怕,"大住持温和地对他说,"这既不是纸镜,也不是魔鬼,它是银版相片,这种技术是不久前的一位法国人发明的。"

突击部队是在四月二十五日的拂晓从日喀则出发的。大住持一直将他们送出了两道山口。这时,太阳已经升了起来,一条细如羊肠的山路出现在他们的视线之中。大住持将康巴人的首领带到了路旁的一条湍急的河流边。

"这条山路直通江孜,"大住持神情肃穆地嘱咐他,"一旦你们突袭成功,你就在这条江孜河中放下一根圆木,将你头上的红箍带绑在上边,这样,水流会将你们的吉祥带到我这里。"

康巴人的首领点了点头。

在告别的时候,首领忧虑重重地又想起了一件事,他有些迟疑不决地问道:

"万一失败了怎么办?"

"失败?"

"我是说,万一我们的计划失败了,我们怎样给你发信号呢?"

大住持被这个突如其来的问题怔住了。他想了想,用手拍了拍他的肩膀,回答道:

"你们是不会失败的。"

康巴人的队伍在暖烘烘的阳光下消失之后,大住持没有返回扎什伦布寺,而是在那条河道上的一座木桥上坐了下来。他像一个瑜伽师那样盘腿静坐,始终保持着同一种姿势。

短短几个月来,纷乱的战事使大住持经历了一生中最不平常的一段时光。他独自决定对江孜的袭击计划,并没有向拉萨方面做出禀报,他担心,他的禀报会在拉萨引起不必要的争议,从而会使这一本来就十分脆弱的行动计划流产。即使拉萨方面批准这一计划,消息也将会泄露出去,使英国人加强防备。未来的袭击事件使大住持更深地卷入了他平常一向厌恶的军事与政治,他无法知晓,冥冥之中的神祇是否会给他的突击部队提供庇护。既然佛祖对于英国人在古鲁河谷的屠杀缄默不语,那么,五月四日午夜的袭击也难免事与愿违。他多年来潜心修行所获得的和谐宁静的内心仿佛一下子被搅乱了,很多问题的复杂程度早已远远地超出了自己想象力的范围。不过,对江孜的突袭如能阻止英国人进入圣地拉萨,这一冒险举动无论如何还是值得的。

河水静谧地无声地流淌着,水流荡涤着河道两岸的浮草,在桥桩四周形成一轮一轮的涡圈。乳白色的毛茛花和委陵菜花开遍了山野。

河道的对岸是一座不大的藏族村落。那些低矮、黑色的房顶上堆满了干草,一朵朵洁白的云彩在房舍上空压得很低。五颜六色的经幡像网络一样将房舍连接起来,从一家到另一家。有些经幡和布条甚至一直穿过树林,绵延到河边的桥头。又肥又大的一群渡鸦栖息在墙上,还有无数叽叽喳喳的山雀在树林深处啁鸣不已。

晌午时分,大住持看见几个妇女从他身边的木桥上侧身而过,她们背上背着藤篓,里面装着干马粪以及刚刚从山上采集来的冰块。巨大的冰块在背篓里钻石一样闪闪发光。这些妇女一边往村里走,一边不时回头朝他张望,同时交头接耳地议论着什么。

这一天的傍晚,村中的妇女再一次出现在河边,她们给大住持送来了一些牛肉、糌粑、青稞酒和一条御寒的藏毯,为了不打扰大住持的静修,她们将那些物品放在桥头,就一声不响地离开了。

大住持像尊岩石一样默坐在桥头,冰凉的冷风吹拂着他的面庞,深夜的降霜静静地落在他的身上,他对那些食物和藏毯一直无动于衷。到了第二天早上,食物又源源不断地送来,她们拿走了前一夜的,换上了新的。附近寺庙里的活佛、喇嘛以及一些过路的僧人一个接着一个来到了大住持的身边。他们虽然不知道受人尊敬的大住持为何选择这样一个地方静坐修行,但依然默默地围坐在他的周围,敲鼓诵经。到了晚上,那些喇嘛和僧侣便悄悄地靠近大住持,以便用他们的身体挡住五月料峭的寒风。

6

约翰·纽曼抵达苍南后的第四天,一位化装成藏民的英国士兵从江孜悄悄来到了这里。他在何文钦的住宅里见到纽曼之后,将一封荣赫鹏上校的亲笔信交给了他。荣赫鹏在这封信里命令传教士立即赶往江孜,但并没有说明具体的缘由。

何文钦先生一大早就出去了,女仆看见他扛着一杆双筒猎枪朝月亮森林的方向走去,看上去好像是去打猎。

约翰·纽曼为了向何文钦先生道别,在住宅外的一条溪流边一直等到太阳落山,依然没有看见何文钦的踪迹。傍晚时分,在那名英国士兵的不断催促下,他惘然若失地踏上了前往江孜的路途。

传教士是在第二天早晨抵达江孜的。在营帐外迎接他的是军需官布雷瑟顿少校。这位年轻的军官看上去比在甘宗坝时更黑更疲了,水土不服和失眠症在他的脸上留下了阴郁的痕迹。

布雷瑟顿告诉他,随着英国军队在西藏腹地越陷越深,战争也将越来越惨烈,士兵的伤亡必将随之增加,在未来的二十个月,荣赫鹏上校希望他留在军营中担任随军牧师。

约翰·纽曼对于这一决定感到不可思议。他告诉布雷瑟顿少校,自己是一名神职人员,一名自由的传教士,除了来自国内教会方面的指令之外,他没有任何理由和兴趣承担别的义务。"更何况——"约翰·纽曼解释说,"我也闻不了血腥味。"

布雷瑟顿少校很有耐心地朝他笑了笑:"纽曼先生,你现在是在荣赫鹏上校的战地指挥所里,而不是在苏格兰乡间的修道院,你闻不了血腥味也许是值得同情的,但是如果荣赫鹏上校现在命令你将一盆羊血喝下去,我想你恐怕也不会拒绝吧?"

布雷瑟顿少校这样一说,苏格兰传教士似乎已没有任何讨价还价的余地了。

早在一七八五年,由于某种原因,天主教耶稣会在西藏自行解散了。它所设立的教区后由法国的辣匝禄会接管。无论是耶稣会,还是巴黎辣匝禄会,他们在中国西藏地区的传教并没有取得多大的进展,传教士们在西藏的种种遭遇是意味深长的。他们对于在西藏的传教活动往往感到悲观失望,进而得出了"西藏的原始宗教是完美无缺的"这样一个结论。

约翰·纽曼在中国长江流域传教十余年之后,曾一度返回苏格兰。教会方面在西藏地区的失败激起了他对这一神秘区域强烈的好奇心。在约翰·纽曼看来,他在中国内地积累起来的丰富的传教经验也一定适用于西藏,要想使西藏人在一夜之间全部变成基督教徒显然是不可能的,但至少,他可以使基督教的信仰在那里打开一个缺口。

一八九四年的夏天,他跟随着一批边贸商人,穿过克什米尔盆地、印度西北部的山区,只身来到了西藏。他随身带来了一些西方文明的最新成果,并希望以此来打动那些蛰居山野的西藏人。这些物品包括一架摄影机、一架望远镜、几只显微镜和打火机,以及十余册版画。经过几年的传教,约翰·纽曼差一点取得了成功,如果不是一场天花夺去了三名藏民的生命,他深信这些藏民最终是会成为基督徒的。后来,当约翰·纽曼在苍南温泉与中国驻藏官员何文钦邂逅之后,这位幽默的中国人曾经开玩笑地对他说:"倘若你能够将西方的天花疫苗带入西藏,你在这一带的教徒将会像拉萨的放生羊一样多。"

和内地的许多中国人一样,何文钦先生对基督教并不反感。这位年轻的驻藏官员身材颀长,皮肤白皙,梳着一条油黑发亮的长辫,优雅的举止和华丽的锦缎绸袍使他看上去更像一个女人。约翰·纽曼在苍南见到他的那一刻,便深深地为他的仪表所吸引。在他们朝夕相处的那段日子里,他们几乎天天形影不离,一同喝茶,谈论中国的古代诗词;一同骑马远足,去月亮森林打猎;前往藏北那曲参加赛马大会……久而久之,从约翰·纽曼内心隐晦的意图来看,劝说何文钦皈依基督教的意义已经远远超出宗教职责的范围。

在江孜的日子是枯燥乏味的。这个季节正好是江孜一带的多雨时节,蒙蒙细雨从每天中午开始,一直下到日暮时分。约翰·纽曼的住处被安排在白居寺附近的一块山坡上,几顶土耳其式的帐篷在青稞地里围成了一圈。四周光秃秃的,看不到什么树林和植物。

英国远征军处于焦急的等待之中。古鲁河谷的袭击事件使国内议会的争执变得空前的激烈。约翰·纽曼注意到,这些天来,荣赫鹏上校一直忧虑重重,愁眉不展,在潮湿、阴冷的雨季,仿佛军营里所有的人都失去了耐心。

荣赫鹏上校在一次散步时不无颓丧地向纽曼谈到,即使议会立即批准他向拉萨进军的计划,从战略上考虑,进攻时间也至少要等到雨季结束之后;如果在雨天进攻,英军漫长而脆弱的后勤供给线将面临被藏军切断的危险。

和荣赫鹏上校相比,布雷瑟顿显得比较容易接近。他常常在饭后来到约翰·纽曼的帐篷里聊天。布雷瑟顿早年曾在神学院读过几年的宗教史,但他对宗教的兴趣仅仅局限于知识和考证的领域,从不涉及信仰。和国内教会的某些神秘主义的教士的猜测一样,布雷瑟顿以为耶稣确有其人。他告诉约翰·纽曼,他几年前在加德满都任职时,曾在印度和克什米尔地区做过一段实地考察,他感觉到,在那些佛教盛行地区,"甚至空气中都飘浮着耶稣的幽灵"。在印度南部,有人曾带他参观过一间阴晦的密室。据当地的佛教徒暗示,耶稣在被钉上十字架之后,并未马上死去。他依靠自己深湛的瑜伽功侥幸活了下来,晚年一直在印度的这间密室里潜心修行,并且活到了八十一岁高龄。

"克什米尔的情形也颇为蹊跷,"布雷瑟顿脸色肃穆地对纽曼说道,"《圣经·旧约》中描述过的秀丽、安宁的山川和河谷在这一带随处可见,我觉得,克什米尔就是《圣经》传说中那样一个流淌着牛奶与蜂蜜的地方。"

约翰·纽曼对于布雷瑟顿的那些言谈的反应是极为矛盾的,这就好比人们通常所说的对妓女的态度——既鄙视、厌恶,又充满着渴望。

布雷瑟顿是一个充满想象力的人,从某种程度上说,也是一个善良的人,这位在泰晤士河畔长大的年轻人进藏以后,显然被这里诡秘的神宠吓坏了,整天被一些荒唐的臆想和预感所缠绕。在江孜的这段时间里,他曾不止一次地对纽曼提及:"一场巨大的灾难已经悄悄地临近了。"

五月二日的上午,阴云密布的天空终于出现了转晴的迹象,湿漉漉的草地上雨水未干,一些英军官兵便在泥泞不堪的山坡上踢起了足球。另一些士兵则来到江孜河边,与那些正在洗衣服的藏族妇女搭上了话头。这些女人好像并不在意士兵们温和的玩笑,但一旦谈话超越了某种范围,她们就赶紧抽身从河边离开了。

这天午后,几名游走四方的托钵僧在途经江孜城堡的时候,受到了英国士兵严密的盘查。这些托钵僧给约翰·纽曼带来了一个惊人的消息:在他们来时的路上,他们遇到了进藏以来最大的一次佛事活动。近千名喇嘛和活佛围坐在一条河道的两岸,他们的诵经之声在几里之外的地方就可以听到。

约翰·纽曼在这天夜里悄悄溜出江孜,赶往集会地点。当时,他并不知道,扎什伦布寺的大住持已经在那条河边默坐了七天,饥饿和寒冷已使他奄奄一息。

7

在江孜的那段淫雨霏霏的日子里,英国远征军在遥无尽期的等待中陷入了深深的绝望之中。荣赫鹏上校接二连三地得到报告:一些士兵渐渐丧失了自我约束力,他们频频袭击白居寺和江孜的古董市场,抢掠珍宝,骚扰妇女。而江孜的藏民已不像先前那样柔顺温和,他们极为隐秘的报复致使两名英军低级军官在江孜河畔永远地失踪了。

最坏的消息依然来自英国国内,在印度的寇松总督被突然解职,接替他的是衰老不堪的阿普西尔勋爵。这似乎意味着,在荣赫鹏进军拉萨的途中,他失去了最后一顶保护伞。四月中旬,荣赫鹏接到一封来自伦敦的电报,一位政府高级官员在电文中竟然以委婉的语气劝他辞职。

另一方面,拉萨的西藏官员已彻底放弃了与英国人谈判的希望。从康区汇集来的军队正源源不断地开入江孜以北的山区,在卡罗山的南麓构筑工事和防御墙。那些刚刚汇集来的军队配备了较为先进的武器,其中金格尔枪的射程在两千码之外。荣赫鹏上校曾经命令先遣队朝藏军的阵地发动了一次尝试性的进攻,但遭到了西藏人顽强的抵抗。

五月三日凌晨,一夜未睡的荣赫鹏上校终于做出了一条大胆的决定。他命令在江孜驻扎的大部分军队由布雷瑟顿少校率领突袭卡罗山。荣赫鹏似乎预感到,如果不在西藏人的工事修筑好之前给予他们致命的打击,那么这座绵延数里的防护墙迟早会成为英国人向拉萨进军途中难以逾越的障碍。

这一计划受到了布雷瑟顿少校的竭力反对。他的理由是,随着英军主力北去卡罗山,远征军在江孜的指挥部将会面临极大的危险。一旦藏军获取我军的情报攻入江孜,英国军团的指挥中枢必将被一网打尽。

布雷瑟顿的忧虑尽管不无道理,但还是激怒了荣赫鹏上校。他声色俱厉地提醒少校:"要知道,我们的对手并不是拿破仑麾下的法国军团,而是一群高原原始部族的牧羊人。"

这天傍晚,在英军主力撤离江孜七个小时之后,不祥的征兆终于出现了。

原先在英军医疗所治伤的数十名藏军俘虏突然神秘地失踪了。远征军雇用的几名藏族女仆和搬运工也同时不辞而别。另外,根据侦察兵的报告,距离指挥部所在地二十英里外的平原上出现了一支来历不明的牦牛队。他们借助暮色的掩护,悄悄进入了江孜河对岸的一处茂密的森林里。

荣赫鹏上校并未将这些可疑的迹象放在眼里。他像往常一样,在晚饭后来到了布雷瑟顿的住处,和少校下了一盘厄尔鲁特棋。他也许意识到白天对布雷瑟顿的当众训斥使他们多年来的友谊受到了伤害,因此,双方心平气和地下盘棋,所有的不快便会烟消云散。

到了午夜时分,天空再一次下起了大雨。雷声一刻不停地轰鸣起来,狂风将帐篷刮得哗啦啦作响。这些天来,荣赫鹏上校毕竟感到有些累了,那盘棋刚刚下到一半,他就在一张藤椅上昏昏沉沉地睡着了。

凌晨两点,由一千六百名康巴人组成的突击队在呼呼的风声中悄无声息地推进到了使团营地的附近。英国人对这场袭击看来毫无防备,营地的灯火早早地熄灭了,四周一片漆黑。几只鹊鸭和布谷鸟在营地外的灌木丛中不安地鸣叫着。

一名新征入伍的印度籍士兵对藏区的酥油食物一时无法适应,整整一个晚上,口渴和腹痛使他难以入眠。当他第三次来到帐篷外解手的时候,他突然发现有几个人影在驻地外的围墙附近晃动了一下。随后,在闪电的光亮中,他看见一支支滑膛枪从围墙的垛口伸了进来……这名新兵显然被一种难以承受的巨大的恐惧吓坏了,他在稠密的雨幕中足足僵立了四五分钟之久,才回过神来鸣枪报警。

枪声立刻惊动了布雷瑟顿少校。他迅速将沉睡之中的荣赫鹏唤醒,随后跟着几名警卫冲到了营帐外的院子里。

荣赫鹏上校一时无法判定外面究竟发生了什么事情。他身穿睡衣,慌慌张张地来到营帐外的时候,西藏人密集的枪弹噼噼啪啪地响了起来。他看见院内的几十名廓尔喀人漫无目的地窜来窜去,使团内的一位年老的军医穿着白短裤在场地中央瑟瑟打抖。

在一阵忙乱之后,负责营地安全的默里少校带领警卫连的士兵赶到了荣赫鹏的身边,他们簇拥着上校撤退到营地外的一片亚麻地里。

担任这次袭击任务的西藏部队虽然行踪神秘,但对于围攻战术几乎一无所知。在袭击开始的时候,如果他们越过围墙攻入英军驻地,那么远征军的指挥部就将全军覆没;而眼下,他们趴在围墙上盲目的射击为英军组织有效的反攻争取下时间。

随着黎明的光线在黑暗中升起,围墙上的突击部队完全暴露在英国人马克沁机枪的火力之下。这场袭击持续到早上五点钟,战局出现了根本性的逆转。驻地左侧的藏军在围墙附近留下了百余具尸体之后,开始沿着江孜河朝西南方败退,在营地的右侧,有三十名左右的康巴人退到了一间马厩里,尽管默里少校认为可以将他们一举俘获,但惊魂未定的荣赫鹏还是下令在马厩前架起了机关枪。

在一连串疯狂的扫射之后,扎什伦布寺的住持酝酿数月之久的袭击计划终于流产。

这场袭击给英国军队造成的损失是极为有限的,在战斗中,英军仅有五名士兵阵亡,其中包括一名骑兵上尉。

弗朗西斯科·荣赫鹏在战后所做的第一件事就是将战地记者亨利·纳拉叫到了自己的指挥所里。按照荣赫鹏上校的命令,他必须将一封由荣赫鹏口授的战报迅速发往国内,这篇战报对英军在江孜袭击事件中所受的损失做了夸大其词的说明,这样一来,部队的阵亡数字一下子提高到了六十三名。

"西藏人做梦都没有想到,他们愚蠢的夜袭实际上帮了我的大忙。"在前往医疗所的路上,荣赫鹏上校对布雷瑟顿这样说道。

"你认为议会会马上批准你的计划吗?"

"事实上,我们现在就已经走在了前往拉萨的路上。"荣赫鹏点燃了一支雪茄,"这场袭击好像是特意为我们准备的一把钥匙,要不了多久,我们就能用它打开布达拉宫的大门。"

布雷瑟顿似乎想说什么,但立即又改变了主意。免于灾难的侥幸并未使他闷闷不乐的心情变得愉快起来。

"你打算什么时候发动总攻击?"过了一会儿布雷瑟顿问道。

"明天，"荣赫鹏上校加快了步伐，"如果不出意外，我们下个星期就能攻占哲蚌寺。"

战地医疗所的棚屋里、草地上到处都躺满了受伤的士兵。医生和护士们在里面紧张地忙碌着。布雷瑟顿注意到，一名藏族伤兵对于没有麻醉的截肢手术竟毫无畏惧，他脸上流露出来的令人难以置信的镇定和英国伤员痛苦的叫喊形成了强烈的对照。

布雷瑟顿走近他。通过翻译，他第一次和一名藏人进行了交谈。

"医生将我的腿锯掉并不是一件坏事。"那名藏兵对他说。

"为什么？"

"因为下次打仗的时候，我就无法逃跑了。"

他的这一回答使站在一边的荣赫鹏上校也忍不住笑出声来。

8

天黑以后，何文钦才从月亮森林回来。正在院中给鸢尾花浇水的女仆告诉他：约翰·纽曼先生已于傍晚时分离开了苍南。这位传教士为了向他告别，在屋外河边的沙地上一直等到了太阳落山，"看起来，他好像有什么话要对你说"。

何文钦没有说话，他将马上驮着的一只藏羚和几只雪鸡扔在地上,便径自朝后院走去。尽管何文钦现在越来越不喜欢那位传教士,可是纽曼的突然离去还是给他留下了一片空空落落的孤寂。

随着英国远征军朝卡罗山要塞逼近,苍南一带的藏民和商人都在纷纷离去。这个距离江孜只有几十里之遥的村落即使不是未来的战场,至少也已处在了战争的边缘。每天都有大批的藏兵经过这里,他们赶着牦牛车,沿着玛索河谷朝卡罗山进发。这些藏兵由于营养不良和长途跋涉而显得疲惫不堪。他们在栗树掩蔽的峡谷中走得很慢,看上去好像并不是开赴战场,而是去藏北草原参加一年一度的赛马会。

一九〇四年五月二十一日,一名汉人信使翻过贡巴拉山脉,来到了何文钦的住宅前。他将一封拉萨驻藏大臣的亲笔信交给了何文钦先生。

驻藏大臣在这封措辞严厉的信中指责何文钦"延误时机,谈判不力",暗中与英国传教士过从甚密,致使英国军队长驱直入,打通了前往拉萨的道路。

"什么官阶太低?"驻藏大臣在信的末尾这样写道,"你是大清帝国堂堂钦差,他荣赫鹏只不过是一名上校而已……"

鉴于何文钦的严重渎职辜负了皇帝陛下的恩宠,驻藏大臣命令他闭门思过,听候处置。

这天晚间,天空再一次下起了瓢泼大雨。密集的雨点敲打着纸窗,一缕缕潮湿的夜气从门扉中袭入书屋,带来了树脂凉森森的气息。何文钦坐在酥油灯下,注视着屋檐流苏般的水帘，度过了一个不眠之夜。

在古城扬州，多雨的天气一般出现在梅子黄熟的时节。连绵不断的雨水使槐花和栀子花吐露出诱人的芳香，将树木淋得一片青绿。每当夜深人静的晚上，何文钦常常独处小楼，在幽幽的灯光下谛听一夜风雨……

现在，那里的一切离他毕竟十分遥远了。重叠的花枝和遍地的珠帘在回忆中显得那样呆板、沉寂、毫无生气。虽然驻藏大臣在来信中并未说明正在遭受内乱外困的皇帝将如何处置他，但何文钦却从字里行间看清了自己的命运：随着魂萦梦回的归乡之路悄然中断，纷乱的时间已经将他远远地撇下了。

翌日黄昏，何文钦跨上一匹那曲产的黄鬃马，独自一人走出了住宅，走入了河边那片长满橡树和栗树的森林。他在昏昏沉沉的酒意中看见女仆从院子里跑出来，拽住了马的缰绳。女仆泪流满面，喧嚣的声音在他耳边震荡不已，但他听不清女仆向他说了些什么。稀疏的枪声越过贡巴拉山的山脊，朝这边隐隐传过来，听上去很不真切。何文钦抖动了一下马缰，那匹矮种马便撒开四蹄在碎石遍地的树林中奔跑起来。看见女仆在河边的身影越来越小，何文钦回过头来不经意地笑了一下，朝着她挥了挥手。

温暖的阳光懒洋洋地依附在河道弯曲的水线之上，成群的渡鸦和马鸡在河边的岩石上跳跃着。何文钦策马急驰，奔流的河水和大片盛开的蝴蝶花丛从他眼前急速掠过。何文钦并不知道自己此刻要走向何处，但暖烘烘的阳光和扑面的冷风使他感到了一种从来未有过的惬意和舒畅。他忍不住冲着远处峰峦叠嶂的雪山亮开嗓门吼叫了一声,遥远而虚幻的回声很快就在寂静的山谷中重重叠叠地响了起来。

天色渐渐黯淡下来,玛索河谷在拉龙附近突然改变了走向。顺着那条折入东北的晦暗林莽,何文钦终于看见了卡罗山顶那一带银灰色的雪线。

西藏军队的营地屯扎在卡罗山口以北的一片宽阔的芥菜地里。营地的篝火早早地点燃了,空气中到处都飘满了马粪和孜然香料的气味,一簇簇藏兵怀抱着火绳枪围绕火堆坐着,他们神色黯淡、面无表情。在卡罗山隘口的一座蓝色宗堡前,几个怀抱六弦琴的士兵正在拨弦唱歌。在何文钦的记忆中,士兵的歌谣和水乡船夫的眠曲极为相像:低沉、粗犷、缺乏节奏,但却充满了忧伤。

何文钦骑着马从这些士兵中间缓缓走过,当他来到营地外围的一道防护墙边时,一位拉萨代本的侍从官挡住了他的去路。

"你不能再往前走了,"侍从官用不很流利的汉话对他说,"在防护墙以南不到三百码的地方,驻扎着英国人的第三十二先遣团。"

何文钦像是没有听见他所说的话。他策马跃下隘口的一道低缓的山坡,稠密的黑暗很快就将他吞没了。

"英国人的机枪会把你打成肉饼的。"那位侍从官在背后朝他吼了一声。

何文钦不知道他为什么要到英国人的营地去。同样,他也不知道,那匹疲弱的那曲马最终会把他带往何处。

事实上,中国驻藏官员何文钦最后并未到英国军队的营地,在卡罗山南侧的大片泥泞荒野中,横亘着一洼洼幽亮的沼泽地,那匹识路的矮种马小心翼翼地绕开了它,在距离英国军营不到一百码的地方拐入了羊卓雍湖畔的一处茂密的森林。这时,酒醉之后的何文钦已伏在马背上不知不觉地睡着了。

第二天黎明,当何文钦从清晨的冷风中醒来的时候,他感到自己躺在一条溪流边,身上积落了一层厚厚的霜冻。马匹喷着响鼻,正在河道边饮水。

在河道的对岸,何文钦看见一簇猩红的头饰在树篱中时隐时现。一个身材高大的康巴人正在河边砍树。"橐橐"的伐木之声在森林里空空地回荡着。何文钦牵着马蹚水过河,来到了那位康巴人的身边。

这个年轻人好像是刚刚从战场上撤退下来的士兵,他的腿上受了枪伤,走起路来一瘸一拐的。何文钦帮助他将那棵桦树砍倒之后,两个人在河边的沙地上坐了下来。

"你是刚从卡罗山要塞逃出来的吗?"何文钦问道。

康巴人摇了摇头:"我从江孜来。五月四日凌晨,我们袭击了英国人在江孜的司令部,但没有成功。英国人将我们逼到了一座马厩里,架起机关枪朝里面扫射,可我没有被打死,挨到天黑就逃了出来。"

"你在这儿砍树干什么?"

"是这样,"康巴人说道,"我必须给扎什伦布寺的大住持发一个信号,因为他嘱咐我,如果我们成功了,就在江孜河里放一根圆木并且将我头上的箍带绑在上面,可是,我们的计划失败了……"

"那么你就发一个失败的信号。"何文钦不假思索地对他说。

"问题是我们并没有想到会失败。"

何文钦皱了皱眉头,似乎明白了康巴人的难题。

"你打算怎么办呢?"他问道。

"我想让你把我杀了,"年轻人神色黯淡地对他说,"你将我的尸体绑在圆木上,这样,大住持就会明白一切的。"

"我知道你的意思,"何文钦同情地看着他,"不过,我不会杀死你,你再慢慢想一些别的法子吧。"

何文钦说完就站起身来,准备离去。这时,太阳已经升了起来。在灿烂的阳光之下,无数的白色蝴蝶在河边的丛林里翩翩飞动。何文钦牵过马来,正准备考虑一下朝哪个方向走,康巴人手握一把尖刀已经悄悄地走到了他的身后。何文钦突然感到一阵冰冷的寒气袭入他的腰部,很快流遍了全身……

当康巴人将何文钦的身体拽向河边的时候,他并未完全死去。纷乱的光线刺得他睁不开双眼,但他能同时感受到植物清新的芳香和阳光的温暖。

不一会儿,何文钦感觉到自己的身体顺着水流朝下游漂去,凉飕飕的河水漫过了他的脸庞……

9

扎什伦布寺的大住持在江孜河畔守望了十天之后,依然没有看到预示着吉祥的桦木从上游漂来。这似乎在某种程度上证实了几年前布达拉宫的大祭司所做的预言。

苏格兰传教士约翰·纽曼赶到这里的时候,大住持已处于生命垂危的弥留之际。临终之前,这位长年蛰居日喀则寺院的大喇嘛留下了两道遗嘱。其中之一涉及了他一生经历的风风雨雨、对佛经的参悟与理解以及他死后的葬仪安排等等,它由两名资深的活佛草草记录下来。而另一道遗嘱则和藏传佛教中最大的秘闻有关。作为唯一的听众,约翰·纽曼仿佛感觉到,大住持在决定向他讲述这段秘闻之前,一直显得犹豫不决。

在遥远的古代,一位名叫伊萨的以色列少年历经重重艰险,只身来到了喜马拉雅山山脚,在一座寺院中潜心修行,研习佛经。他天生聪慧,悟性出众,不到几年便修成正果。印度、西藏与克什米尔地区的几位经师对他极为赏识,他们似乎预感到了这位少年在未来的非凡成就,竭力劝说他留在喜马拉雅山区传道,但这位以色列少年却在一个月光皎洁的夜晚悄悄踏上了返回耶路撒冷的茫茫旅程。

"这位名叫伊萨的少年就是耶稣基督,"大住持对约翰·纽曼说,"这段史实即使在西藏也鲜为人知,记载这件事的两道经卷至今还保存在拉萨大昭寺的一间密室里。"

扎什伦布寺的住持是在这天午夜寂然辞世的。人们为了纪念他的功绩和品德,在他坐化的地方修建了一座佛塔。

在这座佛塔行将完成的一天早晨,中国驻藏官员何文钦的尸体终于漂到这里,江孜河中的鱼类和丛林中的鸟兽将他身上的腐肉噬食一空。按照汉族的丧葬习惯,约翰·纽曼和当地的藏人将他的遗骸从河中捞起来之后,没有为他举行天葬仪式,而是将他埋在佛塔旁的一块罂粟花地里,并在他的坟头栽种了一棵橘树。

传教士约翰·纽曼在何文钦安葬后不久就离开了西藏。他雇用了一辆马车经由藏南的亚东返回苏格兰。他随身带走了一只转经筒和一条油亮的发辫,这条发辫是中国官员何文钦在一年前赠送给他的。在寂寞而荒凉的旅途中,约翰·纽曼不时察看着它,不禁泪流满面:这条发辫即使在离开了人体的滋养之后仍在暗暗生长……

约翰·纽曼的马车在经过亚东附近的一座驿站时,一位英国情报人员告诉他,荣赫鹏上校率领的远征军已在数日之前占领了拉萨。

这天晚上,苏格兰传教士在客栈幽暗的灯光下久久不能入睡。他随手翻开了床头的那本《圣经》,一枚风干的树叶从夹缝中掉落在地上。约翰·纽曼用一把镊子捡起它,放到显微镜下反复观瞧:这枚从神树上采撷下来的叶片看上去和其他普通的树叶并无不同,原先栩栩如生的佛像图案早已不复存在……

一九〇四年七月三十日,荣赫鹏上校率领的英国军队抵达距离拉萨二十英里之外的雅鲁藏布江边。

布雷瑟顿少校未能看到布达拉宫像火焰一般闪闪发亮的金顶,他入藏以来所产生的不祥的预感终于变成了现实:英国军队在横渡急流澎湃的雅鲁藏布江时,布雷瑟顿少校和另外两名廓尔喀人落水身亡。

三天之后,荣赫鹏上校率军进入拉萨。尽管拉萨的喇嘛派出了各种身份的谈判代表,企图阻止英国军队进入布达拉宫,但荣赫鹏上校还是强行闯入了这座壮丽、神秘、金碧辉煌的圣殿。

布雷瑟顿的遇难以及进入拉萨后的种种不适使荣赫鹏上校感到了一种前所未有的心灰意冷。九月七日,在没有得到英国政府任何指令的情况下,他胆大妄为地与西藏人签订了一份具有国际意义、令人啼笑皆非的协议书。

事后不久,一封由印度事务大臣布罗德里克签发的书信送到了原印度总督寇松的手中。布罗德里克在信中指责荣赫鹏是一个粗俗、没有教养的人:"他在西藏的所作所为证明,他对于二十世纪欧洲及亚洲的政治格局缺乏足够的理解。为了国家的荣誉,在某种程度上抛弃荣赫鹏上校看来已经不可避免……"

在漫长的西藏之旅即将结束的前夕,荣赫鹏上校独自一人骑马来到了纳木错湖边,在念青唐古拉山的雪峰之下,荣赫鹏上校一度忘了自己置身于何处。他仿佛感觉到自己的许多根深蒂固的观念,甚至包括时间本身在进入西藏以后都发生了不可思议的变化。他的耳畔再一次回响起扎什伦布寺的大住持那种衰老不堪的声音。当时是在甘宗坝,他与大住持在指挥所的营帐里为一些地理常识发生激烈的争吵。大住持以一种令人难以置信的固执告诉他:

地球并不是圆的,而是三角形,就像羊的肩胛骨一样。

初　恋

　　离婚之后,季康常常向我提起,尽管他现在对前妻已无感情可言,可还是忍不住要通过各种渠道去打探她的消息。只要想到她的身体可能与另一个陌生男子交合,他就会受不了。"也许还不止一个,"有一次,季康对我说,"我们的离异很可能使她破罐子破摔,我了解她的为人。"看起来,他被那种恶魔般的阴影缠上了,在这片晦暗的阴影中,他能"看见"自己的妻子以他所熟知的方式委身他人。"甚至,有一回,我还梦见了你……"季康在说这番话的时候,还宽宏大量地拍了拍我的肩膀,似乎我真的与他妻子上过床,而现在他则原谅了我。

　　季康的这种多少有点病态的心理,我或许不难理解,而他的前妻对此是否有过类似的联想,我们却不得而知。季康说,他当初并不一定非得与她离婚不可,就像几年前他并不一定要与她结婚一样。情况的确也是如此,我们猜测,他们婚姻的最终崩溃与一个女研究生的介入有关。

　　有关这个研究生的情况,我们所知甚少,她的相貌不算难看,但也说不上如何出众。这就是说,见异思迁一类的解释在此并不完全适用。我们只是听说,季康的妻子在意识到危机将临之时,立即着手全力挽救,起先是苦苦哀告,然后是日复一日的自我悔过,其程度远远超出了她实际犯下的种种过失,当然,就像许多面临被丈夫抛弃的女人一样,也曾发出过很多无用的恫吓。

有一天,季康与妻子在公园的一张长椅上商量离婚之事,他的妻子也许是受不了精神上持续的刺激,猝不及防地尖叫了一声,向前狂奔了五十米,最后一头扎入了湖中。季康在这个关键时刻经受住了考验,他平静地点上一支烟,冷冷地注视着湖面。"要知道,一个会游泳的人要被淹死并不是一件容易的事。"事后,季康这样向我解释道。

最后,一个骑三轮车的工人将她救起,送到了医院。季康来到她病床前所说的第一句话是:"如今这个世道,自杀已经吓唬不了谁了,你趁早别来这一套。"随后,他看见两行晶莹的泪珠从她的眼角流了出来。"到了那会儿,我知道,她已经死心了。"

说起来,我与季康虽然同属一个系科,却也算不上是知交。不过,他离婚这件事却给我带来了一个意想不到的馈赠。在他离异后那段倒霉的日子里,我一直拿不定主意是否应当向他表示一下我的感激。关于这件事,我在不久之后就要谈到。

感情上的纠缠宣告平息之后,办理离婚手续的过程就成了一道简单的算术题了。住房原本就是妻子父母的财产,对此，我的朋友自然不能提出任何非分的要求，而两个人在若干年内所积攒的财富（幸运的是，其数量与种类不算庞杂），则需要经过一番仔细的运算与分割。总的来说，气氛是友好的，分配也体现了谦让的原则。比如说，家用电器以及许多值钱的大件家具一律划入妻子的名下，像书籍、唱片一类的物件则理当归季康所有。从这件事后来的进程来看，还是有一些看似微不足道实则极为重要的问题被他们忽略了。

他们俩最终分手的那天，我们系的几位同事去帮季康搬家，那名女研究生也一同前往。面临这样的场合，她也许感到有些不安，就拉了一个名叫张末的女生前去做伴儿。

我们几个骑着黄鱼车，穿过了大半个城市，最后在大连西路的一处弄堂口停了下来。我们准备上楼的时候，研究生似乎有些不耐烦地向季康嘱咐道："最好快一点，别黏黏糊糊腻味个没完。"季康点点头，问她是不是一起上去，研究生的柳叶眉即刻竖了起来："我上去干什么？你本来就不该拉我来。离个婚还弄得什么似的，又不是游行示威。"她的理由似乎也很充分，于是，她就一个人留在了楼下。

我们来到了七楼。门开着，季康的妻子正在阳台上给几盆瓜叶菊浇水。很显然，她为这个即将到来的时刻做了精心的准备，刚刚洗过澡，松散的长发披在肩上，房间里散发出一股树脂般清新的香气。屋子收拾得十分整洁，厨房里的一排不锈钢炊具被擦拭得锃锃发亮。她的脸色明朗而红润，似乎已没有了往昔的那种忧郁，那种故作冷漠的神情。她甚至还给了张末一包话梅,随后,她们俩在阳台上说了会儿话,还跟着录音机里钢琴的节拍哼了一段曲子。

"这正是我担心出现的场面,"季康在书房整理杂志时突然低声对我说,"你也许会问,既然我受不了这种场合,那当初我干吗要与她离婚呢?我也不知道。不过,恐怕我告诉你,你也不会相信,我们结婚至今,我从来没有看到过屋子收拾得这样整洁,也从未意识到她有这么漂亮。你知道,她以前总是一副懒散的样子,仿佛永远睡不醒……"

我提醒季康,她今天这样做,也许是以女人所特有的方式对他表示歉意,也许还有挽留、惜别之意。

"你错了,"我的话似乎引起了他的不快,"她这样做,无非是为了暗示我,我根本不配享用居室的清洁,不配享用她……"季康正这样说着,张末已经走进了书房,他摇了摇头,没再说什么。

那些书籍很快就整理完了,我们将它们分装在四辆黄鱼车上。我和张末最后离开这个房间,当时,她的怀里抱着一大堆旧衣服,其中的几双袜子所散发的气味使她不得不最大限度地扭过头去。临到告别的时候,季康的脸色还算正常,他独自一人在房间里转悠了半天,好像在盘算着应当与他的妻子说上一两句什么,最后,他从床下搜出一双破皮鞋,拎在手里,招呼我们下楼。

就在这个时候,他的妻子突然说了一句:"请等一下。"我发现,听到这句话,季康明显地松了一口气,我似乎又听到了他那调侃般的语调:这娘儿们到底还是憋不住了。

事后,我多少次一遍遍地回忆起这个美妙的时刻。最后一分钟。我们准备下楼。季康的妻子突然叫住他。于是,后来所发生的一切都变得不可逆转了。

我们之所以会留下来,是因为季康让我们不要离开,季康之所以让我们留下来,按照张末的分析,是因为他担心自己一个人留在楼上会使那位研究生感到不快。

我看见季康矜持而冷漠地转过身去,对他的妻子说:"你,还有什么话说?"

"我没有什么话要对你说。"他的妻子露出嘲讽的笑容,"还有一些东西,你忘了将它们拿走了。"

在过道的一张茶几上堆着一摞绒面考究的相册。季康愣了一下,随后将头探向窗外。楼下,那名女研究生此刻正在一排垃圾桶的边上焦急地踱着步子。她不时地看一眼腕上的手表,然后抬头朝楼上张望。

如何分配这些照片,远比想象的要复杂。问题在于那些合影照片的归宿,因为两个当事人都表示不愿收藏它们。季康严肃地指出,指望由他来收藏这些"记忆的残片"至少是不人道的,既然两个人的结合被证明是愚蠢的,他现在所要做的就是将往昔的岁月彻底埋葬。他的妻子立即反唇相讥,她说她完全同意季康对他们婚姻的描述:"是的,我的确十分愚蠢。"她接着声称,她如今最大的愿望就是与猪猡般的生活尽快诀别。

由这些照片而引发的彼此攻讦与种种难堪,用季康自己的话来说,是往常的浪漫岁月向现在索取的必然代价。

在某一家酒店的婚礼上,季康显得踌躇满志。他正谦恭地将一枚戒指戴在妻子的手上。他的妻子眉头紧锁,身体朝后仰去。如果不是季康的口臭使她难以忍受,那么她的郁郁不欢一定另有原因。

随后的一幅照片将我带往炎热的南方。他们俩正在水中嬉戏,海面上风平浪静,海岸上细沙如银。季康拉住妻子的一只手,另一只手则抚摸着她的臀部。两个人都在纵声大笑。照片的左下角是一个戴墨镜男人的侧影,他的目光似乎在注视着海面上的一尾黄帆。在接下来的一幅照片上,这个男人再度出现,季康的妻子与他相向而坐,而季康本人则在一边若有所思。

我一连往后翻了几页。现在,那名女研究生终于出现在季康家的餐桌上。从照片下端打出的日期来看,这次相聚与他们的婚礼刚好相隔三个月,女主人正往研究生的碗里夹菜,而后者竟然毫无觉察,她好像与邻座的季康因为什么问题而发生了争执。女主人脸上的表情与其说是担忧,不如说是暗自庆幸,也许两者兼而有之。闲坐在一旁的是一位老人,她很有可能就是季康的岳母。她的表情十分严峻,显示出老人判断力的锐利,她仿佛在对她的女儿说:"你就等着瞧吧……"

我在翻看这些相册的同时,张末正在整理那堆没有入册的相片。她耐心地将那些照片分成三类:季康的,他妻子的,他们的合影。过了一会儿,她突然小心翼翼地碰了碰我的胳膊,悄悄地塞给我一帧照片,我注意到她的脸因为羞怯而涨得通红。

这是一张快速成像照片,色彩显得很不真实。我看不出这张照片有任何奇特之处,照片上也未标明成像的日期。不过,我很快就发现,在照片的背面,有两行用自来水笔写成的小字,上面一行无疑是季康的手迹,内容多少有些猥亵:"今天晚上,你会感到吃不消的……"而他的妻子在下面则这样写道:"那你就试试看……"

我们骑着黄鱼车离开大连西路的时候,天早已黑了。街面上行人稀少。我注意到,股票交易大楼顶端的广告牌已经更换。

当天晚上,季康请我们几个在学校后门的一间简易餐厅吃饭,还喝了酒。后来,我们就控制不住地唱起了一些老歌。张末开始流泪,我们唱着歌,谁都不会去注意她。再后来,她的一只小手绕过桌腿,悄悄地伸过来,搁在我的膝盖上。

现在,我们结婚已经四年了,除了结婚证书上的合影之外,我们再也没有在一起拍过一张照片。我们信誓旦旦,永不分离;我们未雨绸缪,时刻准备,各奔东西。

凉 州 词

闲　　谈

作为当代文化研究领域内声名显赫的学者,临安博士近来已渐渐被人们遗忘。四年过去了,我从未得到过他的任何消息。正如外界所传言的那样,不幸的婚姻是导致他最终告别学术界的重要原因。最近一期的《名人》杂志刊发了一篇悼念性质的文章,作者声称,据他刚刚得到的讯息,临安先生现已不在人间,他于一九九三年的六月在新疆的阿克苏死于霍乱。直到今年秋天,当临安博士背着沉重的行囊突然出现在我寓所的门前,上述推断才被证明是无稽之谈。

他是从张掖返回长沙的途中经过上海的。由于那则不负责任的谣传和多年不见的隔膜,我们相见之下令人不快的尴尬是不难想象的。这些年来,世事沧桑,时尚多变,在大部分人忙于积攒金钱的同时,另一些人则自愿弃世而去,我们的谈话始终笼罩着一层抑郁、伤感的气氛,临安博士已不像过去那样健谈,激情和幽默感似乎也已枯竭。我们长时间看着窗外,看着那些花枝招展的少女穿过树林走向食堂，难挨的沉默使我们感到彼此厌倦。

在我的记忆中，临安先生尽管学识丰湛，兴趣广博，却称不上是一个治学严谨的学者，他的研究方式大多建立在猜测和幻想的基础上，甚至带有一些玩笑的成分。对于学术界在困难的摸索中渐渐养成的注重事实和逻辑的良好风气，临安常常出言讥诮，语露轻蔑："捍卫真理的幼稚愿望往往是通向浅薄的最可靠的途径。"

四年前，他将一篇关于李白《蜀道难》的长文寄给了《学术月刊》，从此销声匿迹。在这篇文章中，他一口断定《蜀道难》是一篇伪作。"它只不过是一名隐居蜀川的高人赠给李白的剑谱，其起首一句'噫吁嚱'便是一出怪招……"《学术月刊》的一名女编辑在给我的信中流露出了明显的不安："你的那位走火入魔的朋友一定是神经出了问题。"现在看来，这篇文章也许仅仅是临安博士对学术界表示绝望的戏仿之作。

不过，临安博士并未就此与学术绝缘，这次见面，他还带来了一篇有关王季凌《凉州词》的论文。他告诉我，他写这篇论文的初衷只是为了排遣寂寞，没想到竟意外地治愈了他的失眠症。文章的风格与他的旧作一脉相承，标题却冗长得令人难以忍受。如果删去枝蔓，似乎就可以称作：《王之涣：中唐时期的存在主义者》。

旧　　闻

"普希金说过：湮灭是人的自然命运。我也是最近才明白这句话的真正含义……"临安博士就这样开始了他的论述，并立即提到了有关王之涣的一段旧闻。

在甘肃武威城西大约九华里外的玉树地方，曾有过一座两层楼的木石建筑。现在，除了门前的一对石狮和拴马用的铁柱之外，沙漠中已无任何残迹。这幢建筑位于通往敦煌和山丹马场的必经之路上，原本是供过路商旅借宿打尖的客栈。到了开元初年，随着边陲战事的吃紧，大批戍边将士从内地调集武威，这座客栈一度为军队所租用。最后占领这座客栈的是一些狂放不羁的边塞诗人，他们带来了歌伎、乐师和纵酒斗殴的风习，竟夕狂欢，犹如末日将临。

自从世上出现了诗人与歌伎之后，这两种人就彼此抱有好感。但这并不是说，在地僻人稀的塞外沙漠，诗人与歌伎们蚁居一处饮酒取乐，就一定不会发生这样或那样的争执。为了防止流血事件的频繁出现，一个名叫叶修士的诗人在酒后发明了一种分配女人的方法，具体程序说来也十分简单：诗人们一般在黄昏时从城里骑马来到这里，随后饮酒赋诗，叙谈酬唱。等到月亮在沙漠中升起，歌伎们便依次从屏风后走出来，开始演唱诗人们新近写成的诗作。只有当歌伎演唱到某位诗人的作品时，这位诗人才有权与她共度良宵。

"这种仪式有些类似于现在在英国流行的'瞎子约会',"临安博士解释道,"它使得传统的嫖娼行径更具神秘性质,而且带有一种浓烈的文化色彩。"

自从贬官来到武威之后,王之涣就成了这座客栈的常客,遗憾的是,他的诗作从未有幸被歌伎们演唱过。根据后代学者的分析,王季凌在这里备受冷落,除了他"相貌平平,神情犹疑",不讨女人们喜欢之外,最重要的原因是他的诗歌不适合演唱。情况确也是如此,让一个卖弄风情、趣味浅俗的歌伎大声吟唱"黄河远上……"一类的词句,的确有些过分。不过,不久之后发生的一件事似乎完全出乎人们意料。这件事显然不属于正史记述的范畴,清代沈德潜在其《唐诗别裁》一书中对这段旧闻偶有涉及,但描述却极不准确。

这天晚上,诗人们的聚会依旧像往常一样举行。只是听说客栈新来了几名歌伎,诗人们的情绪略微有些激动。第一个从屏风后面走出来的是一名身材臃肿的当地女子。大概是因为此人长相粗劣,诗人们的目光显得有些躲躲闪闪,惊惶不安,唯恐从她的嘴里唱出自己的诗篇。这位姑娘用她绿豆般的小眼扫视了一遍众人,最后将目光落在了高适的身上。她唱了一段《燕歌行》。人们在长长地松了一口气之后,都用同情的目光看着高适。高适本人对此却有不同的看法,他低声地对邻座的王之涣说道:"这个姑娘很可爱,我喜欢她的臀部。"

接着出场的这名歌伎虽然长相不俗,但毕竟已是明日黄花。她似乎被王昌龄高大、英俊的外表迷住了，曾经异想天开地用一把剪刀逼着王昌龄与她结婚。她每次出场，总是演唱王昌龄的诗作，因此，其余的诗人对她不会存有非分之想。果然，她这次所唱，又是那首老掉牙的《出塞》。王昌龄看上去虽有几分扫兴，但仍不失优雅风度，他谦虚地嘿嘿一笑："温习温习……"

时间就这样过得很快。王之涣似乎已有了一丝睡意。在这次聚会行将结束时，从屏风后面突然闪出一个女人。她的出现立即使王季凌困倦全消。

关于这个女人的美貌，历来存有不同的说法。有人称她"玉臂清辉，光可鉴人"，有人则说"仪态矜端，顾盼流波，摄人心魄"。不管怎么说，这些评论在某一点上是一致的：她的身上既有成熟女人的风韵，又有少女般的纯洁清新。她所演唱的诗作正是王季凌的《凉州词》。

看上去，这个端庄、俊美的女人并未受过基本的音乐训练。她的嗓音生涩、稚拙，缺乏控制，一名衰老的琴师只能即兴为她伴奏，徒劳无益地追赶着她的节拍。她的眼中饱含泪水，仿佛歌唱本身给她带来的只是难以明说的羞辱。

"如果有人决心喝下一杯毒酒，最好的办法莫过于一饮而尽，"临安对我说，"她就是在这样一种交织着犹豫、悔恨以及决定迅速了却一桩心愿的急躁之中，唱完了这支曲子，然后不知所措地看着众人。"

短暂的沉默过后，人们看见王之涣干咳了两声，从椅子上站起身来,朝这名歌伎走去。他脸上的冷漠一如往常,勉强控制着失去平衡的身体。他甚至连看都没看她一眼——就像这个女人根本不存在似的,匆匆绕过她身旁的几只酒坛,径直来到了屋外。

深秋的沙漠中寒气袭人,沙粒被西风吹散,在空中碰撞着,发出蜜蜂般嗡嗡的鸣响。借着客栈的灯光,他在一排倒坍的栅栏边找到了那匹山丹马。接着,他开始流泪。客栈里传来了酒罐被砸碎的破裂之声,那名歌伎发出了惊恐的尖叫。

"现在,我们已经知道,那名歌伎正是王季凌的妻子。"临安故作平静地说,"这件事说起来有些令人难以置信,但它毕竟是事实。你知道,当时在玉树的这座客栈定期举行的诗人聚会与如今港台地区盛行的流行歌曲排行榜并无二致,在那个年代,它几乎完全操纵着武威这个弹丸小城附庸风雅的文化消费。王之涣的妻子平常足不出户,丈夫频繁的终夜不归使她颇费猜测。在一个偶然的机会,她从一个上门来兜售枸杞子的穆斯林口中知道了玉树客栈所发生的一切,丈夫在那里遭受的冷落不禁让她忧心如焚。后来,她慢慢想出了一个办法……"

"看来,这个女人对于诗歌艺术有一种狂热的爱好……"我对临安说。

"仅仅是一种爱好而已。而且这种爱好也仅仅是因为她的丈夫恰好是一名诗人。那时的女人们就是这样,假如她的丈夫是一个牙科医生,那么她就会莫名其妙地对拔牙用的老虎钳产生亲近之感。事实上,她对诗歌几乎一窍不通。在太原时,她曾对王之涣的那首《登鹳雀楼》提出质疑,按照她的逻辑,欲穷千里目,更上一层楼是远远不够的,起码也应该一口气爬上四五层楼,因为这样才能看得更远。王之涣怎么向她解释都无法说服她。最后,他只得将妻子带到那座即将倒塌的鹳雀楼前。'你瞧,这座楼总共只有三层,'王之涣耐心地解释道,'我写这首诗的时候是在二楼……'他话音刚落,妻子便不好意思地笑了起来,露出一排洁白的牙齿:我明白啦。因此,这件不幸事情的发生仅仅与爱情有关。在我看来,所谓爱情,不是别的,正是一种病态的疯狂。"

"也许还是一种奢侈。"我附和道。

"确实如此,"临安站起身来,似乎准备去上厕所,"在王之涣身上发生的这件事已经远远超出了悲剧的范畴。按照现在流行的观点来看,它正是荒谬。类似的事在我们这个时代倒是俯拾即是。"

临安在厕所里有好长一段时间没有出来。我知道,我们的谈话远远没有结束。在冰箱压缩机单调的哼哼声中,我的眼前浮现出临安妻子那副忧戚的面容。自从她与临安离婚之后,我就再也没有见过她。

诗作及其散佚

众所周知,王之涣在十三四岁的少年时代即已开始了写作的生涯,四十年后在文安县尉的任上死于肺气肿,身后仅余六首诗传世。这些诗作后虽被收入《唐诗》,但经过考证,《宴词》等四首亦属伪托之作,"移花接木,殊不可信"。因此,准确地说,王之涣留给后人的诗篇只有两首,这就是脍炙人口的《凉州词》和《登鹳雀楼》。

临安博士告诉我,他在张掖、武威一带滞留时,曾在一家私人藏书楼中读到李士佑所撰木刻本的《唐十才子传》。作者的生卒年月皆不可考。其境界俗陋,引证亦多穿凿附会之处,但却以一种极不自信的笔调暗示王季凌诗作散佚的全部秘密。

按照李士佑的解释,王之涣病卧床榻数月之后,自知在世之日无多,便在一个豪雨之夜将自己的全部诗作付之一炬,而将《凉州词》与《登鹳雀楼》分别抄录在两张扇面上赠给长年跟随的仆佣,聊作纪念之表。

对于王季凌自焚诗稿的原因,李士佑认为,这是王季凌渴望身后不朽的一种冒险。他进而做了一个象征性的说明:假如世上仅剩一对价值连城的花瓶,你砸碎其中的一只,不仅不会有任何损失,相反会使另外一只的价值于顷刻之间成倍地增长……

"这种描述的可笑与浅薄是不难证明的,"临安博士一谈起这件事,就显得愤愤难平,"我们知道,王之涣生前对于自己诗作的公之于众极为谨慎,即便是惠送知己、酬赠美人也往往十分吝啬,这种怪癖后来直接引发了他与高适、王昌龄二人的反目。如果王之涣像李氏所说的那样爱慕名声的话,那么他现在的地位已不在李、杜之下。"

在临安博士的这篇论文里,他用了很长的篇幅描绘了许多年前的那个风雨之夜,行文中处处透出苍劲和悲凉。但我不知道他的描述在多大程度上是真实的。当我留意到他的那张形同朽木的脸以及额上的茎茎白发,我知道,事实上我无权向他提出这样的疑问。

"即便是一个理智正常、神经坚强的人,也不免会产生出自我毁灭的念头,"过了一会儿,临安换了一种较为柔和的语调说道,"这种念头与他们在现世遭受的苦难及伤害的记忆有关。一般来说,这种记忆是永远无法消除的,它通常会将人的灵魂引向虚无缥缈的时间以及对种种未知事物的思索,尽管逃脱的愿望往往带来绝望。正如曹雪芹后来总结的那样:世上所存的一切说到底只不过是镜花水月而已。"

临安的一番话又将我带向过去的岁月。早在几年前,他的妻子在给我的一封信中已预示出他们婚姻行将崩溃的种种征兆。这封信是用俄文写成的,她心事重重地提到,临安近来的状态让她十分忧虑,也使她感到恐惧,因为"他在不经意的言谈中已渐渐流露出了对地狱的渴望……"。

"说到王之涣,倒使我想起一个人来,"临安用手指敲打脑壳,似乎想竭力回忆起他的名字,"一个犹太人……"

"你说的是不是里尔克?"

"不,是卡夫卡,"临安纠正道,同时由于兴奋,他的脖子再度绽出青筋,"王之涣焚诗的举动常使我想起卡夫卡忧郁的面容。他们都死于肺病,在婚姻上屡遭不幸;他们都有过同样的愿望——随着自己的消失,在人世间不留任何痕迹,但都没有获得成功——世人往往出于好心而弄巧成拙,使这些孤傲的魂灵不得安宁。在这一点上,马克斯·布洛德的行径是不可原谅的。"

"你的意思是不是说,王之涣的自甘湮灭与他对这个世界的仇恨有关?"

"仇恨仅仅是较为次要的原因,"临安说,"况且,对于王之涣的身世,我们知道得很少,问题在于,王之涣已经窥破尘世这座废墟的性质,并且谦卑地承受了它。这一点,我以为,他在《凉州词》一诗中已说得十分清楚。"

"你在这篇论文中似乎还提到了地理因素……"

"沙漠,"临安解释道,"王之涣长年生活的那个地区最常见的事物就是沙漠。在任何时代,沙漠都是一种致命的隐喻。事实上,我离开甘肃几天之后,依然会梦见它在身后追赶着我所乘坐的那趟火车。我走到哪里,它就跟到哪里。我在想,如果这个世界如人们所说的那样有一个既定的进程的话,毫无疑问,那便是对沙漠的模仿。"

结　　论

"你无须考虑别人的命运,却也不能将自己的命运交给别人去承担,这就是我在这篇文章中所要表达的基本思想。"临安在做了这样一个简短的总结之后,我们之间的谈话就结束了。

天已经亮了,不过太阳还没有出来。

临安博士走到我的书橱前,大概是想随便抽出一本书来翻翻。

他在那里一站就是很久。

书橱的隔板上搁着一件工艺品玩具:用椰壳雕成的一头长尾猴。

它是临安以他与妻子的名义送我的纪念品。当时,他们新婚不久,刚从海南回来。我记得,那是一个遥远的午后,他们俩手拉着手,站在我的窗下,她头上别着的一枚银色发箍,在阳光下,闪闪发亮。

去罕达之路

植　　物

　　这簇枯干的花束就插在一只白色的长颈瓶中。它搁在窗台上,冬天的阳光将它照亮。这束花似乎从来就是枯萎的:它的花枝、蕾朵,以及蛱蝶般的叶片由于失去了水分而变成了僵滞的金黄色。

　　不知从什么时候开始,在窗下静静地打量它就成了我日常工作之一。我猜想,它原先也许是蓝色的。没有什么特别的理由。我和妻子都喜欢蓝色的花朵。不过,这都是过去的事了。她现在已经离开了我,去了南方。

　　我不知道它是何时枯萎的,正如我不知道崩溃最终将源于何处。唯一不变的是它深红色的果实,它们点缀在这簇花枝中间,宛若岁月漫不经心的谎言中一个个小小的见证。我摘下其中的一粒,用刀片切开它,将它放入一只盛满清水的玻璃杯中。花籽多得数不清,它们纷纷沉入杯底,随后又浮了上来。我不断地摇晃着玻璃杯,重复着这个寂寞的游戏。于是,时间的形态便从那些坠落又上升的花籽中间真切地呈现出来，它是一个冥想的片段，一个寓言。假如，这株植物中所包含的宇宙尚未最终黯淡，假如时光尚未抛下它，留给白蚁去噬食，那么，唯有这些花籽能够使我看清它曾经迎风而立的样子，嗅到它的芬芳，感受到它沉积在记忆中的欲望，一个连接着另外一个，就像花籽，沉下又浮上来，多得数不清。

我剪下一茎花枝，将它夹在一本阿波利奈尔的诗集中，然后带着它去看望我的一个朋友。他是生物系的教授，近年来主要从事植物学方面的研究。他领导的一个五人小组试图对植物的家族进行重新分类。尽管我对他的工作所知甚少，我每次去他那儿，他总是设法让我了解这项研究的最新进展。比如说，他曾经向我提及，花朵的枯萎是从丧失记忆开始的。这一次，他又有了一个新的话题。他告诉我，在本世纪，植物的婚礼越来越隆重了。这一迹象似乎向我们暗示，这个世界也许正在经历着某种前所未有的变化。

"你不要以为我是在开玩笑，"他对我说，同时指了指墙边的一张旧沙发，示意我坐下来，"在整个宇宙种种秘密之中，人类对植物的了解实在极为有限。"

他的研究室里有一股草药的气息。沿墙摆放的一排排木架上陈列着各种植物标本。

"在一切生物中，唯有植物才显得圣洁。比如说，它们谦卑而忠诚，它们虽然谈情说爱，但从不交合——就像罗密欧与朱丽叶那样。更为重要的是，它们避免使用语言。我将这称为植物的智慧。你知道,语言是欺骗和堕落的开始……而人类只有在缄默不语时,才会显出几分可爱。"

我将那本阿波利奈尔的诗集递给他。他笑了笑,说:"你到底还是把它带来了。"

"我不明白,你是什么时候开始对植物产生了兴趣?"他一边这样说,一边打开那本诗集,用一把镊子夹起那枚花枝,放到显微镜下细细观瞧,察看它叶脉的纹路。随后,他又换了一把放大镜。

"这不过是一株极为普通的植物,我看不出你有什么理由为它感到不安。"他冷冷地瞥了我一眼,"不过,它具体的科属与名称我要过几天才能告诉你,也就是说,等到切片与化学分析之后。你应当知道,科学研究者与诗人的工作毕竟不是一回事。"

"你能不能大致说明一下它的分布区域?"

"当然可以,不过,你也许会感到失望的,我的意思是说,除了沙漠与极地之外,这类植物在任何地域都能生长。"他向我解释道,接着,他像是突然想起了一件事,"顺便问一句,你的妻子近来有消息吗?"

"她来过一封信,"我说,"是从罕达发出的。"

"罕达,她跑到罕达去做什么?"

"我也觉得奇怪。"

"从地理位置上说,罕达靠近湖南的株洲,两年前,为了采撷植物标本,我倒是去过一趟。"

"她如果去了广州或海口,那是一件挺自然的事,你说呢?可她却去了罕达。"

我知道,我这样说显得既愚蠢又危险。

我的朋友很快就表露了他的吃惊:"我有些听不懂你的话,广州或者海口与罕达又有什么分别呢?她为什么不能既去广州、海口,又去罕达呢?何况,她最终去了哪里,与这束干瘪的花又有什么联系呢?"

他的疑惑是有道理的。我知道该如何回答他,但我却没那么说。一个人对于另一个人的精神世界说到底又有多少了解呢?

"你的妻子的确很漂亮,这件事换了谁都会一样受不了的,可她为什么要去罕达呢?罕达。太过分了。你看,我现在也被它缠上了。你是不是觉得,人一过四十岁,大脑的神经就变得不那么坚固了……"

"也许是这样。"我说。

"那么,你喜欢枯萎的花朵吗?"

"说不上喜欢。"

"我也一样。"他笑了笑,"它只不过是植物的尸首而已。"

我们又聊了一些别的事,喝了一杯清茶。我问他是不是愿意听听有关这束花的故事。

我的朋友坦率地向我表示,他没有这方面的兴趣。何况,时间上也不允许,因为二十分钟之后,他要赶往生物馆主持一个博士论文答辩仪式。

很显然,他在暗示我离开。而我却没有立即向他告别的任何准备。

他问我能不能将那本阿波利奈尔的诗集留下来,因为封面上的裸体女郎看上去十分诱人。

"我也许可以使它派上别的用场。"

经　　过

"我的确感到有些看不清自己,再说,我对你也没有什么了解。"在婚礼上,我的妻子突然柔情蜜意地对我说。当时,正式的仪式尚未开始。她看上去显得有些慌乱,或者说,有几分难以言说的伤感。

我对她说,在某种意义上,我的感觉与她颇有几分相像:"当然,你现在仍然可以改变你的决定。"她调皮地扬起头,朝我眨了眨眼睛,抓起我的一只手,然后问我:"我们是怎么走到这一步的?"

这时,我看见饭店的一位侍者小姐朝这边走过来。她告诉我的妻子,门口有位先生要和她单独说几句话。我微微侧过身,看见他站在门廊边,手里就拿着那束干花,正看着侍者往饮料车的玻璃酒杯中加冰块。我能够听见冰块在杯壁上碰撞发出的叮当之声。

我的妻子确实愣了一下。她似乎没有料到他会突然出现在我们的婚礼上。她略有歉疚地看了我一眼,仿佛在说:"这可不能怪我……"随后,她起身朝他走过去。

他们像一对多年未曾见面的老朋友那样说着话。我听不清他们在聊什么,何况,我对于这一点也没有什么兴趣,我尽力不去想这件事。我在内心对自己说,我们终于结婚了。用我妻子的话来说,我们毕竟已走到这一步了。

两个多月前,当我与妻子商量着举行这次婚礼的时候,她对我提出了一个小小的要求,那就是,我不能向她打听有关她的任何事情。我想,既然这样的话,那么我们干吗还要结婚呢?我知道,她并不是随便说说的。她做什么事情都显得一丝不苟,谈不上什么幽默感。当然,这并不是说她本人缺乏这种幽默感,而是其中别有隐情。在很长一段时间内,除了她的姓名之外,我对于她的其他情况暂时还没有什么概念。甚至,就连她的名字,也不能说是十拿九稳。因为她曾自愿向我透露,她曾先后三次去户籍管理部门要求更换姓名——就好像一个人的名字与他的生活或运气真有什么必然的联系似的。"我们都不是上帝,"她这样对我说,"有些事情我们知道得越少越好,除非你想自讨苦吃。对于我们所不知道的事情,你基本上可以将它看作没有发生,或者说,根本不存在。"我没有对她的这番话表示赞同,但也没有提出反驳。我这样附和她:"事件自有它的命运,结局无非不了了之。"她认为我表达了与她相同的意思,只不过说法有些玄奥。

现在,门廊边的情形与半个小时之前并无很大不同。他们谈着话，显得很亲热，也很节制。

只是两位侍者为了避免偷听私人谈话的嫌疑而稍稍挪动了一下位置。其中的一位还用充满同情的目光意味深长地打量着我，她似乎在对我说："拒绝看到真相，并不意味着总能稳操胜券。"

由于这个人的出现，婚礼的仪式被推迟了。客人们大都显得很有耐心。主持仪式的那位同事依旧在不慌不忙地检查着麦克风的线路，只是出于某种习惯，他才偶尔抬腕看一下自己的手表。

过不多久，那位不速之客终于想到要离开这里了。我的妻子加快了说话的频率，同时不安地回头飞快地瞥了我一眼。那人将那束枯干的花递给我的妻子，然后将一只手搭在她的肩上。我环顾了一下宴会大厅，盘算着到底有多少人目睹了刚才的情景。当然，即便所有人都看到这一举动，那也不能说明任何问题。

他告辞了。我的妻子将他送到了楼下。

这年冬天，这个城市一直在下雪。街道两侧的马路上堆满了肮脏的积雪。一辆接着一辆的电车从街面上驶过，在缆线上划出火花。电车过后腾出了渣打银行的旧址，一名报贩正在叫卖当天的《南方周末》。

我的妻子抱着那束枯萎的花束回到大厅，挟带着一股冰雪的凉意。她的脸被风吹得红扑扑的。婚礼接着就开始了。我们交换了戒指。

"他干吗要送来一束枯花?"我问她。那时,我们已经送走了所有的客人,回到了大学的寓所,我的妻子正打算将那束花插到窗台上的一只白色长颈瓶中。

"这是干花,比普通的鲜花保存得更久,"她向我解释道,"制作这样的花束需要耗费许多复杂的工序。"

"就像把茶叶烘干……"

"你要这样说也可以,"她说,"不过,脱水的方法也许并不完全一样。"

过了一会儿,她又对我说:"我怎么觉得它一开始就是枯萎的,就像人一样,他生下来就已经衰老了。你来看看,它的果实还是鲜红的,只有寒霜能使它变得这样红……"

我打开了电视机。整整一个晚上,她都在侍弄着这束花。我看了一场西班牙足球联赛,又看了一会儿文化专题新闻。一个德国行为艺术家用布匹包裹位于柏林的帝国大厦。阿姆斯特丹的一场露天音乐会。德彪西的《大海》。在世界各主要城市天气预报之后,我关掉了电视。

我来到妻子的身边。她正在书桌的灯下翻看一本地图册。她问我知不知道罕达这个地方。

我告诉她我从未听说。"不过,听上去它容易使人联想到阿拉伯的清真寺。"随后,我问她打算什么时候上床睡觉。

"任何时候都可以。只要你愿意。"她心烦意乱地对我说。

我在床上躺了下来,有很长时间没有睡着。那束干花就搁在窗台下,隔着一层纱帘,它显得影影绰绰的。我又想起了婚礼上的情景。

"其实,你本可以将他留下来,我们一起喝一杯……"

"你说什么?"妻子冷冷地瞪着我。

"我是说,婚宴上的那个人。你或许可以介绍我们认识一下。"

"他可不这么想。他赶了两天两夜的火车。他说他只想找个地方躺下来好好睡上一觉。"

"他千里迢迢地来到这里,难道就是为了给你送来一些干瘪的花儿?"

我的妻子这时好像突然变成了另外一个人。她坚决地合上了地图册,脸上的轮廓也渐渐清晰起来。她首先把一只茶杯扔在了通往阳台的门上,然后将脑后的发髻松开,让头发披在肩上。她一字一顿地对我说:

"你不要逼我。逼急了,我就把什么都说出来。"

我这时才看清,她的眼里早已噙满了泪水。

隐　秘

我的妻子离开了我。她去了南方。后来她来过一封信,向我表达了谨慎的歉意。这封信是从罕达寄出的。从邮戳的字迹来判断,它靠近湖南省的株洲,不过,这并不等于说,她现在一定在株洲。

唯有这束花充当了婚姻的见证。它日复一日重复着一段隐秘的意图,恍若一个冗长的争议。凭着它幽香四溢的踪迹,我想起了从前的日子。它没有什么特别。甚至,一天与另一天从未显示出应有的区分。

很久以后,我接受了植物学家的提议,拜访了市精神治疗中心的一位大夫。她听完了我的故事,引用了一段卡夫卡博士的名言,阐述了她的建议:"对于我们完全占有的东西,你只能扔掉它。"

我扔掉了它,并很快从花店买来了一束鲜花。

现在,它就插在白色的长颈瓶中,搁在窗台上,在十一月的艳阳之下,显得生机勃勃。

紫竹院的约会

1

七月二十六日中午,我的同事裴钟打来了一个电话。他说,我托他办的事又有了些眉目。下午三点,在紫竹院。我从未托他办过任何事,但他总喜欢这样说。

他是一个热心而富有幽默感的人。说他热心,那是因为除了教书和写作之外,他将撮合我的婚姻看成他的基本使命。他已经替我介绍了十一位姑娘,年龄在十八岁到三十八岁之间。说他有幽默感,因为我知道,十一位姑娘中至少有四位后来成了他自己的情妇。这是一个意味深长的游戏,我们都从中得到了莫大的乐趣。

我在大学里教授语言学概论。四十三岁。迄今孤身一人。尽管我的天性中对女人的反应较为迟钝,但我也知道阴阳失调所带来的后果。我从我所豢养的一只黑猫身上得到了最好的说明——她在第二个发情期不堪孤独的重负而发了疯。

"你不一定要和那些女人同床共枕,"有一次裴钟对我说,"但哪怕闻闻她们身上的气味也好。"我记得那是在学校附近的一家快餐店里,他在说这番话的时候,眼睛一直盯着邻座的一位高大的女人。他认为那个女人的乳房有些特别。我们都笑了起来。随后他认真地对我说,假如我有兴趣,他明天就可以带个女孩来。"我要让你知道什么叫作魂飞魄散。"

据说,最终给人类带来希望和慰藉的只不过是一些空洞的词语而已。裴钟给我带来的那些姑娘,一个个从晦暗的背景中闪现出来,又一个个变得黯淡无光。她们只是一朵朵流云,或者说,一缕缕香水的气息,在我眼前转瞬即逝,留下来的正是这样一些破碎的词汇:语调、笑容、步态、裙子的颜色,也许还有一些吃剩的果皮和瓜子壳。

我没有什么好抱怨的。我一生都在与词汇打交道。我明白,灾难总是相对的——假如你要从一个悲苦的故事中读出喜悦,只要改变一下它的语法结构就可以了。即便将一缕缕破布连缀在一起,你也能得到一片灿烂的织锦。总之,我感到心满意足。

我就生活在这些陌生的女人中间。与她们在书房里喝茶,去公园散步,谈论着股票和期货、夕阳和阴雨、爻辞和卦象,时间过得很快。大部分女人都有着很好的修养,即使她们想提前结束约会,也会给我一个说得过去的理由,比如说,她忽然想起临出门时忘了关掉煤气……只有少数人会公开流露出对我的不满、轻蔑甚至敌视。有一个姑娘刚刚跨进我的书房就转身离去了,那情景就像她在匆忙中走错了房间。

简而言之,所有的女人在第一次约会后都将永久消失,无一例外。这没有什么好奇怪的。我并不为此而感到沮丧。

我有一个逻辑,在裴钟看来也许是荒谬的,我们曾争论过几次。我举例说,很多人对钓鱼上瘾,仅仅是因为他们喜欢钓鱼而已,并非贪图美食。而裴钟的意见恰恰相反,他更醉心于那些实质性的内容。任何一个在街上走过的漂亮女人都会牢牢地吸引住他的视线,只要她们俯身低头,他的目光即会同时探入她们的衣领。对他来说,所有花枝招展的少女都意味着一种召唤,那是沉睡的肉体渴望苏醒的呼喊:快来吧,快来×我吧……

他这样说,自然淫荡之极。可他转而又说,除了欲望,无休止的欲望的对象所激起的期待,他不知道这个世界上还有什么东西值得留恋。他长得高大英武,气度不凡。不光是女人,男人们一旦与他相识,也会顿生如沐春风之感。当然,他还有生理方面的无与伦比的优越感。我们经常在学校的公共浴池洗澡。这可以解释,为什么当他提出与一个女人分手时,对方总是以自杀相威胁;为什么在拍毕业照的时候,两个女生发了疯似的朝他身边挤,最终扭打在一起;为什么他的妻子对他的管束和提防到了歇斯底里的程度……

裴钟也有他的苦恼。一言以蔽之,他离不开他的妻子。"与其不断地编造谎言来抵消妻子的追问,还不如找一个一劳永逸的方法。"他坦率地对我说。这也可以看成是我们之间游戏的一个小小背景。他如此热衷于我的婚姻,只不过是为了替自己打造一个寻花问柳的盾牌而已。也许还有别的意图,比如说,有了这样一个名目,他对女人的追逐就更为隐蔽,更加心安理得,甚至多少还有一种他所喜欢的暧昧之感。我们是多年的朋友和同事,我不愿意在这方面推究得太深。我只知道,世上有了一个堂吉诃德,自然就有桑丘·潘沙。

有的时候,我在想,我与裴钟的这种共谋行径,很有些类似于两个名词间的互相修饰。而裴钟的说法则显得更为简洁:

"你的事,就是我的事。"

这天中午,他又打来了电话。

我书房里的这台电话机是专门为裴钟预备的。裴钟称它为爱情专线。一般来说,每隔一个月,它才会响一次。假如他连续两个月不打来电话,我就会感到坐立不安。

裴钟告诉我,那个女孩名叫吴颖,下午三点,在紫竹院。他随后就报出了一系列与她相关的资料:身高一米六一,披肩长发,棕色的裙子,皮肤白皙,有雀斑……但却隐瞒了一项最为重要的信息。

"我简直有些舍不得将她介绍给你,"裴钟在电话中半开玩笑似的对我说,"她的美貌会令你震惊的,很有可能,还是一个处女。"

他这样说,我并不感到惊奇。因为他每次打来电话,总是照例要说上一段雷同的冗长的开场白。

他还说了些别的事。他刚刚从报上读到,美国作家雷蒙德·卡佛因患肺癌不幸去世。在他去世前的那天晚上,他一直坐在窗前,看着窗台上的一株花发愣。没有人知道他想了些什么。

"我很想知道,他在去世前所凝望的是一种什么花……"

2

我很快在紫竹院里见到了吴颖。她就坐在河边的一座凉亭里,低头看着布满绿锈的河水。她长得不算漂亮,可也说不上难看,给人以十分虚弱的印象,就如一件织物在水中洗了又洗,颜色褪了又褪,又如一株终年不见阳光的盆栽植物,柔嫩而苍白。

夕阳透过重重叠叠的杨柳,照亮了那处凉亭,却使她的脸庞变得更加黝黯。在那条河的对面,一条长长的白铁栅栏的背后,矗立着一幢蓝色的建筑,那是北京图书馆的南楼。我和吴颖的谈话首先是从图书馆顶端蓝色的琉璃瓦开始的。

她很快就提到了南京的中山陵。她说,据她所知,中山陵是南方唯一的蓝色建筑。但它却是一座陵墓。"蓝色让人感到忧伤,"吴颖说,"白色使人沉静安适,而红色则显得喧闹、热烈,令人幻觉联翩……"我看了一下她所穿的连衣裙,如裴钟所说,是棕色的。

她说话的语调也是虚弱的、病态的,仿佛每吐出一个字,都显得十分艰难。

她从提包里取出一盒香烟,也没问我抽不抽,自己就叼上了一根,同时用指拢了一下额前的长发。我感到,她的身上附着了一层娴静而沉郁的气息,即使我们很长时间不说话,也不会觉得不自在。只有当我注意到她那被焦油熏黄的手指微微颤抖之时,才会略感局促。她笑了一下,告诉我,她的烟抽得很凶。

我们彼此打量着对方,说着一些不着边际的事。

我问她是不是愿意沿着河边随处走走,她摇了摇头。她说她喜欢一直这样坐着。总之,这个下午的情景总让人觉得不同寻常,似乎随时都会发生一些什么事情,僵滞的空气既紧张又甜蜜。

"我听裴钟说,你的老家似乎在苏州?"她终于提到了裴钟。

我点点头:"可以算是苏州。"

"是在苏州城里吗?"

"不,在甪直,离昆山很近。那是一个小镇,不太有名。"

可吴颖说,她知道那个地方。她回忆说,她的父亲作为一家制片厂的美工,曾经参加了中国第一部彩色电影的拍摄,外景地就在甪直。他从甪直带回来的风景照片摆满了她的整个书桌,还有一些字画,散发出油墨和染料特有的香气。

"照片上都是一些带回廊的房子、街巷、城内的运河,当然,还有那些拱桥。"

她说,如果有机会的话,她可以带我去她阜成门的家中,看看那些照片和字画。自从她的父亲去世之后,她一直小心翼翼地保存着它们。

她这样说,在无意中暗示了我这次约会在未来延续的可能性。我感到有些意外。我与裴钟之间的这个游戏,尽管双方未做任何规定,但早已在无形中建立了某些成例——一般来说,我一旦与初次约会的女人告别,就只能在梦中看到她了。我这样想,假如有一天,我真的去了吴颖的住所,是不是可以说,我已经走到了这个游戏之外?

"我心回神萦的天堂就是南方。"吴颖说。她父亲给她带回的那些照片和字画寄托着她的全部梦想。她说她只是一个冥想的收集者。她周围的邻居、亲戚、朋友、朋友的朋友只要去南方,总会给她捎回些什么。书籍、画册、公园的门票、导游图、石墨、砚台、纸扇、陶瓷、泥人、残碑的拓片……甚至,她还曾得到过一朵风干的昙花。那是扬州普济寺的一个和尚给她寄来的。

"这朵枯干的昙花正是南方的缩影,岁月消逝中残留下来的菁华。可是据说,这种花并不存在……"

"你去过南方吗?"我问她。

"其实,我一直生活在南方。"吴颖说。可我却不太明白她为何这样说,尽管她的话在语法上没有任何毛病。

"只要你愿意,你随时都可以去那里游历一番,或者,可以去南方工作……"

吴颖再次摇了摇头："我梦寐以求的南方，就像那朵昙花一样，实际上并不存在。"

她接着又解释说，尘世的图景只不过是一些想象的附属物，或者说，对想象的模仿。在她的南方博物馆里，所有的收藏物可以分成以下几个类别：实物、照片、绘画和书籍。"南方的格局固然可以凝结在一帧照片中、一面打开的纸扇中，或者一颈花瓶、一匹苏绣锦缎之中，可是，它的气息只有在文字中才能得以保留，而它的生命仅仅在我的想象中延续。因此，有人才会说，真正的存在物将是那些不存在……"

"这就是你不愿意去南方的理由吗？"我问道。

"当然，还有另一个理由。"吴颖古怪地笑了一下，将我吓了一跳。我们身边的这座沉寂的园林仿佛受到了她刚才一番玄言的感染，陡然变得虚幻起来。

她突然抓住我的一只手，将它拽到她的大腿上。我的手指刚刚触碰到她裙子的皱褶，巨大的晕眩感和内心的震荡就差一点将我击倒。

"你不要害怕。"吴颖朝我嫣然一笑，随后她就撩起了裙子，露出了过于白皙的、圆润的大腿。

它用聚酯材料做成，膝关节连接处的金属支架在阳光下闪闪发亮。

吴颖让我不要在意她刚才所说的那番话。因为，那是"一个不幸的人"在寂寞中琢磨出来的小玩意儿而已。

"你觉得自己是一个不幸的人吗?"我问她。

"有时候我会这么想,"吴颖说,"可在大部分时间里,我感到非常快乐。上帝是公正的,他从来没有离开过我。"

3

裴钟未能前来参加我与吴颖的婚礼。我们之间的游戏结束了,他一定非常伤感。

婚礼后的第二天,也是下午,他打来了一个电话。他曾经问我,美国作家卡佛在去世前所凝望的是一种什么花,他说他现在终于知道了。

"是玫瑰。"裴钟说,然后就挂断了电话。

镶 嵌

1

一年前,张清不顾来自家庭方面的巨大压力,与展新号远洋货轮的见习机械师韦利结了婚。最初的兴奋和沉醉消退之后,问题跟着就来了。

韦利的货船一年中至少有七个月在海上漂泊,张清在独守空房的同时,便有了充裕的时间来面对这桩婚姻所产生的后果。她的父母虽然过于奢侈地享用着四室两厅的宽敞住房,但张清暂时还指望不上。她的父亲,一位退休的高教局长,对女儿的婚事只说了一句话。张清一想起父亲的这句阴毒的咒语就不寒而栗——它从一个有着四十年党龄的厅级干部口中脱泻而出,一方面说明了我国的教育事业任重道远,同时也为日后她与父母的重归于好带来了难以逾越的障碍。

她只剩下了一个选择:在韦利家落户。韦利的母亲在十年前就已去世,他的父亲独自一人占用着一套三室一厅的老房子。把家安在韦利那边,张清觉得利弊俱在。在韦利出海的漫长日子里,一个刚过门的媳妇与公公住在一起,种种不便自不待言。好在公公那时已身染重病,眼见得光景一天不如一天,张清也不难窥见日后的一线曙光。

韦利当初在劝说张清接受这个方案时,曾明确地向她暗示过这一点:"韦科长眼看着就不行了。也许我哪天从船上下来,就能看见你手臂上戴着的黑纱。"韦利这么说,张清的心里顿时就亮堂了起来。

韦利的父亲早年投身革命,参加过著名的淮海战役,转业后到了地方,当了一辈子的审计科长。正如她从未听到韦利叫过他父亲一样,张清也从未觉得这个两颊塌陷、目光呆滞的老人与她存在着什么亲缘关系。他们给他起了各种各样的绰号,但在大部分场合,他们都叫他韦科长。

张清每隔一段时间就能收到一封丈夫的来信,一枚枚精致的邮票准确地勾勒出了展新号的航行路线,也给她的愁思带来了有力的依托。她甚至能够从邮票上嗅到海水的咸味,嗅到鹿特丹玫瑰和苏里南棕榈的清香。她白天去医院上班,晚上就躺在床上,在公公混浊不清的喘息声中翻看那些信件。她在心里一直盘算着的就是两件事:丈夫的回国或公公的暴毙。时间一长,就连张清也弄不清,哪一个愿望更加迫切。

除了一阵尖锐的刺痛和持久的麻木感之外,韦利在新婚之夜的一番梳弄并没有给张清留下什么特别的喜悦,可是到了第二天凌晨,她从床上醒过来,发现一切都不一样了。她朦朦胧胧地觉得,自己的肉体中有一种神秘的力量被唤醒了:她的肌肤仿佛具有了某种不可思议的记忆力,正如一道微光将她体内的每一个角落都照亮了。从此以后,她的躯体能够仔细地区分两种迥然不同的生理信号:挽留和期待。她暂时还不知道什么样的情境可以被称为"满足"。

在婚后的一个月中,张清和韦利的大部分时间都是在床上度过的。频繁的房事似乎并非为了探明双方的身体在自然或非常状态下的各种隐秘,而只是试图唤回一种似曾相识的晕眩经验,用张清的话来说:"让它永远地停在那一刻……"

床单每天都在换洗,最后连床架也有些松动了。张清甚至有些害怕,她丰腴的肉体就像一只永不餍足的怪兽,希望在顷刻之间就将对方吞食一空。韦利虽然十分健壮,但渐渐也有些力不能持,男人的自尊心在新婚后的第一个月就遭到伤害和挫折,他不得不去面对这样一个事实:男人能做的事,女人通常能做得更好。她永远说"不够",永远叫着再来一次,即将离别的恐惧向肉体转嫁危机,欲望在暗中变本加厉。

有一次,韦利在耳畔悄悄地问她:"你怎么这样疯狂?是不是有什么病?"张清一点也没有生气。她把头贴在丈夫的胸前,甜滋滋地想:要说有病,也是一种十分迷人的病……韦利接下来的话多少有些乖张的淫荡,他说:"看来至少得有三个男人来对付你……"张清笑了一下,她说,从理论上来说,也许是这么回事,但实际上她无论如何也不可能这样做。张清这样说着,立刻就想起了她们医院的一名外科大夫。她的脸红了,感到了一种从未有过的快乐的羞耻。而韦利怎么都觉得妻子的话中有一丝惋惜的意味。他后悔不该说这样的话。

韦利回到船上之后,张清走路的姿势一度变得十分难看。她身体的每一个关节都感到了甜蜜的酸痛,医院的女同事们慢慢发现了一个规律:每当韦利出海归来,她走起路来就像一只鸭子,反过来说也一样。张清向她们抱怨大腿、手臂抬不起来,同事们就哈哈大笑:"我知道你是怎么搞的……"

张清觉得一切都不一样了,当她在手术室看见大夫们褪下病人的裤子,替他们刮去下腹的阴毛时,她不再像从前那样无动于衷。不知从哪天开始,她的身体有了一种神秘的灵性。她这样想:仅仅因为这一点和父母闹翻,那也是值得的。

张清和韦利决定搬到公公家落脚的时候,老人还能下床走动。早晨天还没亮,他就在阳台上转悠了。他打上几遍陈式太极拳,然后就去侍弄那些叽叽喳喳的画眉鸟。他将橘皮和茶叶泡在一只军用水壶里,给窗前的一盆君子兰浇水。军用水壶的底部一度被子弹射穿,后来用焊锡补上了,他舍不得扔掉它。老人床上的棉被同样是战争岁月所遗留的重要标记,在白天的大部分时间里,它总是被叠得整整齐齐。可是,自从张清来到这个家里之后,老人的境况很快发生了根本性的转变,起先是他的喘息更加绵长、频繁,痰音更重,下床走动的次数日渐减少。接着,阳台上的画眉因无人喂食终于饿死了,君子兰多了两尾枯叶。最后,老人床头的一只收音机由于电池耗尽只能发出一些电波干扰声……这一切都在表明,老人正像张清所预料的那样,有条不紊地踏上了归程。屋子里开始有了一种腐烂的气味。

不过,韦科长彻底卧床不起则是在一个星期之前。那是一个星期天,张清正在隔壁的卧室里熨衣服,突然听见韦科长的房里传来一阵清晰而恶俗的声响,接着她就嗅到一股难闻的臭味。她走到公公的门前,扶着门框朝里窥望。韦科长得意地笑了一下,慢条斯理地对媳妇说:

"我刚刚拉了一泡屎……"

张清的脸上掠过一缕明显的厌恶和敌意。"操你妈!"她暗暗地骂了一句,走到公公的床前。

她胡乱地撩开老人的被子,用了差不多一卷卫生纸才帮他把屁股擦干净。她替老人换了一条新床单,去厕所洗了手,回到自己的卧室,却发现熨斗已将烫衣板的衬布烧开了一个大洞,韦利在意大利替她买的一件拼花长裙也被烧掉了下摆。她刚刚来得及拔去电熨斗的插头,就听见隔壁又传来了一连串"泼泼剌剌"冗长的声响。

张清也曾经考虑过雇一位保姆来侍候这个老人。她最终放弃了这个念头是因为她对目前的治安状况已不抱信心。医院里的同事整天都在谈论着一些耸人听闻的恶性案件:保姆将孩子贩卖到外地,或者干脆将他们勒毙,把房中的金钱、首饰席卷一空,而无法带走的电视机则被泡在澡盆里……张清决定忍辱负重。她用缝纫机替公公扎了一块塑料尿布,垫在他的身下,这样她就无须每天更换床单了。她时常从药房里带回一些消毒药水,用以驱散房内萦绕不散的那股恶臭。

没有任何迹象表明老人对媳妇的操劳心揣感激。他一心盘算着怎样使自己日益衰竭的生命延续下去。他每天早晨七点钟喝下一杯参汤,十点半吃一根香蕉。十二点的午餐包括一只煎鸡蛋、两片面包、两块火腿肉,还有一碟拌黄瓜。所有这些物品均由张清事先备好,放在公公伸手能及的地方。老人下午一般不吃东西,到了六点半,他就要拉屎了。

张清通常每天去公公的房中两次:送进食物,取走尿布、夜壶和痰盂。当然,她还得忍受韦科长那些没完没了的絮絮叨叨,听他一遍遍讲述那只军用水壶是怎样被一粒子弹射穿的。有一次,韦科长居然谈到了眼下颇为流行的安乐死,这使张清激动得直打哆嗦。假如公公有志于此,她将随时提供必要的协助。不过,韦科长只是随便说说而已。他认为人的正常寿命应该是一百四十岁。"在英国的约克郡,一位钟表匠常年卧病在床,人人都觉得他快不行了,谁知道,他最小的一个孙子病故后,钟表匠又活了四年……"

老人说,这则报道登在最近一期的《健康之友》上。"我们在任何时候,都不能对生活失去信心。总有一天,科学将向人证明:人本来是不会死去的……"韦科长握住媳妇的手久久忘了松开。

在昏暗的灯光下,张清戴着一副大口罩,以一个标准护士的姿势替她的公公擦拭身体。她轻轻地脱下老人的白色短裤,一时觉得有些无从下手。由于口罩的遮掩,她脸上的表情被保护得很好。她也许是嫌恶的,也许对眼下的这种情景早已习以为常。老人一动不动地看着她,目光中始终有一种怂恿或鼓励的意味,仿佛在对她说:"小张,大胆一点,再大胆一点……我们都是唯物主义者……"

为了消除这种多少有点尴尬的气氛,老人再次提起了战争年月的往事。一九四六年东北的四平战役,他亲眼看见林彪流下了眼泪;一九四七年的沧州会战,他左臂为一枚流弹击中,在担架上结识了一位漂亮的护士……不过她并不是韦利的母亲。韦科长与后来的妻子相遇,则是在两年后的通什,他们一同在五指山的椰树林中剿匪……当老人讲到朝鲜战争时,叙述中明显地夹杂了一丝快活的哼哼声。

张清用草纸小心翼翼地替他擦去了大腿内侧的屎迹,然后是肛门和腹股沟。他真像一头猪,将屎弄得到处都是,无论张清怎样小心,她的手指都无法避开那段耷拉着的羞物。它曾经被用来取乐,如今已是一副垂头丧气的模样。她将它拨向左边,它就倒向左边。张清将它来回拨弄了一番,很快就将他身体上的污迹擦干净了。

张清正准备替老人换上干净的内裤,眼前的情景几乎使她惊呆了。她看见那段盲肠似的物件正以一种不可思议的速度迅速肿胀。考虑到他此时的年龄,这不能不说是一个奇迹,至少,它超越了教科书上对于海绵体充血的最大年龄限度的表述,她几乎是带着一种好奇心端详着它,看着它像一门正在校正位置的大炮昂然挺立,顷刻间变得面目狰狞。与此同时,老人的哼哼声更加执着了。

据医院的护理专家们说,病人或老人都具有很强的依赖性。你在某一天偶尔搀扶了他一把,他就有理由从此赖在椅子上不起来;你由于无法忍受的臭味替他擦了一回身体,它就会成为一个固定的节目。让张清百思不得其解的是,韦科长不需要任何器械的帮助,能用牙齿撬开一听鱼子酱罐头,却照例让张清去替他擦屁股,扶他(实际上是搂抱着他)去浴室洗澡……假如张清拒绝这样做,他就用恶臭来对付她(他可以强迫自己吃上两只洋葱)。散发出某种气味的确是他的权利,也是制伏张清的一种手段。

对于韦科长来说,他如此频繁地让儿媳妇替自己擦身,从未觉得有何不宜。他可以轻而易举地找到两条理由使自己安下心来。第一,张清是一名医生,常人视为隐秘的东西在医生的眼中早已司空见惯;第二,他是一个老人加病人,性别问题已经变得不那么重要或敏感,只要建议她戴上一只橡皮手套(这样,他们的皮肤即可避免真正的接触),他就一劳永逸地卸下了所有的道德负担。

可是张清却不这么看。种种迹象显示,她与公公之间的这种紧张关系带有残酷的对抗色彩。在她与韦科长暗里进行的这场较量中,老人自始至终都占据着有利的地位。他常常向张清谈起约克郡的那位钟表匠,并暗示说,看上去要死的人并不一定死得那么快……假如韦科长活到一百四十岁,她也已经是九十岁的老人了。"那时要是我们去教堂结婚,就不会有人在乎是否乱伦……"

这当然是韦科长蹩脚的玩笑。他什么话都敢说。反正他已经老了,无所谓了。

在等待丈夫回国的这个火热的夏季,张清渐渐觉察到了一种深重的罪孽感。在阒寂无人的傍晚,她在替公公擦身的时候已不再觉得厌恶。事实上,没有什么障碍是不能拆除的。张清想得越远,她的心就越乱,任凭她怎样设想韦利在阿姆斯特丹的妓院中与异族女人鬼混,它也丝毫不能抵消自己肉体和心灵的双重罪孽。她无法不朝那儿多看一眼。由此看来,我们基本上可以这样说,张清是一个诚实的女人,也许还是一个纯洁的女人。她似乎有充分的理由盼着公公的早死。

夏末的一天,张清兴高采烈地去医院上班,同事们看到她喜气洋洋的神情,都以为她的丈夫已经或将要回国了。药房的两个划价员搂着张清的肩膀一刻不停地与她开玩笑。其中的一位直言不讳地问张清,你和韦利一个晚上最多可以干几次?

"就一次。"张清笑着回答说。

"不太可能吧?"一位年龄稍大的妇女朝她眨了眨眼睛。她猜测说,按照韦利那么强健的体魄,一个晚上七次应该是不成问题。在同事的戏谑声中,张清的脸上掠过一缕阴郁的浮云,因为她的丈夫现在也许还远在赤道以南呢。

她们又说了些别的,彼此交换了一些不便启齿的闺房隐秘。

中午吃饭的时候,张清去水房洗碗,在经过外科病室的门前时,她看见几名男同事正光着膀子,围着一台电风扇聊天。他们谈到了这个城市一百二十五年来所遇到的罕见高温,谈到尸体囤积在殡仪馆的焚化车间,来不及火化。张清端着饭盆不知不觉地走了进去。

"你们刚才在说什么?"她问道。

"我们在说殡仪馆里的事,"一个大夫笑道,"由于死人太多,殡仪馆无法接受新的尸体。当然,预先就约定的除外。"

"那人要是死了怎么办?"张清说。

"殡仪馆方面还可以想别的办法,比如说先把尸体抬进冷库里冻起来……"这个大夫说,"不过,你打听这些事干吗?"

张清说,她有一个亲戚快要不行了。

"那就先把他送到医院来,别老想着火葬场啊。"

张清没再说什么。男人们很快就聊起了不久前在东海举行的一次导弹射击演习。

张清所说的那个亲戚正是韦科长。从前天早上开始,他一连几次出现了间歇性昏厥。作为一个医科大学毕业的高才生,她完全知道这种昏厥意味着什么。

这个城市持续两周的高温天气使张清的苦苦守望获得了一线转机。她起床后的第一件事就是去隔壁探视她的公公,就像一个茶农在清明前后对茶园的例行巡视,看看新出的茶尖是否适于采摘。当她发现这个病弱的老人躺在凉席上一动不动,她的心脏就会怦怦乱跳。事实上,她只要上前摸摸他的脉搏即可判断出他与死神的距离,可张清总是急不可待地拿着一只手电筒,翻开老人的眼皮,希望一下子就看到他放大的瞳孔。

她有些沉不住气了。张清不安地想到,假如眼下正在肆虐的酷暑没能留住他的生命,那么到了天朗气清的秋天,再也不会有什么力量阻止他活到明年。当然,她不能指望寒冬,这个城市的冬天一般来说并不太冷。

因此,我们不难理解,在公公的"弥留之际",张清为什么从未想到将他及时地送往医院救治。尽管她早已购买了一台"三菱"牌空调,但她一次次推迟了安装的计划。她没有觉得不安。既然这个老人已露出了死态,她所能做的,只是为这样一个自然程序扫清道路而已,谁也不能说,它比医院里的安乐死更不符合道德。

早晨临出门的时候,张清看见老人赤身裸体地趴在床上,瘦骨嶙峋的背脊上布满了暗红色的斑疮。他的两条腿像青蛙似的蹬踢着,抽搐着,嘴里吐出的缕缕白沫使他歪斜着脑袋,看上去酷似一只巨大的螃蟹。

张清将这一切看在眼里,在公公的床前放了一小杯凉开水,就迅速离开了。

张清下班后,没有立即回家。她来到医院附近的一家麦当劳餐厅吃了晚饭,然后就坐21路电车去和平电影院看电影。她一连看了两遍《阳光灿烂的日子》,又去咖啡馆坐了半个小时。等到她决定回家,已经是晚上十一点钟了。她想象中的那具尸体说不定早已僵硬……虽说张清每天下班后都尽可能地推延回家的时间,可是这一次,意义却显得有些特别。仿佛她在外耽搁的时间越长,回家后看到公公遗体的可能性就越大。

她已在内心反复考虑过这样的情景:她一旦发现公公暴卒,应当首先考虑给刘胜利打电话。他是医院的司机,又是自己潜在的追求者。再说,他与殡仪馆方面有着很深的关系,只要给他打个电话,她就可以连夜清扫房间了。她打算将公公的床拆掉,将床板和铁支架搁在门外的走廊里(她在三天前就让邻居将走廊里的一堆旧报纸处理掉了,替这张床腾出了地方)。她或许可以在公公放床的地方搁上一架钢琴,或者,一套组合音响。

假如刘胜利前来搬运尸体时再次对她动手动脚,她也应当尽量保持沉默,只要他的行为不越过最后的那道防线,可以让这位花花公子适当地开心一下。

张清从咖啡馆里出来,脑子里乱糟糟的。由于压抑不住的激动,她的脸上火辣辣的,就像一位在热恋中不知所措的少女。她想起来,她与韦利第一次见面也是在这家咖啡馆里。他们在门外的一个广告牌下接吻、拥抱,很久没有分开。那时,她觉得自己的五脏六腑都被一阵强烈的气流震碎了,现在她再次感到了类似的晕眩。她一度觉得,韦利的出现和他父亲的死去,在她内心激起的喜悦是多么的相似。

临近子夜,公共汽车站上聚集着一簇等候末班车的人群。男人们一律光着上半身,女人们则很不雅观地撩起裙子的下摆往里扇风。汗酸味和柏油被烤化的气味混合在一起,空调机嗡嗡的叫闹声使人头晕目眩。

一个肥胖的老太太摇着扇子,大口地吮吸着一根雪糕,对张清说:"你说说,这样的天气还让人活吗?"

"我觉得挺好。"张清不屑一顾地对老人说。

"你不觉着热吗?"

"不热。"张清笑了笑,"我觉得一点也不热。"

张清一走进公寓的楼道,就从闷热的空气中嗅到了某种不妙的气息,她的心不由得往下一沉。

她发现厨房里亮着灯光。倘若不是家中闯进了歹徒,韦科长无论如何也不可能打开厨房的电灯。张清打开门锁,小心翼翼地走了进去,听见公公的房中传来了电风扇吹动纸张的声音。她来到公公的门边,看见韦科长正悠然自得地靠在床上翻看隔日的《参考消息》,手里端着一盘尚未吃尽的西红柿炒鸡蛋……

接着,张清看见了那台老式电风扇——早上出门时,她明明记得它搁在自己屋的床头柜上,假如不是韦科长自己下床将它搬过来,电扇也不会长上翅膀飞到他的床前……老人说,他至少已有四天没有吃过东西了,因此,他一口气吃掉了六只鸡蛋。

张清到底也没有想明白，究竟是怎样一种奇异的力量使这个垂危的老人顷刻之间就恢复了健康。

老人抖动了一下手里的《参考消息》，用一种十分清晰的语调对他的儿媳妇说："……六枚导弹全部击中目标，哈哈，要打仗了……"

张清怔怔地看着公公，大脑一片空白。在这个夏末的夜晚她暂时还不会想到，她在未来的一桩突发事件中悲惨地死去之后，她的公公仍然在病榻坚持了两年零六个月。

2

展新号货轮在钓鱼岛附近的洋面上遇到了热带风暴的袭击，它被迫钻进了日属的备用军港停泊避风。

韦利和几名水手站在剧烈摇颤的甲板上，望着船头竖起的几丈高的浪柱，仿佛看见了他新婚不久的妻子在码头上举目眺望的身影。他的船原定在中秋节这天抵达十里铺码头，但现在已是月底，在云层中忽隐忽现的月亮俨然一尾清冷的银钩模样，它满含责备和怨尤，在浪急风高的夜晚，呈露出无限的柔情。

半个多月之后，展新号远洋货轮终于停靠在了十里铺码头。在等候亲属归来的人群中，韦利没能找到张清的影子。

韦利拎着一箱鱼子酱罐头,在郁闷的岸边站了一会儿。他拿不定主意是回自己父亲的家,还是直接去张清那儿,这种犹豫不决似曾相识,由来已久。

一年前,他与张清结婚时,碰到了一个小小的难题。由于双方的单位都无法给他们提供住房,他们只能在各自的父母家择一而居。韦利的父亲因患心脏病卧床多年,而且在短期内似乎还看不出有心肌梗塞的迹象。虽然他拥有三室一厅的宽敞住房,但张清从未考虑过在公公那里安家,用她的话来说:"假如我白天在医院当医生,晚上给你爹当护士,那就失去了做人的机会……"

更何况,韦利长年在外,一个年轻的媳妇和衰老不堪的公公整日厮守,对人的神经系统是一个十分艰巨的考验,因此,他们商量的结果(实际早已决定),一致认为投奔岳父才是上策。

张清的父亲是一位退职的高教局长,赋闲在家已有一年,无事可干的寂寞使他有了足够的时间和充沛的精力用于对付这两个年轻的恋人,一心一意将他们拆散。考虑到以前曾遭受的种种羞辱和即将到来的寄人篱下,韦利对于这个刚刚组建起来的四口之家不能抱有太大的幻想。

韦利拎着那箱鱼子酱,穿过灯火灰暗的江边码头和一处正在施工的建筑楼群,朝南中山路的一个公共汽车站走去。

他打算先去张清那儿。他与妻子已分开六个多月,这一决定天经地义。再说,他担心他的父亲见到自己之后,会再提空调的事儿。

父亲一直想装个空调,他曾经一次次对儿子说:"你出国之后,给我弄个德国空调回来,日本的也行。"好像他的儿子不是货船见习机械师,而是一位空调公司的总裁。自打韦利懂事的那天起,父亲就一直在床上躺着。健康活泼的母亲整天在担心父亲的暴亡,可母亲去世已有十年,父亲的病情也说不上更糟,当然,也没有变得更好。这位当年淮海战役中的突击排长常年足不出户,对于外界的变化和飞涨的物价并不比一个白痴知道得更多,他著名的口头禅是:"你到菜场替我拎两只甲鱼回来,顺便再要几斤对虾……"那时韦利还在船舶学院念书,每月靠父亲的那点退休金生活,这点钱是经不起什么折腾的。

他毕业后,被分配到展新一号货轮当机械师,工资比一般毕业生要高出一截,但他在面对"空调"一类的概念时,还是觉得底气不足。有一次,他将父亲的这一愿望告诉了张清,没想到妻子那一双漂亮的杏仁眼顿时露出一道阴森森的寒光:"他疯啦?这个白痴也太过分了,他还有几天?难道还想活到收回香港不成?"

听到妻子这么说,韦利心中也很不是滋味。要说韦利偶尔也会跟着媳妇对父亲大骂一通,但多半不是出于本意。

举个例子来说,这天晚上,韦利拎着一箱乌克兰产的鱼子酱,走到工地的一处黑暗的角落,突然停了下来。他的脑子里飞快地掠过这样一个念头:上等的鱼子酱在免税商店的标价是每瓶二十美元,这一箱正好是二十四瓶,合计四百八十美元,换算成人民币,差不多就可以抵得上一台窗式空调机的价钱。韦利知道,这只箱子一旦拎进了岳父的家门,他就没有任何理由再将它拎出来,而且,他不敢保证岳父岳母就一定乐于享用——上一次,他给岳父买了一盒马来西亚燕窝,适逢老人对动物保护的必要性有了一知半解的概念,因而拒绝食用。韦利转而赠送可口可乐,老人又成了一个振兴民族工业的倡导者。送上几条红塔山又如何呢?岳父倒没说什么,岳母却认为她的禁烟计划之所以不能成功,是因为有人不怀好意。

经过一番复杂的盘算之后,韦利四下里看了看,从口袋中取出一把旅行用的小剪刀,划开纸箱,从箱中拿出八瓶鱼子酱,将它们埋在了垃圾桶边上的一条排水沟里,用沙土填平,又在上面压了几块红砖。

站在深夜的风中,韦利觉得自己的行为颇有几分滑稽和怪诞,这种怪诞同时又增加了他的不真实之感。本来,他可以先回家看父亲,顺理成章地给父亲留下几瓶,然后再去岳父家与张清见面。但他一分钟也不愿意多耽搁。他想到了妻子丰腴的肉体,他的欲望的船帆鼓满了风。

韦利提着十六瓶鱼子酱按响了张清家的门铃,足足有十分钟无人应门。当他听到屋里传来骨牌推倒后的揉搓之声,才忽然想起来,由于这幢大楼时常发生深夜入室抢劫事件,岳父制定了一个严格的安全措施:晚上来客若非事先电话通知,一般不予开门。韦利只得返回电梯,给家里拨打电话。

当他重新回到铁制防盗门前,就听见了岳母趿着拖鞋的声音。经过再次盘问核准,韦利得以进入室内。这时,已经是深夜十一点三刻了。

"我给你们带了一些鱼子酱……"韦利一进门,就这样对他的岳母说。

不知是她没有听见,还是装作没有听见,反正她没有搭理他。

韦利从一面巨大的方镜中瞥见,他的岳父老张、岳母老李,加上张清,正在餐厅里玩三人麻将。

韦利去卫生间洗了脸,刮了胡子,来到餐厅里。

"我给你们带了一些鱼子酱……"

"鱼子酱?什么鱼子酱?"老李抬头朝韦利瞪了一眼,"这是怎么搞的?我怎么又成了相公?"

韦利的脸上依旧挂着无可奈何的笑容。他觉得笑容也有生命,也懂得尴尬或羞辱,也能激起自己对它的怜悯。他这样一想,笑容一下子就没了。镜子里的那张脸是乖张的,灰暗的,毫无生气的。

他轮流在老张和老李的身后转来转去,看他们打牌,间或煞有介事地点点头,好像在说:对,这张牌打得对……最后,他走到了张清的身边,挨着她坐了下来。不过,他的妻子此刻也并不欢迎他的助阵,她在桌子底下狠狠地踩了他一脚,算是初步的警告。

老张的情绪似乎略好一些。他点了一支烟,脸上没有任何表情地对韦利说:"你对东海最近的一次导弹演习怎么看……"

"听说六枚导弹全部命中目标。"韦利说。

"有两枚是巡航导弹,是从新疆的一个基地发射的……"老张补充了一句。

"据说是这样。"韦利深情地看着老张。

"那么范志毅呢?"老张又问,"昨晚他的那个进球算不算越位?"

韦利不知道老张是上海队的球迷,还是大连队的拥趸,因此不知如何投其所好。假如坦言自己在货船上无法收看这场比赛,那无疑是在暗示岳父的记忆力出现了问题。细想了一会儿,韦利这样答道:

"可算可不算……"

老张满意地点点头。他说他一向是大连队球迷,可又特别喜欢范志毅。报纸上对这个进球吵得不亦乐乎,对他来说反正都一样。说完,一连放了好几个响屁。

麻将打到凌晨两点方散,四人捉对回房休息。韦利去浴室洗了个澡,回到卧室,张清已经在床上躺下了。他正准备将窗帘拉上,就听见妻子在背后烦躁地叫了一声:"别拉,天这么热……"

在平时,愤怒是张清表达爱意的一种方式,在韦利的船因为风暴的阻挠而耽误了归期之际,她的恼怒更加肆无忌惮。

她坚持让韦利睡在地上的凉席上。韦利为了争取到躺在妻子身边的权利,又浪费了宝贵的一个小时。

不过,年轻的躯体在分离六个月之后的相互渴慕最终战胜了不堪一击的故作姿态。看上去,张清还在苦苦挣扎、抵挡,实际上她早已在扭打和唾骂中悄悄脱去了内裤。

韦利在床头的一台录音机里放了一盘磁带。录音机所发出的爵士乐正好可以抵消这张老式双人床有节奏的吱嘎声。在韦利的记忆中,担心某种羞辱之声为隔壁的老人听见,使他的兴奋中枢受到了有力的遏制,他常常无法顺利地戴上避孕套。

这一次,张清告诉他,她刚刚来完了例假,用不着避孕套。当张清以标准的性交姿势仰卧在床上,含情脉脉地注视着丈夫的时候,韦利却仍然呆坐在床边一动不动。

"蠢货,你还愣在那儿干什么?"

"还不行……"韦利嗫嚅道,他的眼睛眺望着窗外晦暗的天空。他那凝神屏息的样子,很容易让人联想到一个正在运气发功的气功大师。

"别着急……"张清说,她毕竟是一个在这方面富有经验的女人。像往常一样,她温存地将丈夫拉到自己的身边,手指像梳齿一样轻轻地滑过他灼热的躯体。不要急,慢慢来……在这个令人痛苦而沮丧的过程中,韦利脑子里想着另外一码事:

在女人奋力的挣扎和呼叫声中,在心理极度紧张的瞬间,强奸何以成为可能?

他百思不得其解。抛开道德和法律不谈,仅仅在操作的意义上说,强奸犯就足以让他感到钦佩了。他们也许是特种材料制成的人,有着花岗岩般坚固的神经。

张清兀自抚弄了一阵,自己也失去了信心,她长叹了一声,对韦利说:"我们先说会儿话吧。"

韦利知道说些什么。他终于使出了绝招,在接下来的一个杜撰的故事中,韦利让自己充当了一名入室行凶的歹徒,而张清则是一个纯洁俏丽的少女。歹徒悄悄潜入室内,少女正在厕所里洗衣服,他从背后拦腰抱住了她,出其不意地拽下了她的裙子,少女因双手沾满了肥皂沫而不便抵抗。

"也许她压根就不想抵抗。"韦利说。

"后来怎么样……"

已经没有后来了。对于韦利来说,故事的目的似乎已达到,他嘿嘿地笑了一下,对张清耳语道:"行了……"

可张清认为这个故事还没完。她央求丈夫接着讲下去。这一过分的要求使韦利不禁吃了一惊。仿佛他一直在担心的某件事得到了证实一样,他觉得自己对女人的微妙心理又多了一层理解。在一种直觉的驱使之下,他拒绝了妻子的要求。

"你这个人最自私,只顾自己痛快……"她开始焦躁起来,身体难看地扭曲着,就像遭到电击后的痉挛或抽搐。

韦利只得进一步提供情节。可张清又抱怨说,他是在阳奉阴违,是在完成某项例行的任务。

就在这个时候,录音机的按键"啪"的一声弹了回来,经受这一突如其来的声音的惊吓,韦利又不行了。

韦利早上一觉醒来,阳光已经照到了他的床侧。经过凌晨的一场暴雨,气温已明显下降。他嗅到窗外树木的清香,它夹带着一缕微微的寒意。

张清去医院上班了,屋子里传来了老李拖鞋的踢踏声。老张在客厅里响亮地喝着咖啡,使杯盘发出一些刺耳的声音。

这时,韦利听见老李的声音在说:"屋子里怎么忽然就有了一股怪味,就像是船舱里散发出来的死鱼烂虾味……"她说的是"船舱"。老张说:"我昨天花了一个上午拖干净的地又脏了。"说完,他又放了一个屁。

韦利在床上又躺了一会儿。尽管他觉得精力充沛,但还是不愿意立刻起床。在张清下班回来之前,他不知道如何与这两个老人相处。他只要一想到岳父那张脸,就会联想到妻子的眼睛嵌在岳父的眼窝里。老李头发稀疏,当中秃掉一块,它无疑在时刻提醒韦利,妻子在衰老的未来将会是怎样一副样子。而她的语言、说话时的嘴形与张清简直是如出一辙。每当他与张清在床上做爱时,他就会想入非非,仿佛呻吟中的这个女人不是张清,而是三个人的混合物。即便是为了避免这一联想,他当初也应该说服张清在韦科长那边安家……

韦利起床之后,老张就对女婿说,今天上午九点,他有一个同事要来家中做客,他是一家贸易公司的董事长,他们曾在高教系统共事多年。随后老张又说,就在前天,两个自称是自来水管工的歹徒敲开了九楼一个特级教师的家门。特级教师一家五口,包括保姆在内无一生还。特级教师抛弃前妻之后又另续新欢,在这次劫难中,年轻的女主人受到了"令人发指"的摧残。"有些人事业上有了一点小小的起色就忘乎所以,这也算是一个报应吧。"老张轻描淡写地总结道。

韦利不知道董事长九点的拜访与这次凶杀案有什么关系,但老张随后的一番话便道出了原委,董事长曾经因为威胁杀人被高教局除名,下海经商后多年没有音讯。有人传说他在两年前就因车祸去世。"可他昨天突然打电话给我,说有要事相商……这毕竟是太危险了,可我又不便拒绝,当然,更不能去报案。"

"当年,是老张竭力主张将他开除的,"老李不安地补充说,"他曾扬言……"

老张朝老李摆了摆手,制止了她的进一步解释。

在韦利看来,作为一代教育家,老张在退休之后对外界的恐惧显然是加深了。他似乎只剩下了两个愿望:对绝对安全感的寻求(昔日的同事登门拜访竟使他张皇失措)、对金钱的非分之想(他不愿意失去与董事长重叙旧好的机会)。而两者都是我们时代的通病。

韦利起床后的第一件事就是卖力地打扫房间,将由于他的归来而弄脏的地面重新擦揩干净。他打开了所有的窗户,使那股"船舱里的死鱼烂虾味"散发出去。最后,他主动擦净了所有的桌椅和橱柜,连厨房的不锈钢餐具都擦得锃光瓦亮。当韦利忍着饥饿讨好似的来到岳父跟前,问他还有什么活需要他干时,老李却在一个劲地抱怨自来水龙头没关紧,卫生间的灯忘了关上,另外他刚刚用过的厕所因大便没有冲净而造成了马桶的堵塞……老李还想说些什么,可门铃在骤然之间就响了起来。

他看见老张的脸部肌肉猛烈地蹿跳了两下。老李手里拿着一把红色的马桶刷从厕所里奔了出来,深情地凝视着自己的丈夫,目光中含有一丝诀别的意味。

老张压低了声音对韦利说:"你去开门……"随后一头扎进了厨房。

韦利打开门,看见防盗门外站立着一个奸商模样的肥胖老头,身边搁着一只庞大的纸箱。一见韦利,他就笑容可掬地一哈腰:"哈啰,张局长在不在?"

韦利也不由自主地朝他鞠了一躬,打开了防盗门。与此同时,老李早已哆哆嗦嗦地从里屋走了出来:"啊,是老严啊,哈喽哈喽……"接着,她冲厨房里喊了一声,"老张,你看看谁来了……"

老张闻声也从厨房里钻了出来,手里兀自提着一把剁排骨用的小斧子。

董事长是专程为他女儿保送上大学的事而登门的。宾主落座,言谈甚欢。双方都避开了当年在高教局共事时的种种不快,彼此拍拍打打,很有些不成体统。董事长认为老张客厅里的一台彩电应当换一换了,而新彩电就搁在门外的过道里。张局长回答说,尽管他本人已经退休,可他们几十年来牢不可破的友谊将促使他"太史公牛马……"。

既然问题已经解决,又无旧可叙,董事长立刻起身告辞。临走前,老李忽然想起礼尚往来这一古训,便将韦利昨夜带来的十六瓶鱼子酱强行塞在了董事长的怀里。

晚上,张清下班回来,一家人早早吃了晚饭,围坐在客厅里,欣赏着簇新的二十九英寸火箭炮彩电,一直到午夜新闻结束,方才各自回房休息。

难得看见老张老李有这么好的心情,韦利的兴致水涨船高,也恢复了不少自信。在做爱之前,韦利将老张上午拎着斧头出来迎接客人的情景向张清添油加醋地描述了一遍,逗得张清在床上滚作了一团。

笑过之后,张清又严肃地提醒丈夫,虽然老张的警惕和提防之心近乎歇斯底里,但"凡事还是小心点为妙"。

韦利显然不这么认为。他一直在想,假如早上来访的董事长果真是一名歹徒,凭着自己一米八七的健壮体魄,他可以在顷刻之间将其生擒活捉,也顺便让老张和老李开开眼界,让他们知道,什么叫作鹞子翻身,什么叫作饿虎扑食……

想到这里,他不由得加快了身体的动作,而他的妻子早已发出了迷迷糊糊的呻吟声。

3

对于七十年代后出生的这批年轻人来说,寻找某种标志与他们的上辈加以区分,渐渐成了时髦。尽管对他们严加管束的父母并不是法西斯,可反抗或逃离他们也就成了一部分人追求自由的象征。

张清和韦利结婚之后,在何处安家就成了一个棘手的难题。他们至少有两种方案可以选择——双方父母的房子加在一起,足以开一个小型的旅馆,但他们最终的决定让很多人都感到意外:他们自己出钱在汇园住宅小区租了一套两室的房子,以便和所有的老人都保持一定的距离。

在他们记事的时候,"文革"差不多就已经结束。生活的相对安定、封闭的校园,以及父母对独生子女的宠爱造就了他们无忧无虑的外表,也多少培植起了一点似是而非的浪漫情调。他们在教堂举行婚礼,向往刺激和冒险,喜欢孟庭苇和张学友的歌曲,读梁凤仪的财经小说,迷恋电脑游戏……

韦利在船舶学院毕业后,自愿报名去展新号远洋货轮任职,他的确切身份只是一名见习机械师,但这并不妨碍在制作名片时,加上"水手"二字。

张清的父亲,一位退职的教育官员不惜以自杀相威胁,才勉强制止了女儿去西藏工作的企图。但他却不得不在女儿的婚事上做出相应的让步,同意她嫁给一个"废物",并允许他们搬进汇园小区,自立门户。

韦利和张清住进汇园公寓的第一个晚上，获得自由的兴奋使他们彻夜未眠。到了后半夜，夫妻二人实在没有话题可供叙谈，便各自将自己的父母搬出来，尽情地取笑了一通。

张清说，她最不能容忍的就是父母对安全的疯狂依赖。家中的门铃每响一次，老张和老李都会如临大敌，神色陡变，似乎任何一个来客都是乔装打扮的歹徒。据他们说，那幢教师大楼在一个月中连续发生了四次命案，可张清却未有所闻。"很难说，他们不是在危言耸听，胡编乱造……"有一次，父亲老张手执一把剁肉用的利斧前去开门，没想到进来的却是母亲老李。

另外，张清的父亲不仅总爱放屁，而且，偏爱洋葱。

韦利对父亲的抱怨与妻子迥然不同。母亲去世之后，他就一直卧病在床。他时常打电话约邻居和过去部队里的战友来家中聊天，全然不知危险为何物。尽管从未发生什么意外（假如出点意外，那倒也不是坏事，至少日后可以免掉去医院替他施行安乐死），可母亲积攒下来的一些古花瓶、字画和首饰全都不见了踪影。他的父亲原是一名军人，转业后在审计部门当科长，五十六岁才生下了他。

"因此，你可以想象，当我在叫他爸爸时，我的感觉上却是在叫他爷爷。"韦利说。可张清从未听到丈夫叫过他父亲，他们都叫他韦科长。

他们搬进汇园公寓之后，张清每逢大礼拜的周六才回家与父母团聚一次。在韦利出海的几个月中,照料病中的公公也成了她的分内之事。那时她的公公已喜欢在床上大便,每晚六点准时拉屎一次。考虑到她白天在医院里时刻与血污、屎尿打交道,因此,她随口发出的一声感叹都带有寓言性质:

"怎么到处都是垃圾……"

韦利即便在来信中,也不会忘记这样来提醒自己的妻子: "韦科长眼看就不行了……"而事情的发展往往出人意料。

张清曾经将包括院长在内的几位医学专家请到家中为公公治病。邻居们对韦家的这个孝顺媳妇自然赞不绝口,可张清自有她的盘算。她希望专家们给她一个公公死亡的可靠时间表。

大夫们会诊的结果,韦科长至少患有三种难以治愈的病症,还不包括他在淮海战役中留下的两处枪伤。显而易见,只要其中的一种疾病恶化,他随时可能一命呜呼。院长最后肯定地告诉张清:"假如老人能活过三个月,我就用不着再当什么院长了……"

张清正是在这样一种悬盼的心境中等待了三个月。到了第四个月,老人不仅没有暴卒的迹象,而且奇迹般地能够下床走动了。更令人惊异的是,在未来的几个月中,韦科长早已谢顶的头上重新长出了黑发,不久之后,他以七十九岁高龄再次出现在菜市场上……

当然,院长事后并未辞职。而张清却也得到这样一个职业上的忠告:对于生死一类的事,是不能随便预测的。

汇园小区坐落在十里铺码头附近,目前看上去,整个小区还只是一片废墟。新造的一幢二十二层的公寓大楼矗立在沙土和瓦砾之中,数不清的建筑钢材、水泥、预制板横陈其间,大风一吹,就会扬起漫天的沙尘。

韦利和张清选择在建造中的汇园小区安家,是出于以下两个考虑:首先,尚未完工的住宅区因各类配套设施来不及跟上,租金相对比较便宜;其次,这个住宅小区距离十里铺码头不到四百米,当韦利出海归来,他们能够以最快的速度解除双方肉体的紧张状态。这幢大楼暂时还没有其他住户,他们再也用不着将床头的录音机打开,以防止他们在做爱时发出的声音为邻居听到,用张清的话来表述:"我想怎么叫,就怎么叫。"

她总是说不够,总是央求着再来一次。韦利吃惊地发现,张清除了因腰酸背痛而改变了走路的姿势之外,几乎不需要做任何休整。她的欲望怎么说都有些异常,它就像一架永远不会停止转动的机器。韦利对此既沉醉,又担心,但他也说不清自己究竟在担心什么。

由于大楼的电梯尚未开通,他们决定住在六楼。张清从一开始就喜欢上了这个家。大楼对面就是74路公共汽车,它的终点站就是父母的家,而二百米外的58路电车则通往她上班的医院。这一交通上的便利使张清更有理由这样相信:自从她与韦利结婚之后,上帝开始专心致志地看顾他们了。

站在卧室的窗口,向北可以眺望大海上过往的船只,尽管她往往看到的只是一面迎风招展的旗帜,或是一截转动的雷达和风向标,但轮船汽笛低沉的鸣叫却日复一日迭现在她的睡梦中,让她觉得与远在海外的丈夫未有片刻的分离。

她将两间屋子收拾得一尘不染,她向医院妇产科的大夫悄悄地打听推迟例假的方法,在枕边与假想的韦利说话:"哦,宝贝。"她的等待是迷人的、神秘的,自有一种无限的柔情蜜意……

展新一号货轮在广州的一个军用码头卸完货,已经是十二月二十四日的拂晓。韦利向船长请假说,他要在广州上岸,以便去佛山参加一个同学的婚礼。

船长虽不是基督徒,但却喜欢过圣诞节。他正在张罗着晚上全体船员参加的化装舞会(他在西西里的海员俱乐部学到这一手),对于韦利的非分请求竟然慷慨应允,这就导致了一件重大变故的发生。

韦利在广州上岸的目的十分明确:二十四日是圣诞之夜,又是他妻子的生日,他和张清于去年夏天加入了基督教浸礼会之后,这个原先可有可无的节日自然有了一层特别的意味;展新号货轮离开广州前往北方的途中至少又得耗去一周时间,他无论如何也赶不上与妻子一起过圣诞了。

他一刻不停地赶往机场,顺利地搭上了一班下午四点二十五分的南航班机。当波音客机带着尖厉的金属哨音跃上阴沉的云幔,机舱顿时被温暖的夕阳映红了。韦利此刻觉得自己似乎就是当年第三帝国的隆美尔元帅,当盟军在诺曼底实施大规模登陆的时候,他却匆匆赶往家中陪妻子过生日。隆美尔和韦利一样,他们知道天堂的方向——在奔向那里的道路上,多耽搁一分钟也是无法弥补的罪恶。

晚上八点四十分,韦利乘坐的一辆桑塔纳出租车终于停在了汇园小区的铁栏杆门外。天空仍然在下着雪,他看见六楼自己家的两扇窗口都亮着灯光,毛茸茸的光晕照亮了飞舞的雪片和新建中的花园。

在这个静谧的圣诞之夜,施工队的打桩机停止了轰鸣。74路公共汽车站上空无一人,偶尔从那里开过的一辆汽车溅起高高的雪泥。他看见两个小姐抬着一棵装饰着棉花絮的圣诞树,在街道的拐角处越走越远,但他依然可以听见小姐的皮靴在摩擦时发出的令人沉醉的声响。

韦利踩着嘎吱作响的冻雪朝家中走去。他又碰到了两个人,他们穿着黄色的工作服,头戴塑料帽盔,正打着电筒,逐一登记着工地上的建筑材料,将被风吹开的遮雨帆布重新拉严。

他们高声谈论着昨晚的一场足球赛。其中的一个进球显然是越位了……韦利走到他们身边,两个人都向他挥手致意。韦利问他们这个小区什么时候可以完工,两个人就异口同声地答道:"快了,快了……"

韦利上了楼,刚才在路上一直纠缠着他的那个问题此刻又撵上了他。机票九百五十元,加上出租车费五十元,几乎花掉了他两个月的工资,这是否太不合算了?不管他怎样试图说服自己,他在广州酝酿出来的这一"即兴之作"还是让他觉得有点美中不足。

他拎着一盒生日蛋糕，一口气爬上了六楼。他听见楼道尽头的那扇熟悉的房门里传来了悠扬的大提琴声，那是布鲁赫的《科尔尼德莱》。张清曾对他说，她在思念他的时候，总是一遍遍地听着这个曲子。它原是一首犹太人的晚祷合唱。

他的心怦怦地跳了起来。他想象着即将发生的一幕：他将尽可能轻地打开房门，假如他的妻子此刻正在厨房，他就神不知鬼不觉地溜进卧室。他将在床上躺下来，盖上被子，等候着她进房睡觉。他喜欢恶作剧。他想让妻子见识见识，什么叫作惊喜交集，什么叫作灵魂出窍……

韦利从口袋里掏出钥匙，轻轻地塞进匙孔。这时，他觉得自己的腰部被一个硬邦邦的东西顶住了。他转过身，看见三个身材高大的年轻人手里各自拿着一把匕首，正朝他微笑。其中的一位低声命令他打开房门。

当恐惧感一旦超出了某种界限，就反而会显得十分平常，韦利此刻正是这样。他的手似乎没有转动，门就开了，就像是它自己打开的一样。韦利没有任何反抗的表示，他只是这样反问自己：

"咦，我怎么一点也不害怕？"

张清听到开门声，就从里屋奔了出来。她一见韦利，先是愣了一下，继而就露出了甜甜的笑容。她是一个天性开朗的人，从来不知烦恼为何物。

她满面春风地对门口站着的四个人(实际上是对自己的丈夫)说，她妈妈下午给医院打了无数次电话，让她回家过圣诞节,可她还是决定留在这里。"我有一种预感,说不定你什么时候就突然回来了……"她说她还做了很多菜。

"你们都饿坏了吧?"张清又说,并顺手调整了一下取暖器的旋钮,墙上顿时泛出一片红光。

"倒真是有点饿了。"一个陌生人看了看他的同伙,愉快地答道。

"那就先吃饭。"张清说。她麻利地从桌下拉出餐椅,请客人们坐下,随后就进了厨房。

糟糕,张清一定是把这三个陌生人当成自己的同事了。虽然韦利还没有来得及告诉她真相,但这一误会本来是可以避免的:三个陌生人身上的衣服是干燥的,而韦利身上的积雪融化后,衣服已明显地潮湿了。这就印证了一个惯常的说法,女人在热恋中总是盲目的。

韦利想起了不久前在船上做过的一个梦。他与死神玩了这样一个游戏:只要他说一句话,或者发出任何声音,他就能免于一死。他徒劳无益地张大了嘴巴,却怎么也发不出声音。因此,他从床上惊醒后所做的第一件事,就是竭尽全力地怪叫了一声,同屋的水手都说他疯了。

此刻,韦利依然说不出话。陌生人朝他微笑,试图稳住他,他也就跟着微笑。他们递给他一支烟,他就自己掏出打火机将它点燃。他觉得自己的行为太不可思议了。

张清从厨房里端出的菜摆了一桌。她在围裙上擦了擦手,对这几个人说:"你们先吃着,我一会儿就来。"说完转身就进了卧室。

陌生人面面相觑,很快就拿起了筷子:"那我们就不客气啦。"

张清重新回到桌边的时候,已经换上了一套蓝色的羊绒长裙。陌生人立即彬彬有礼地对她的装束夸奖了一番,并加快了吞咽的动作。

张清受到恭维就乐呵呵地笑开了。她问韦利为什么不说话,为什么神情严肃,是不是还在想着哪个外国小妞?她的一席话逗得几个陌生人哈哈大笑,韦利最后也笑了。

张清说,大约在半个小时之前,曾经有人来敲过门,出于安全方面的考虑,她就装着没听见:"在圣诞节晚上,有谁还会到咱们家来呢?"

这时,韦利终于说出了回家之后的第一句话:"这不来了嘛……"

他本来想暗示一下自己的妻子,没想到脱口而出的这句话却显得有些不伦不类。更为奇怪的是,他还逐一地往陌生人碗里夹菜,这一举动就连三个歹徒也感到大惑不解。

韦利朝张清眨了眨眼睛,意思是:来者不善……

张清也朝韦利做了个鬼脸,意思是:你不要着急……

"你们多吃点,"张清热情地说,"你们的船常年在海上漂泊,恐怕几个月也吃不上一顿囫囵饭吧?"

"船?什么船?"一个穿花西装的陌生人突然问了一句。

他这一问,把张清吓了一跳。同时,事件的进程也陡然加快了。

由于张清刚刚换了一身裙子,歹徒们在制伏张清、逼其就范的过程中省掉了不少麻烦。当两名歹徒扑向张清的时候,剩下的一人手执匕首,依然端坐在韦利的身边。

韦利看见张清的裙子被掀了起来,她的一条光裸的腿像钟摆一样在地上左右划动着。她的一只高跟鞋掉了下来,露出了雪白的袜子。恍惚中,他听见妻子在徒劳无益地挣扎了一番之后,长长地哀叹了一声。看来她已经认命了。

韦利坐在桌边,他不知道自己的身体为何无法动弹。他所能做的,只是痛苦地闭上了眼睛而已。

看管他的那个歹徒拍了拍他的肩膀:"你也不妨看看……"

大约十五分钟之后,他已经听不到张清的呻吟之声了。

穿花西装的那个人来到韦利跟前,从同伴手里接过匕首,对同伙说:"现在该轮到你了。"

就在这样一个换人的间隙,韦利经过纷乱的思索之后,终于决定独自逃命。他在船舶学院练过三年武术,全套格斗动作谙熟于心,他好像还没有充分施展开自己的拳脚功夫,就发现自己已置身于门外的楼道里了。正是:

夫妻本是同林鸟
大难来时各自飞

韦利几乎是连滚带爬地冲到楼下,朝遮棚边的那两名工地材料员径直奔去。

两个身穿制服的材料员从地上扶起韦利,问他发生了什么事。韦利只是用手胡乱地朝楼上比画了一通。

"别着急,有话慢慢说……"一个材料员对韦利说。随后他问韦利,对昨晚的那场足球赛有何看法。

"5号范志毅在将球顶进球门的那一刻,显然已处在了越位的位置。"他一边这么说着,一边举起手里的电筒在韦利的头上狠狠地敲击了一下。

韦利顺势跪在地上,他觉得脸上湿漉漉的。他像一条狗似的被人拖出了五六十米远。他看见不远处,在一排垃圾桶边上,有几只被食用一空的鱼子酱罐头。

韦利知道接下来要发生什么事了。他想到了很多事,可每一件事都与张清牵扯在一起。他的脑子里再次浮现出张清那张动人的脸,他担心,这张美丽的脸是否能够经受得住五名歹徒的轮番攻击。他最后说了这么一句话,有点类似某种轻描淡写的感叹:

"五个人,太过分了……"

两名乔装打扮的歹徒也不搭话,他们将韦利拽到垃圾桶边上,简单地杀死了他。

半 夜 鸡 叫

1

当南风带着浓浓的雨意抖落了树梢的积雪,当池塘的封冻在阳光下消融,薄薄的冰面承受不住一只蝶蛹的重量;喜鹊的啼鸣像无数把锋利的剪刀,裁割着迟钝、甜蜜的寂静;当野花织出白色的冠冕,昆虫在泥土下蠢蠢欲动,尽力挣脱开僵硬的铠甲;桃符更换,一元复始;在长江南岸的丹阳地方,人们又一次沉浸在欢乐的中心。

春天来得迟了一些,但毕竟已经来了。梅花打开了她精致的蜡球,松柏吐露出芬芳的油脂,艳日瞳瞳、丽风送暖。妇女们丢下了往日的忧愁、厌倦和仇恨,叽叽喳喳地簇拥在河边的树林里,她们晾晒的蚊帐和布匹装点起清新的时间,而她们脸上的笑容也为春天所装点。老人们坐在墙根下。记忆里的阴影和恐惧尚未在阳光的筛洗中褪色,依然找不出什么确凿的理由来说明他们短促而漫长的一生,但仪式要遵守,吉祥要珍重,表情要明朗,衣服要换新,他们祝福别人,也接受别人的祝福。

一年一度的除夕良辰打着节日的幌子悄悄地来到了人们的身边。倘若你执意要测量一下欢乐的边界,窥探它的本相,寻访它的真谛,无边忧伤的心弦就被深深地触碰了——你不知道碰到哪一根就会心惊。

徐老太太坐在院中的井旁剥着慈姑。她不时看一眼墙角的那株梅树,不觉中流下了眼泪。无论什么人,无论她经历过怎样的喜悦和悲伤,她注定不能回到童年。她的三个儿媳妇,腰间围着一色的白裙,静静地来到了她的身旁,但她们并不知道婆婆为何哭泣。

徐老太生了三个儿子:天佐、天佑和天保。天佐在村里承包了一家铜管厂,由于经营上的成功所带来的大笔利润,暴发户的面目已日渐清晰。他管辖的八亩七分水田因无暇耕种,自然地划到了老二的名下,这就使得天佑成了一个双料的农民。天保在十八岁那年考上了北京的一所航空学院,毕业后分配到了贵阳的一家飞机制造厂,并在第二年与四川的一位姑娘结了婚。他去过很多地方,见过不少世面,他的每一封来信都充实了他的父母兄弟对于"祖国"的地理知识,但就是不肯回家。

倘若不是父亲在来信中以"断绝父子关系"相威胁,倘若不是因为妻子对于"丹阳"这个地名产生了考古学方面的兴趣,天保本打算将自己的归乡推迟到父母双双毙命之后。在临行前,天保屡次向妻子谈起了自己的家庭,他将自己的母亲描述成一个歇斯底里的女人,而他的两位嫂嫂则俗不可耐,与她们的丈夫一样奸诈、平庸。至于乡村生活的肮脏和乏味，也应有足够的心理准备。

天保在对妻子进行这一番告诫的时候，似乎完全忘记了她原先也是来自川北的农村，而且还是一个贫苦无依的孤儿。她目前就读于贵阳大学历史系的考古专业，为了搞清她的母亲到底是谁，她所耗费的苦心远远超出了准备硕士论文时受到的种种折磨。她有一个惹人怜爱的名字，叫小可，由于遗传上的证据模糊不清，真正的姓氏自然也无从查考。好在姓氏和名字到了乡村都失去了意义，亲戚和邻居来家中闲话，只是为了打探一下"城里"姑娘的长相和身段，他们都叫她天保媳妇。这是旧历腊月二十九的一天。

第二天，小可在两位嫂嫂的带领下，天不亮就起床掸尘：她们将扫帚绑在一根毛竹上，站在桌上或爬上梯子，掸去屋顶的蛛网和灰尘。然后是拣菜剁肉，调糨糊，贴春联。对联为公公前夜所写。他没有读过什么书，勉强能写几个字，也是歪歪斜斜——仿佛那些字都得了精神分裂。厨房门上写的是：一人巧做千人食，五味调和百味香；厅堂门上写的是：岁月静好，现世清安；院外大门上的一副对联也是八个大字：耕读为本，诗礼传家。他的家中毕竟出了一代读书人，理直气壮，天经地义。

在贴对联的时候，三个来自不同地方的媳妇自然表现出了三种不同的品性，天佐媳妇说话嗓门很响，这表明她对别人的听力缺乏信心。她用手指挑起糨糊抹在对联的背面，将多余的糨糊胡乱地揩在裤子上。天佑媳妇打扮颇为入时,头发染成绛红色,她小心翼翼地将对联纸凑到糨糊盆上,尽量不使自己戴着镀金戒指的手为糨糊所玷污。只有小可找来了一管旧笔,刷起糨糊来既大方又自然。

三位媳妇很快就干完了屋内的杂活。她们的丈夫则在后屋陪公公打着麻将。当她们来到前院的井边,却发现婆婆正独自一人悄悄地流泪。她似乎哭得很伤心。不过,她们暂时还不知道她为何哭泣,便围着老人蹲成了一圈。

诸位读者,你们读到这里一定会抱怨我过于饶舌,甚至是过于卖弄了。你们也许会这样想:这篇故事名为《半夜鸡叫》,怎么写了半天,连一片鸡毛也没有出现呢?在交代完了这些枝节之后,至少也应当写一写鸡窝吧?你们想得对。为了不致让我烦冗而笨拙的交代令诸位失去耐心,我现在就将故事导入正题。而且,用不了多久你们就会明白,要把这个故事和鸡联系起来一点也不困难,因为徐老太就属鸡。

2

小可瞧见婆婆心中愁苦,神情黯淡,不禁伤怀触动,浮想联翩。她想起自己童年的影子,想起她正在失去的青春岁月,她的梦想以及梦中想要抓住而又最终丢失的东西,一片阴暗的浮云升上了心头。人人都以为自己的内心平滑如镜,但其瞬息变化往往不为人知。她凝望着屋檐积雪融化的泄水,望着大门外虚静的阳光,看婆婆流泪,想着自己心中的局限。

在天佐媳妇的记忆里,默默地流泪恰恰是婆婆一系列歇斯底里发作的前兆。这种发作通常以平静的追述往事开始,伴以啜泣和呜咽,最终以美尼尔氏综合征所引发的晕厥而暂告平息。它既是一种病症,又是一种浪漫的游戏,同时也是她在这个家庭中拥有的至高权威的象征——考虑到婆婆发作的突然性和种种玉石俱焚的灾难性后果,妯娌和婆媳间的纠纷和争执不得不时常有所忌惮。

天佐媳妇有意替婆婆排解一番,便兀自提起了村子里邻居的一段闲话。这件事发生在不久之前。一个据说是饱受婆婆白眼的女人在腊月初八这天,连续用斧头砍死了三个人,然后放火烧掉了自己家的房子。天佐媳妇说着说着就讲到了她的那枚戒指,在忙于救火的时候,她将那枚戒指弄丢了。

"它是纯金的,要是镀金戒指,丢掉也就算了。"天佐媳妇说。

她这样说,天佑媳妇就满脸不高兴。她不由自主地将那只戴着假戒的手缩了回来,藏到了围裙底下。她自惭形秽,便在心中怨恨起自己的丈夫来。

婆婆擦了擦眼泪,朝大媳妇白了一眼,感叹道:"人家死了人、烧了房子,你还拿它当笑话说。说来说去还是那只戒指。你的嘴巴要是闲不住,就说点新鲜的事来听听……"

天佐媳妇心中暗想,要说故事,这个村子里的事是说不完的,不过既然她能知道,婆婆知道的就更多。要说新鲜事呀,她自己还想听呢,可就是打着灯笼也找不着。

婆婆接着说:"你们都知道我属鸡,是大年三十这天的生日,今天也难得三个新媳妇都聚到了一起,不如你们每人都说一个故事,可每个故事都得和鸡有关。听人说,这鸡原来都是会飞的,就像树上的鸟一样。我们女人原都是鸟,自从出了嫁,就都变成了鸡,再也飞不起来了……"

老太太话音刚落,天佐媳妇的脸色就阴沉了下来。她心里说:我本来看她一个人哭得伤心,有意替她打个岔,排解排解,没想到这个老不死的居然得寸进尺。要我学学鸡叫,倒也不难,可要说个和鸡有关的故事,却也难为了姑奶奶了……

天佑媳妇心里想的是另外一件事。她刚刚嫁到这个村子里来的那些天,正好赶上婆婆养了五年的一只大公鸡被田头浸了农药的麦子毒死了,这件不幸的事使老太太在床上躺了一个多月。天佑媳妇进门后一连几天没见婆婆露面,就向丈夫打听。不知道是语音上的隔阂,还是她执意要这样理解,反正她一度误以为婆婆被农药毒死了,因此兀自暗暗高兴了一个星期。

婆婆既然发了话,看来故事还得讲下去。天佐媳妇和天佑媳妇彼此对望了一眼,不约而同地将目光投到了小可身上。小可始终低着头,一言不发,没人知道此刻她正在想着什么。

老太太似乎已等得不耐烦了。她将一口浓痰啐到了小可的鞋帮上之后,便让天佐媳妇第一个开讲。

天佐媳妇脑子里空荡荡的，她搜肠刮肚地想了半天，两眼直冒金星，仿佛看见一尾鸡毛在眼前飘来荡去，就是抓不住它，她甚至都能闻到喉咙里憋出的一股鸡屎味了。

　　天佑媳妇此刻也不怀好意地催促着她，一心等着看她的笑话。她心中稳稳地料定，这个目不识丁的暴发户无论如何也不可能讲出一个与鸡有关的故事：只要她那儿先破了例，我这边自然也可以顺水推舟……

　　她正这样盘算着自己的后路，没想到天佐媳妇突然发出了一阵母鸡下蛋后一般的咯咯笑声。

　　天佐媳妇就在山穷水尽之时，忽然眼睛一亮，她想起了小时候曾读过一本小人书——除了这本书之外，她几乎想不起来这个世界上还有别的什么书存在。那本书名叫《半夜鸡叫》，书中的故事虽然已模糊不清，但大致梗概倒也隐约记得。

　　"哈哈哈哈，高玉宝啊高玉宝，我可算将你逮住了……"天佐媳妇随后又爆发出一连串欢快的笑声，早已憋出一头汗珠的她一面对那个写书人充满敬畏和感激，一面立即讲述了下面的这个老掉牙的故事。

3

　　这件事发生在解放前。具体是哪一年，我也说不清。那个时候,三座大山还没有被人搬走,土地还没有归公,自然也就更谈不上后来的包产到户了。那时候,我们女人头上还有三纲五常,全不如现在这般轻松快活,那时的女人,别说是杀人放火,就是踩着了公公婆婆的影子,也都是有罪的。长话短说吧,乌云没有驱散,豺狼四处当道,恶霸横行乡里,有地主,有雇工,有高利贷,有童养媳。鸡,也还是有的,不过先不要着急,让我慢慢从头说来。

故事说的是,在很远很远的地方,有一个村庄,名叫周家庄。那里原本山清水秀,风景如画。一条清溪,千竿毛竹,真是人间仙境。居者有屋,耕者有田,夜不闭户,路不拾遗,你随便往地里撒下种了就能收获粮食,你在地上打口井,井里也会渗出蜂蜜来,不像现在的井水,有一股化肥味。人人安居乐业,那时的一切看上去都是好的。俗话说,一只老鼠坏了一锅汤。自从周家庄出了周扒皮,年景就大大不同了。

要说周扒皮有多少田产,多少竹园、树林,多少养鱼的池塘,多大的院宅,几进房屋,我也说不清。单说周家清明这天烟囱里冒出来的青烟,要吹过他家的田畴和山林,少说也要等到第二年的端午。

按说,周扒皮攒下了这么大的家私,总该心满意足了吧?倘若我们这样的人家,有了周扒皮十分之一的田产,也就什么事都不用操心了。我们家天佐也不用去办什么铜管厂,累得像狗一样,我们坐在家里打打麻将,收收租子就行了……

"你也不怕政府再来一次土改,再打一次土豪……"天佑媳妇酸溜溜地说。

"我们家的地不都划给了天佑了吗？论枪毙，也是枪毙天佑，轮不到我们家天佐……"

老太太插话说："别打岔，听人家把故事说完。"

话说周扒皮有这么大的田产，要是哪天他一高兴，打算巡视一下，那就麻烦了。因为他驾车出发的时候兴许还是一个毛头小伙子，等到他巡游回来早已是拄着拐杖、白发苍苍的老头了。

所以说，精明的周扒皮从来不出巡，一心待在家中，拿他家的那些用人、家丁寻开心。周家的用人、保姆、奶妈、园丁多得就像河边滩头的沙粒一样，这些人我们都不提，只说周家的那些长工。

据说，这些长工原先都是有田有地的，可不知什么原因，要么是天灾，要么是人祸，要么是懒惰，反正这些田地几经易手，最后全部落到了周扒皮的手中。到了那么一天，他们自动地跑到周扒皮家中报到，成了周家的长工。他们在院子里站成了一排，等着新主人出来给他们训话。

那周扒皮穿着一件拷绸长衫，外罩青丝马甲，足蹬一双翻毛羊皮长靴，手里摇着一把折扇，踱着方步从里屋走了出来。不管是冬天，还是夏天，他手里总爱拿着那么一把纸扇，扇面上涂了金粉，或许还有名人字画，我就不一一说了。

周扒皮端坐在一张虎皮高背椅上，拉直了衣服的褶皱，清了清嗓子，开始给新来的长工分派事做。要说那些事，也无非是插插种啦,打打麦啦,收拾油菜籽,挖水渠,种芝麻,把新收的谷子装进麻袋、运进粮仓,扬场,选种,碾米,就像我们这里一样,没有什么新鲜事儿。

周扒皮拉足了架势给长工们训话。他说:我周扒皮生平没有什么嗜好,就是喜欢看着别人替我弯腰干活,至于干什么活,干到什么程度就算好,你们自己都是有眼睛的,就看着办吧。你们要问了,什么时候出工,什么时候收工,这倒也叫我很为难。要是我给你们每人发一块欧米茄手表,那还不如我自己下地去干活算了。你们听着,一到天黑就可以收工。我说的天黑不是指太阳落山,而是你们站在一起都看不清对方的脸了,就可以收工回家,那么出工呢?你们的小脑筋要想了,既然收工是天黑,出工就是天亮吧?你们想错了,我周扒皮没那么傻。冬天天亮得迟,夏天天亮得早,要是逢上阴天下雨,到了早上六七点钟,天还黑得像锅底一样。我实在地告诉你们,你们也甭管天亮天黑的,只要听见村上的鸡叫了,就可以起床下地了……周扒皮说完了这番话,人影一晃,就回屋睡大觉去了。

周扒皮说起话来浑身上下都透着精明,可他的话听上去多少还像个草包说的。我们家天佐在厂里也时常给工人们训话。他就不这样,他的话句句入耳,工人们听了都像吃了蜜糖一般。他说,你们在厂里累死累活地干活,不是为了我天佐,而是为了你们大家。你们是工厂的主人,我天佐,是你们雇来的长工,你们流出的汗,嘴里吐出的苦胆汁,年底的红包就是报答。工人们用不着他吩咐就会不要命地发疯干活,就像一台台全自动洗衣机,还不爱坏。这话儿扯远了,我们还是回过头来说那周扒皮。

那些长工在地里累了一天,回到东家替他们安顿的棚屋里,吃了饭,烫了脚,浑身的每一个关节就全都松动了。往草垫子上躺,也顾不上说闲话,就沉沉地睡了过去。

可他们觉着没有睡多大工夫,村子里的大公鸡就一声接着一声地叫唤开了。他们睁开眼,抻一抻胳膊,就纷纷嘀咕起来了:怎么才睡了这一会儿,鸡就叫开来,而且叫得那么响,就像是吃了黄氏响声丸似的。

他们当中有一个年纪大的,这会儿就发话了:你们这些傻子,时辰这个东西看起来简单,实际上脾气最古怪。你们在烧开水的时候,等了老半天,炉子还不冒气,你们在地里干活,太阳挂在天上一动不动,可一旦做梦睡觉,时辰过起来就快了。我实在告诉你们说,我们已经睡了七八个钟点啦。

长工们见他说得有道理,一个个就精神抖擞地从床上跳下来,排着队,有说有笑地下地干活去了。这样一连过了三天,情形也还是一样的。

到了第四天,长工们来到地头,看见一轮圆月刚刚升到中天。草地和谷物的叶子还没有被露水浸湿,大伙儿又渐渐起了疑心。从天上的月亮和星辰织成的图案来看,那会儿最多也就是子夜时分。可鸡叫却是真的,他们的耳朵也都是好的,听得真切分明。这是怎么一回事呢?

他们心里觉得蹊跷,嘴上却也不愿说。只是低头拼命地干活,有时停下来彼此对望一眼,也都觉得对方的脸影影绰绰的。长工们当中有一个特别伶俐的小伙子,打算对这件蹊跷的事解释解释,就对大伙儿说:看上去我们这会儿在一起干活,实际上我们正在做梦。我们并没有在地里干活,而是正躺在东家的屋里睡觉,梦见自己在干活……

　　他这么一说,大家的心就全乱了。再往下一想,做梦和干活之间的确也没有什么明白的界限,这么说,人活着与死掉也就没有分别了,因为活着正是死去的梦罢了。这样一想,冷风将坟地里的蒿草一吹,发出飒飒的响声,大家都觉得,黑暗中的一切都失去确凿的依据,包括他们投在地上的影子。

　　所以说,长工们心里所感到的恍惚的苦楚要比他们付出的体力不知大上多少倍呢。

　　终于有一天,还是那个聪明伶俐的小伙子,晚上吃了周扒皮供给长工们的馊锅巴,刚刚在床上躺下,就觉着要闹肚子。他慌忙中提了裤子出了棚屋,突然看见东家厢房的门轻轻地被打开了,从里面走出一个穿着花短裤的人来。他差不多光着上身,一路跳跃着朝院中走去,在冷风中索索打抖,嘴里呜呜有声。小伙子定睛一看,这个人不是别人,正是他的东家周扒皮。

　　你们要问了,这个腰缠万贯的大财主晚上不好好地待在屋里睡觉,深更半夜溜到院子里去干什么?那个小伙子当时也是这么想的,当然也没有人告诉他原因,只有墙边的芦苇在风中沙沙作响。

他早已忘了自己要拉屎这回事了,悄悄地撵上了他的东家,打算跟过去看个究竟。

周扒皮鬼鬼祟祟地窜到院子里,看看四下无人,就径直朝墙角的鸡窝走去。他来到鸡窝边上,蹲下身子,双手拢成喇叭状,伏在鸡窝旁学起了鸡叫。

喔喔喔……喔喔喔——
喔喔喔……喔喔喔——
喔喔喔……喔喔喔——

(老太太插话:你学上一声就行了,赶紧接着往下讲吧。)

周扒皮这一叫可不要紧,村子上的公鸡就都跟着叫开了。小伙子总算弄明白了:原来这半夜鸡叫是他们东家一手制造出来的,目的就是让长工们替他多干活。

至于这个长工回去之后,如何将这件稀奇的事告诉大伙儿,大伙儿如何又好气又好笑又不可思议,最后如何将计就计整治他们的东家,假装捉贼,将周扒皮痛打一顿,这里先不说。我们单说这周扒皮,他如何能够练就这一身绝活的?

原来,周扒皮趁长工们白天下地干活的当儿,一个人待在他那大房子里,什么事也不做,单单就在屋里学鸡叫。

真是功夫不负有心人,周扒皮学出的鸡叫与那真的鸡叫一般无二,连如今最好的相声演员也难以做到,连最高明的魔术师也要逊色三分。人们常说,学什么就会变成什么。这周扒皮学鸡叫的时间一久,平常走路的姿势也带着几分鸡相,就连晚上做梦,白天与人说话,也会不知不觉地伸伸脖子,不经意叫上一嗓子。尤其是被他的长工们痛打了一顿之后,他那垂头丧气的样子看上去就更像是一只瘟鸡了。

这天晚上,长工们收工回家,看见东家周扒皮依然独自一人在鸡窝边转来转去。长工们就问他找什么。周扒皮说,他在鸡窝边丢了一枚戒指。

长工们又问他,您的戒指怎么会落在鸡窝边的呢?周扒皮脸一红,就不言语了。长工们看见东家的头上肿起了一溜血泡,红得像鸡冠一样,心里都觉得十分畅快。

也许周扒皮真的在鸡窝边丢了一枚戒指。说不定还是纯金的,就和我丢掉的那枚一模一样。

4

老太太听完了大儿媳妇所讲的故事,直笑得合不拢嘴。"你的故事好倒是好,听上去也轻松有趣,"老人笑眯眯地说,"不过,天底下真有这样稀奇古怪的事吗?"

"这是千真万确的。"天佐媳妇正色道。

"这个周庄的大财主,既是有钱有势,总也祖上积了阴德,也是书香人家,怎么单单就取了周扒皮这个名字?周扒皮,哈哈哈哈……"

"他原来也许不叫这个名字,"大儿媳解释说,"可长工们都这么叫他,形容这个人贪得无厌、心狠手辣……"

"我看他的手段也毒辣不到哪儿去,"老太太笑着说,"他只不过半夜起来到鸡窝边学几声鸡叫,临了还是让长工们痛打了一顿,说起来也怪可怜的。再说,周扒皮既是有钱的大地主,他若要长工们多干几个小时的活,只管明说,反正天底下饿着肚子到处找活干的穷人多得是,也用不着大冷天偷偷爬起来学鸡叫,若是受了风寒,也得自己掏钱买药吃。"

"这周扒皮充其量也只是个小地主,"天佑媳妇插话说,"他对长工们不能胡作非为,才想出了这么一个笨办法,嫂子将他说成是大地主,就自相矛盾了。何况,《半夜鸡叫》这篇小说我也看过的,书中也没有提到戒指这回事。"

"她就是忘不了那只戒指,"老太太瞥了大儿媳一眼,"绕来绕去,还是绕到那只戒指上。"

"你若是嫌我的故事说得不好,你就说个更好的。"天佐媳妇满脸不高兴,"我自当洗耳恭听。"

"也该轮到你了。"老太太对天佑媳妇说。

天佑媳妇在听嫂子讲故事的时候,又恨、又气、又委屈。自从她嫁到这个村子里来的那天起,嫂子事事都占着先,事事都压着她一头。天佑媳妇在当地也算是一等一的大美人了,当初媒人来提亲的时候,说好了让她从天佐、天佑中挑选一个。可就是因为天佐的鼻梁上多了几个麻子,她才挑了文弱老实的天佑,那时她并不明白,麻子虽然难看一点,但并不能阻止一个人去发家致富,而且自从天佐当了铜管厂厂长之后,脸上的麻子反而替他增添了几分威武。就连说故事,嫂子都要拔个头筹,着个先鞭,因为人人心里都明白,天底下与鸡有关的故事,除了这么一个《半夜鸡叫》,要想另起炉灶,就好比沙里拣金,大海捞针一般。倘若婆婆让她第一个讲,她也能想起高玉宝,而且还能讲得更好,可现在到哪儿再去搜罗一个鸡故事呢?在一件很小的事情上,人们也无时无刻不在感受到命运的捉弄。

天佑媳妇想到这里,就差一点流下泪来。俗话说,船到桥头白然直。天佑媳妇在气恨交加之时,忽然心念一动,脸上阴郁的神色也随之烟消云散了。

"《半夜鸡叫》这个故事在被写成书之前,民间已广为流传。一传十,十传百,传来传去,故事难免就有各种不同的说法。我要说的这件事也叫《半夜鸡叫》,故事里的人物也叫周扒皮,只不过说法大有不同……"

在一段烦冗的开场白之后,天佑媳妇就绘声绘色地讲起了下面这个小故事。

5

在《半夜鸡叫》这本书里,正如嫂子刚才所讲的,都是有关男人的故事。周扒皮啦,家丁啦,长工啦,哇噻,全是男的,就连周家庄的鸡也都是公鸡。我们不禁要问,周家大院除了男人和公鸡之外,难道连一个女人都没有吗?当然不是。

因此,我这里要说的,是有关女人们的一些故事。

原来,这周扒皮还有一个年幼的弟弟,名叫周小皮。周小皮相貌如何,性情怎样,这里都不在话下。单说他到了二十四岁这一年,周家就张罗着替他娶亲了。

周小皮迎娶的那门媳妇,虽有几分骄纵,也可以算得上是百里挑一的美人胚子,她名叫小倩,来自庞各庄的大户人家,四体不勤,五谷不分,可刺绣纺织这一类的行当,倒也是拿得起,放得下。

到了正月成亲的那一天,庄子里的人都聚到周家门前来看热闹,那周扒皮自然也混迹于人群中,伸着脖子往外瞧。当小倩由中人牵着手,从花轿里走出来,站到了阳光底下,那周扒皮站在碌碡上远远地朝她瞄了一眼,哇噻,心里就像是被钢针扎了一下,差一点没有晕过去。

周扒皮一心在家中算计他的那几个长工,平常对于弟弟的事全不放在心上,他虽也曾耳闻未过门的弟媳妇人才出众,可一见之下,只觉得天旋地转:高高的个头,细挑的身段,腰肢轻摆,仪态万方。那张脸又白又嫩,就像春天刚刚绽放的蔷薇花,又像一扇被朝霞照亮的红纸窗户,那双眼睛秋波流转,就像山上甘冽的清泉,脖颈与耳缘的皮肤比那绸缎和积雪还要亮滑。这周扒皮站在碌碡上,像个木偶似的一动不动,只看得如痴如醉,魂飞魄散,周小皮领着新娘神气活现地来到扒皮的跟前,正要弯腰施礼,周扒皮只恨恨地说了一句,你小子也他妈的太过分了! 就转身匆匆回自己屋里去了。

周扒皮独自一人闷坐在黑咕隆咚的房间里郁郁不欢,连学了几声鸡叫也压不住心头的惆怅。无数的伤心事都涌现在眼前。可你们若要问周扒皮为何这样伤心,他自己也说不上原因,反正心里堵得慌。他觉得有一股鬼火在胸中蹿上蹿下,又像是肠子上打了七八个死结,怎么也解不开。况且,心还怦怦乱跳,周扒皮在自己的胸口捶了一拳,叫道,不要跳! 可心里还是扑扑直跳。

他想想自己为了支撑这个家,快到五十还是孤身一人,再想想小倩刚才的那张如花似玉的笑脸,就觉得人活在世上的确也没什么意思。至于周扒皮一人闷在屋里还想了些什么,我就不知道了。

过了两个多月,村上的杏花都开了。周扒皮却如被寒霜打枯的树枝,又像是害了病的瘟鸡,整天没精打采的。周家的男女老少看着东家一天天消瘦下去,都不明究竟,他家的那些个长工更是觉得蹊跷,平日里周扒皮天不亮就将长工们撵下地去干活,可这些天他对农事稼穑漠不关心。长工们也乐得睡上几个安稳觉。他们虽不知道周东家为何日渐颓废,可周扒皮自己就将将心中的这段秘密吐露出来了。

周扒皮呀周扒皮,你纵有万贯家财、千亩良田,可顶个什么用呢? 天下的美女何止千万,单说方圆十里的周家庄,姿色出众的姑娘媳妇也如遍地杏花一般不可胜数,只要我看上一个,就是追到天涯海角,也要一亲芳泽,终夜销魂,可天底下最最美丽的妇人加在一块,也抵不上小倩裙子的一角那么鲜艳,可小倩却偏偏嫁给了我弟弟,若叫我抢先一步撞见她,我倒愿意倾其所有来做成这桩买卖。小倩啊,小倩,我天天看见你坐在楼上的窗前绣花,看见你下楼到井边打水,看见你侍弄院中的花草,就像一只蝴蝶那样飞来飞去,我若要跟你说句话也得一本正经拉下脸来。若是听你叫声哥哥,回屋后还得吃下几粒救心丸。这全是命中注定。都说人生苦海,茫茫无边,我今天到了虽生犹死的当口,倒也明白个大概了,都说金钱如粪土,富贵如云烟,这话原来也是没有错的……

这周扒皮在周家庄是个有名的花花公子,平常欺占民女,进城逛窑子,抽大烟,甚至于品箫评玉,也都是家常便饭,可一旦见了小倩,生出了纯洁的爱情,才知欲壑难填,天外有天,才知道什么是竹篮打水,什么叫空中楼阁,什么叫镜中月、水中花……

春去夏至,夏去冬来,转眼间已到了第二年的秋天。这周扒皮一会儿在火炉中受着煎熬,一会儿又在冰窟中挨着霜冻,只落得形销骨立,面容槁黄,气息奄奄,像是越了冬的芦苇,眼看着性命就不保了。也许是天无绝人之路,到了这一年的重阳,这周家大院就生出了这么一个事端来。

扒皮的弟弟周小皮受兄长之托,到外面去收账,或许是邻村的财主拉他赌钱,或许是周小皮整日守在家中,对小倩的心思也渐渐淡了,就如禽鸟放飞,牛羊出栏,少不得在外面寻花问柳。反正他这一去,足足十天没有回来,连个音信也没有。

周扒皮更是受尽了折磨。既然我弟弟这一去久久未归,但愿他在路上遭了劫匪的暗算才好。我敢说,周扒皮在这短短十天中所受的苦,比过去十个月遭的罪还要多出一百倍。为什么这么说呢?因为他睡不着觉。

他一闭上眼睛,就看见小倩的影子在眼前晃动。看见她一丝不挂地推门进来,坐在他的床边,望着他笑。她那笑容好比梨花带雨,千娇百媚,她那身影又如果园遭风,芳香四溢。

他想着小倩也是挑灯独坐,竟夜不眠,更是欲火难禁,他心里想的是不能兄弟阋墙,不能身行污秽,辱没家风,可他的一只脚却早已迈出了自家的门槛,朝小倩的朱楼卧房悄悄走去。周扒皮一路走,一路犹豫。周扒皮啊周扒皮,你这是做的什么事啊?赶紧将心中的恶念收起,现在回头还来得及。他这样想着,脚上的步子就迈得更快了。

话说小倩在房中正要吹灯睡觉,就听得有人敲门。她还以为丈夫深夜突然回来了,因此满心欢喜。她打开房门,看见周扒皮端着一壶茶正悠哉悠哉地朝她笑呢。

那小倩见大伯深夜来访,不由得就是一怔。

"哇噻,是扒皮哥呀,"小倩笑着说,"我还以为是小皮收账回来了呢。"

周扒皮也不答话,径自走进屋来,朝沙发上一坐,跷起了二郎腿(天佐媳妇插话:那会有沙发吗?),只拿那一双老鼠眼朝小倩身上瞧,就像走进了自己家的屋似的。

"扒皮哥,这么晚了,你有什么事?"小倩不安地问道。

周扒皮依然不说话,那脸涨得像猪肝似的。他纵有千般万般的话要说,也不知说哪一句才好,想笑又笑不出来。憋了半响,才蹦出这么一句没头没脑的话来:

"小倩,过来!让大伯把你拥抱一下。"

只见那周扒皮双膝一屈,扑通一声跪倒在地,抱住了小倩的双腿。

小倩也是大户人家的闺女,平时深居内阁,足不出户,哪里见过这等阵势,她也没顾上多想,顺手就给了周扒皮一个耳光……

(老太太插话:打得好!)

打得好是打得好,可是那周扒皮虽然五十来岁,清瘦得不成人形,一旦使出蛮力来,小倩身单力薄,又哪里是他的对手呢?可她又不知道该不该喊叫,这一迟疑,周扒皮就三下两下将她搞定了。

原来这天底下的女人,个个都像花瓶一样,你若不把它碰到地上,或是把它扔在地上摔碎,它还是好好的一只花瓶,可是你若一摔,它也就碎了。

哪个女人不要贞节?可小倩遇到这样的事,也实在是天意让她失了身。若是她当场喊叫起来,周扒皮的难堪自不必说,小倩的名节恐怕一样不保了。

再说周扒皮做完了这等事,心中虽然畅快无比,可也是七上八下的。他甚至有些后悔这样做。为了这片刻的享乐,终至于家风破败,大逆不道。假使这事日后再让性情刚烈的弟弟知道,恐怕局面就难以收拾了,由此他心中害怕。

他不由得转过身去看了看小倩,小倩也看了看他,满眼怨嗔,那周扒皮心中不禁悠然一震。

小倩不停地流泪,心中的忧伤和委屈自不必提,经周扒皮刚才的那一番轻薄,身上的舒服惬意却也是知道的。原来,这周扒皮也是惯经风月的,方才那一番梳弄竟也使小倩神魂颠倒起来……(老太太不耐烦了:喷喷喷,你说起来还没完了?)

周扒皮为了不使这件事日后传扬出去,少不得向小倩苦苦哀求,他也是使出了公鸡下蛋一般的本领,直说得那石头听了也得掉泪。他说着说着,小倩就朝他走了过来。她轻轻地拽过周扒皮的手,将它放在自己的胸口上,用她那娇嫩的小手抚摸着周扒皮的腮帮子,向大伯嘤声说道:

"扒皮哥,刚才我情急之中打了你一巴掌,脸上还疼吗?"

经她这一番呢喃燕语,加上香腮粉汗,泪光点点,周扒皮听着真是滴滴香浓,意犹未尽,心中的一腔坏水又晃荡起来,差一点昏厥过去。

周扒皮大喜过望,暗自思忖:原来这小倩,倒也善解风情……

两个人又少不得重新回到床上,颠鸾倒凤,直到天光大亮。

两天后,周小皮从外村收账回来,也不知家中发生的事,依然像从前一样过着日子。小倩日日在窗下绣花,午后到院中晒晒太阳,偶然碰到周扒皮,也是脸一红,身一转,相视一笑,就当是什么事也没有发生过。

周扒皮又将他的心思转移到了那些个骨瘦如柴的长工身上,人也渐渐发胖。既然有了那一夜的无穷回味,他心满意足,见好就收,正如《朱子家训》所说,凡事留有余地,得意不宜再往。闲时去邻居家推推牌九,去城里消磨光阴,加上小皮与小倩一步不离三尺,便将小倩那边的心念慢慢放下了。

俗话说得好,世上没有偷过情的女人遍地都是,可你若想找出只偷一次情的女人来,怕是掘地三尺也找不见。有了第一次,就必然有第二次、第三次、第四次,甚至是第五次。那小倩因了那一夜销魂蚀骨,痴人依旧在梦中,竟然不知急流勇退,心上的想念,也不是说放就能放下的。这也是女人的命。小倩天天在楼上纺织绣花,眼睛却盯着楼下空荡荡的院落,每一分钟都变成了一年,其中竟有多少缠绵?

有时她也能看见周扒皮从院中走过。雁过留声,人过留影,这周扒皮往往是一去无踪,任凭她痴痴地等,呆呆地盼,院中也只是白鸡一群,杏树一株。正如歌中所唱:

我看杏花多寂寞,
杏花看我又如何?

到了这一年的除夕,庄子里搭台唱大戏,小倩终于得着了一个机会。

先是周扒皮起身去小解，他刚离座，小倩也全然顾不上脸面，竟然尾随而去。好在小皮正和一个放高利贷的地主谈着买卖，也没有留意。

那天晚上也和现在一样，地上的积雪还没有融化，树梢的乌鸦和喜鹊都在嘎嘎地叫着，那周扒皮窜到场边的一个羊圈边上，正待撩开马裤撒尿，没想到小倩早已溜到了他的身后，冷不防将周扒皮拦腰抱住，只说得一声："扒皮哥，你可想死小倩了……"便泣不成声，语不能言（天佐媳妇：真不要脸！）。

女人在这种事情上是全不要命的，可男人却个个胆小如鼠。周扒皮受了这一惊吓，竟有些站立不稳，尿也变得断断续续的了。

周扒皮一看是小倩，立刻灰绿了脸，断然喝道：

"弟妹怎生这等无礼?! 你这是存心要陷我扒皮于不义吗？"

小倩道："我且不管什么义不义，你今晚若不依了我，我就闹他个天翻地覆……"

周扒皮瞧见小倩这般心急火燎，心中大喜，便收起了一身庄重，对小倩百般哄骗。毕竟是在戏场边，人来人往，两人难有什么作为，就相约当天深夜戏散，待小皮熟睡之后再见机行事。

小倩道，等到大戏散场，差不多就是半夜了，小皮睡觉稳当，一旦熟睡就是雷打不动，我们不如天快亮的时候在楼下相见,以鸡叫为号。扒皮点头称是。两人先后回到戏场上,一边听着戏文,一边眉来眼去,这里先按下不表。

这天晚上戏散之后,周扒皮回到屋里躺下,可怎么也睡不着。他老是想着小倩一丝不挂躺在床上的样子,想着它白白的枝丫上开出的一朵花,既鲜艳,又潮湿……时光一点点过去,周扒皮只管竖起耳朵,但等公鸡那一声报晓的长啼,驱走他心中的焦渴。

一直等到三更天,那鸡还是没叫,周扒皮开始有点担心,若是鸡再不叫,天就要亮了。再说,谁也不能担保这公鸡天天都叫,若是它们在鸡窝里睡过了头,那可怎么办呢?

情急之中,周扒皮忽然想出了一条妙计。大人都知道,周扒皮在周家庄学鸡叫是有了名的,虽说是雕虫小技,平常在庄子里,也只能逗小孩们玩玩,没想到今晚却派上大用场了。这样想着,周扒皮一个鲤鱼打挺,从床上爬了起来。

再说小倩在半梦半睡之间忽听得公鸡一声嘹亮的啼鸣,立刻睁开了眼睛。与此同时,她的丈夫也被这声鸡叫惊醒了。这一点却是小倩原先没有料到的。

小皮说:"咦,这鸡怎么叫得与往常不太一样啊?"

小倩说:"鸡叫就是鸡叫,还有什么一样不一样?"

小皮说:"不对,我怎么听见这鸡一边叫,一边还不住地咳嗽……"

小倩心里想笑,可到了这时毕竟笑不出声了。她就哄骗丈夫说:"也许是有人在偷鸡。这样吧,你只管睡你的觉,我下楼去看看。"

小皮说:"天怪冷的,还是我去吧。要是真的来了偷鸡贼,你一个妇道人家又如何应付得了?"

小倩还想阻拦,小皮早已翻身下床,披上大衣,蹑手蹑脚地径自下了楼。

周扒皮趴在鸡窝边,一连叫唤了十几声,也没见小倩下楼来,他心中着急,就不由得提高了嗓门,一声接着一声,叫得更欢了。当他弟弟手执铁锹,来到离他不足一丈远的地方,扒皮还是喔喔喔叫个不停。

小皮借着满天的星光定睛一看,哇噻,这不是哥哥周扒皮吗?他深更半夜不在屋里睡觉,跑到鸡窝边学鸡叫,却不知为何。话说弟兄俩如何尴尬相见;周扒皮又如何有苦难言,哄骗弟弟,自己半夜学鸡叫为的是让长工们早一点下地干活;周小皮又如何信以为真,这些都不属于我这个故事所说的范围……

6

老二媳妇说完了这个临时编凑的故事,老太太和天佐媳妇又笑得前仰后合。连小可也跟着笑了几声,没想到两位嫂子都是说故事的能手,自己虽读到了研究生,只怕说起故事来也要相形见绌。

老太太总结说,老二媳妇所说的这个《半夜鸡叫》,也是好的,同样是周家庄,同样是周扒皮,讲出的事情却大不相同,你是光屁股坐板凳——有板有眼,我们听着也是津津有味。只不过,到了我这样的年纪,对于男欢女爱一类的事竟有些隔膜了,有些地方听上去还有些刺耳……

老太太唯恐自己过分的赞扬会伤了大媳妇的自尊心,因此褒中有贬,大家听了,也无话说。只是老太太话中有话,小可虽然略有觉察,却又不明就里。

原来,老太太早就听到村子里的风言风语,说天佑媳妇与天佐暗中勾勾搭搭。有一天晚上在后院的枣树底下,她也看见两个人拉拉扯扯,悄声细语。倘若天佑媳妇自己没有这一番亲身体会,她也断断不能将小倩与大伯子勾搭成奸的故事说得绘声绘色、面面俱圆……好在天佐媳妇天生在这些事上缺根弦,如今这件事在村中传得沸沸扬扬,也恐怕只有她和天佑蒙在鼓里头了……

天佐媳妇听完了刚才的这个故事,笑得越厉害,心就跳得越快:我怎么会心底发慌,脚底发软?我怎么会牙齿打战,浑身起了一层鸡皮疙瘩?小倩与周扒皮的事与我有什么相干?就好像……她不敢这样想下去,故事里的人物和事情又缠着她不放。人是多么的奇怪呀!就像水边的芳草,即便没有被风吹动,也会瑟瑟打抖……

"现在我们该听听天保媳妇的故事了,"老太太笑着对小可说,"你去过很多地方,读过很多书,见过不少世面,与我们这些泥腿子相比,自有一番高远的识见。你也不妨说些外头的新鲜事来听听,好让我们也开开眼界。"

小可知道婆婆对自己有很深的成见,看来天保这些年不愿回家的过错统统都得由自己承担了,这虽说有些冤屈,毕竟不便分辩。因此,她还没有开始讲故事,心里就先被罩上了一层阴云。

小可推托了几次,又经不住众人相劝,就这样说道:"我自小没爹没娘,也没听过什么故事,胡编乱造我又不会,真不知道从何说起呢……"

天佑媳妇说:"你就假托一个人、一个地方,把你自己经历的事挑出一件来说,就要便当得多……"

老太太闻听,赶紧用脚踢了天佑媳妇一下,唯恐大媳妇听了陡起疑心。

"我现在要说的这件事,完全是真实的。"小可说,"因为它的确发生在我自己身上,这件事我对谁都没有提起过……"

读者诸君,在这里我得预先声明一下,从事后的效果来看,小可的这个故事相当糟糕,由于她个人不便启齿的原因,她想在故事里消除个人的影子,守住她那点可怜的秘密,却又缺乏基本的虚构能力,因而费尽了心机。这件事,她几次想对天保吐露,却有一种无形的力量提醒她三缄其口。她本来可以将这段秘密守到终老,可又担心她一旦死去,火葬场烟囱里冒出的浓烟会最终将它泄露出来。

去年夏天,我在青海的塔尔寺碰到她的时候,她曾经用了三个夜晚的时间分段向我讲述了这件事的来龙去脉。诸位或许要问,既然这件事小可连自己的丈夫都不愿吐露,却唯独在塔尔寺酥油飘香的夜晚向你和盘托出,你们两个人的关系也不同一般哪?你们想错了。尽管我这个人对美色也不能说绝对地无动于衷,尽管我正值盛年,两任妻子先后离我而去,但我与小可之间的关系十分纯洁。如今的年头,世风日下,道德沦丧,伦理乖常,金钱和美色趁机大行其道,人与人之间蝇营狗苟,如同仇敌,可我和小可独能出污泥而不染,显然不在此列。

我索性再提醒诸位一点,小可在这一年除夕的丹阳所说的故事,只是一个小小的片段,假如你们足够聪慧、机灵,应当能够从小可的讲述中发现一些蛛丝马迹,从而相信我刚才的一番其实是很不必要的自我表白。

7

这件事发生在什么地方、哪个朝代,其实都无关紧要。我们不妨就将它假定在四川,因为我从小就生活在那里,对于那一带的风土人情自然十分熟悉。

在四川万县地方,有一户殷姓之家,原先是做铜矿开采生意,后来又经营茶叶、布匹、鸦片。到了民国初年,殷家出了一代读书人、几名官宦之后,更是人丁兴旺,竟然也轰轰烈烈地支起了一个庞大的家庭。殷家的庄园楼台虽说比不上《红楼梦》里的荣宁二府,可殷家大院里产生的那些罪恶又远非大观园的主人所能比拟。我们这里要说的这个故事发生在几十年之后。

殷家大宅里有一位小姐,名叫殷毛(老太太插话:还是叫殷小毛吧。),好吧,就叫殷小毛。她与林黛玉的遭遇颇为相似,自幼父母皆无,寄养在外婆膝下,跟着同族的姨妈、婶子一类的女眷长大成人。也不知是什么缘故,到了小毛开蒙懂事的年纪,这些女人都成了寡妇。小毛平时里所见的大抵就是这些女人,所做的事单单是刺绣一行。小毛聪慧过人,她的刺绣手艺原本是外婆所教,可没过几年,她就青胜于蓝,刺绣技艺又远在殷府女眷之上。

虽说家中时常高朋满座,官宦、商人穿梭其间,可小毛视若不见。久而久之,她竟然忘了这个世界上还有男人存在。她常常向带她的姨妈、婶子轮番打听自己母亲的下落,她生得如何,现在何处,为何将她孤身一人丢弃在这人世上,可从来没有问起过她的父亲。

她每天都坐在小屋的窗前绣花,闲时呆呆地凝望着窗外树木遮掩的一方花园。有时,她觉得母亲的脸就藏在那些青翠的树叶之中;有时,她觉得母亲就是床头挂着的一幅绣像人物、墙上的一尊佛像,或是屋外的一条清溪、阳光下飞过的一只蜻蜓或蝴蝶。不论是刮风下雨还是天气晴朗,她都仿佛看见了母亲的脸布满了整个天空。

风吹动了外面的树叶,发出长久的叹息,蝙蝠夜啼,秋虫唱诗,她都觉得是自己的母亲用一种她尚未明白的语言在跟她交谈。她也会对着墙隅、窗栏和屋外的阳光对母亲悄悄地说话。

一个寒冬的夜晚,小毛这样对母亲说:母亲啊母亲,你若是听见了我所说的话,就让我不要孤单,让我在漆黑的晚上不再害怕,让我不再受姨妈和婶子的白眼,让二姨妈即刻害病死掉,好让她不要再在我身上做那肮脏可怕的事情。你若是听见我的哀告,就趁我熟睡的时候来到我的床边,用你那温暖的手摸摸我的小脸吧;也摸摸我的肚子,还有那被二姨妈下狠手拧肿的地方;你若是真的死掉了,那就让我也死掉好了,带我离开这个地方吧。假如我所要求的这些你都不能办到,那至少也该答应我:明天早上我一觉醒来,你就远远地站在院门外的老杏树下,让我看上你一眼……

小毛所有这些祈求的信号发出后,她就带着满足和期待的神色,小心翼翼地钻入被窝,闭上眼睛,等待着母亲向她显灵。她相信母亲一定会听见她的话,并按她所要求的那样去做。

第二天早上,当屋外树上的积雪被太阳照得亮晃晃的,当她从喜鹊的啼鸣中睁开了眼睛,她看见一切如故。老式的挂钟还在原来的地方嘀嘀嗒嗒,她所憎恶的二姨妈正在窗边对着镜子梳头。她不知道昨晚二姨妈是什么时候来到她房中的,也不知道她对自己做了什么,只觉得自己的大腿处像被火灼烧了似的疼痛,她的……

小可讲到这里，不由得停了下来。因为她望见婆婆脸色铁青，使劲拍打着自己身上的灰土，她坐着的那把椅子发出刺耳的声响。

天佑媳妇眼睛一动不动地盯着小可，突然说道："尽管你刚才讲得云笼雾罩，吞吞吐吐，可我还是猜到了你的意思，可有一点我还是不明白，你说小毛的大腿火灼一般疼痛，是不是说……这二姨妈不也是女的吗？"

小可没想到天佑媳妇会提出这么一个问题，不禁脸一红，就有些后悔讲这个故事了。她看见天佑媳妇用胳膊碰了大嫂一下，又偷偷地瞥了婆婆一眼，脸上竟也有些幸灾乐祸的表情。小可差一点要流下泪来。

婆婆勉强笑了一下，对小可说："你刚才的故事也是好的，你知道老人是最疼爱孩子的，我倒是想知道，小毛的母亲是不是真的显了灵，母女俩最终能否重逢团圆？你就拣最重要的跟我们说说就行了，至于那些不相干的事，你可以一概省掉……"

小可完全明白，婆婆话中"不相干的事"指的是什么，她想，若是自己现在就结束故事，老太太也不会怎么不高兴。此刻，婆婆对于听故事仿佛突然丧失了起码的兴趣。看来天保在临行前提醒她要提防婆婆的歇斯底里，原本是不错的。可是她还是接着讲了下去，一边讲一边犹豫不决。这说明，一个人决定做什么或不做什么，完全由不得大脑去做主。只不过，随着太阳渐渐西沉，小可的故事就讲得越来越快。

小毛从床上坐起来,透过姨妈身旁的窗户朝外观瞧,她看见院门老杏树下果然出现了一个女人的身影。那是一个捡破烂的,衣不蔽体,在冷风中瑟瑟打抖。她用一根长长的火钳撬开积雪和封冻,在树下寻找值钱的东西。

小毛过去从未见到过这个捡破烂的女人,既然她今天早上突然出现在老杏树下,即便她不是母亲本人,也可以看作是母亲派来的一位使者,看来她昨晚发出的一番祈祷终于有了结果。

她呆呆地看着这个女人。她在门外久久地徘徊不去,还不时仰起脖子朝院内张望,这就更加增添了小毛对自己猜测的确信。她的心不禁扑扑乱跳了起来。

姨妈从镜子的反光中察觉了她的兴奋和不安。她转过身来,茫然不解地端详着她的外甥女。

"小毛,你在看什么?"二姨妈说。

"什么也没看见。"小毛唯恐姨妈看出了她的心思,深深地垂下了头。

二姨妈说:"你是在看那个捡破烂的女人吧?你知道她是谁吗?"

"不知道。"

"不知道吧?那就让我来告诉你,这个人就是你的母亲。是个哑巴。每年总有三四回,她背着竹篓来到我们庄子上,就是为了能够看上你一眼。"

"我不相信。"小毛说。她缩在床上,早已激动得直打哆嗦。

"爱信不信。"姨妈瞪了她一眼,将一大把雪花膏抹在脸上,然后又接着说:

"你别看她穿得破破烂烂,像个要饭的似的,可那是她装的。她家里有的是钱,连马桶都是金子打成的。她家里还有一只鹦鹉,也是金的,这只鹦鹉能说会道,还会唱歌,无论你要求什么,它都有求必应。白天的时候,它就飞到镇上的店铺里,衔回一匹绸缎、一根油条什么的,侍奉它的主人,到了晚上,它就立在梁上,身上发出的光把屋子照得透亮……"

二姨妈说完了这些话,不怀好意地朝小毛眨了眨眼睛,兀自大笑了一阵,然后就扭动着她那肥大、结实的臀部,一跳一跳地出门去了。

等到二姨妈走得没影了,小毛就从床上一骨碌爬起来,胡乱穿好衣服,一路跑着出了房门。她穿过院中那道红色的游廊,来到了院外的那棵老杏树下。

哑巴不知什么时候已经离开了。刚才被火钳翻开的雪地上,有一撮锯末和几根锈迹斑斑的铁丝。她抬头远望,空旷的雪原上影影绰绰,大风肆虐,漫天的雪雾遮住了庄外那一带灰蒙蒙的松树林。

小毛站在树下,任凭树梢化开的雪水将她的棉袄打湿,久久不愿离开。

从那以后,小毛每天早上醒来的第一件事,就是拉开窗帘,朝院外窥望,盼望着能够再次见到那个捡破烂的女人。她常常这样想,哑巴不会说话,也许还是个聋子,即便能够再次见面,她们也无法谈话。她倒是很想给哑巴写封信,可惜的是自己又不会写字。那可怎么办呢？她一着急,眼泪就又流了下来。

后来,小毛忽然有了一个主意,若是通过刺绣,把自己这么多年来所受的苦,这么多年来对母亲的思念绣到一块绸布上,说不定哑巴就能看懂了。她第一个绣了母亲,她的样子就是佛龛里的观音菩萨像;然后绣了自己,她是一只蝴蝶;接着她绣了二姨妈,她是一条花斑蛇,朝蝴蝶吐着红红的信子;当然,她还绣了一些花草、树木和其他的小动物……等到她绣完了这幅图案,已经是第二年的春末了。哑巴还没有来。她觉得自己快要死了。

这天早上,她又像从前那样,对冥冥中的母亲发出了求救的信号。可这是最后一次。倘若母亲再不理会她的呼告,她一准要死了。她已经看过了院子西侧的一眼水井。殷家大院的很多女人都死在那里。

母亲这次确确实实地回应了她,她的爱是悠远而神秘的。

小毛做完祈祷后刚刚睁开眼睛,就看见哑巴那若隐若现的身影又在院门的杏树林里转悠了。她赶紧从褥子底下取出那幅花了三个月做成的刺绣,将它叠好,包在一块花布里,揣在怀中。

当她来到屋外的杏树林里,哑巴已从那儿离开,踏上了通往外乡的大路。不过,她的身影尚未最终从地平线上消失,小毛就循着哑巴走远的方向狂奔起来。

她沿着庄子上的一条老街朝前跑,将一个刚刚出门的剃头匠撞得仰面朝天,又将药店门外晒着的一筛子半夏撞得纷纷扬扬。她没命地朝庄外飞奔,她跑过了麦田、土丘、桃林,跑过了盛开着油菜花的河沿、石桥、茶园,最后在一处破庙边上追上了哑巴。

哑巴回过头,愣愣地看着面前的这个绣球花似的小姑娘,不知道她为何要气喘吁吁地追赶着自己。

小毛怯怯地冲着哑巴叫了一声妈妈,哑巴没有任何反应。她又叫了一声,哑巴还是没有反应。她悲哀地意识到哑巴果然是个聋子,不管她怎么叫,反正她听不见。她索性就又尽情地叫了十七八声。她在晚上做梦,也是这么叫的。

哑巴看着她这么没完没了地叫下去,不由得手足无措,皱起了眉头。

过了一会儿,她看见小毛从怀中摸出一包花花绿绿的东西递给她,就将那幅刺绣打开来看。这哑巴也是世上绝顶聪明的人,等到她看完了刺绣上的故事,心里就明白了怎么回事。她将背上的竹篓放下来,蹲下身子,握住小毛冻得通红的小手,眼泪跟着就流了下来。

从那以后,小毛就成了哑巴的女儿。母女俩走村串巷,靠捡破烂为生,过着艰辛而又幸福的生活,直到永远以至后来……

8

小可讲完了这个故事,大家全都一声不吭。老太太依旧阴沉着脸对小可的故事未置一词,既没有说好,也没有说坏。天佑媳妇悄悄地绕到小可的身边,低声地提醒她:"没有鸡,没有鸡……"

"什么鸡?"

"你忘啦?"天佑媳妇说,"当初我们说好,每个人都说一个与鸡有关的故事,可你的故事说了半天,还是没有说到鸡上,我一直在替你着急。"

小可有些为难地说,她心中只有这么一个故事,原本就与鸡毫不相干。

天佐媳妇接过话头,叹息了一声:"你刚才的故事里虽说没有鸡,鹦鹉倒是有一只,还是金子做成的呢,倘若将它杀了,锻打成戒指,我的那只梳妆盒大概都装不下。你若方才将鹦鹉说成是一只金鸡,也是一样的,凡事都没有必要太认真。依我看,小可妹妹的故事还没讲完。那小毛跟着哑巴外出捡破烂,所经过的村庄,鸡是不成问题的……"

"你就接下去再说一段吧。"天佑媳妇也出面劝道,"你知道婆婆是属鸡的,今天是她的生日,也是图个吉利。"

她们在说这番话的时候,老太太还是面色忧戚,一言不发。

小可迟疑了半天,就硬着头皮拾起刚才的那段故事,接着往下讲了起来。

那天,小毛跟着哑巴离开了那座破庙,手牵着手朝野外走去。黄昏时分,她们足足走了三十多里地,来到了一个砖窑边。她们一天都没有吃饭,已累得不行了,就坐在一堆乱砖上歇息。小毛更是筋疲力尽,就问哑巴离家还有多远。那哑巴就说了……(老太太怨怒地哼了一声:小可要是不想讲,原本谁也不会勉强你的,有口无心地讲下去,我们听了也过意不去,这哑巴又如何能开口说话?)

我刚才忘记了,这个捡破烂的女人并不是真哑巴,只是殷家庄的人见她不说话,就将她当成了哑巴。其实她不聋也不哑。哑巴对小毛说:"我的家离这儿还有六七里地,再翻过一个山头就到了……"

"你家里是不是有一只金子做成的鹦鹉?"

"要是我当真有一只金鹦鹉,还用得着出来捡破烂吗?"哑巴摸着小毛的头,笑着说,"既然你认我做了母亲,往后咱们就是一家人了,我也不妨将我的身世说出一些给你听。我原先也是大户人家的闺女,有头有脸,无忧无虑,可到了十八岁那一年,有人上门提亲,我也就坐船乘轿,嫁到了百里之外的周家庄。我的丈夫名叫周小皮,周小皮有一个哥哥,是个大财主,说起来远近闻名,叫作周扒皮。我来到周家庄后不久,家里就发生了一件大事。唉,你小小年纪,男女之间的事,就是跟你说了你也不懂,那都是三十多年前的事了,说来话长。至于我是如何落到今天这个捡破烂的地步的,以后有空再慢慢说吧……"

哑巴没有向小毛细说的这段身世,就是《半夜鸡叫》里说过的故事。嫂子刚才讲得活灵活现,我也就不再饶舌了。

小可几乎是噙着眼泪说完了这个故事。她心中的委屈和悔恨,也只有她自己知道了。

天已经完全黑了下来,家家户户都亮起了灯。一年一度的除夕之夜,隐隐的锣鼓声尚未平息,喧腾的爆竹又在村舍上空炸响了。亲爱的朋友,这辞旧迎新的鞭炮如今也只有在乡村才能听到了,它既是我这篇小说的结尾,也是对诸位的祝福。祝各位身体健康,万事如意。

时间的炼金术

阳光又回来了

阳光又回来了。它一度离开了窗外的树冠、草坪和地铁站白色的栅栏,离开了街道、广告牌、橱窗和云朵,使城市的一隅陡然间变得一片幽暗。现在,它又回来了。

病房内的一切又被重新照亮,就像一面镜子被人擦拭得一尘不染。两名护士闲坐在窗边折叠椅上,由她们监护的垂危病人已安然入睡,吊针的透明液体在玻璃管内无声无息地滴落。她们伸出了各自的双手,裸露在阳光下,手背向上。手指修长而柔软,骨节毕现。二十只手指中,有一只缠上了橡皮膏,十只涂上了蓝色的指甲油,两枚戒指。由于光线的作用,我不能根据戒指的部位来判断她们是否已结婚。她们观察了一下各自的手背之后,又将手翻过,查验每一个指头的圈纹。指甲油看不见了,可戒指依旧在闪闪发光。病人突然发出的一阵痰音和喘息迫使她们重戴上红色的胶皮手套,令人联想到海星、乌贼或其他海洋软体动物,多么鲜艳而热烈,多么遥远,多么岑寂……

一天中总有许多个这样的时刻：我暂时忘掉了自己的疾病,它所带来的抑郁、焦灼和恐惧,忘掉了失去的和正在失去的岁月,它的喧嚣和嘈杂。有时,我感到自己还是一个新人,一个呱呱坠地的婴儿,降生在似曾相识的五月,天地依旧清新,生活尚未开始。

在我的记忆中,十年前的一次触摸犹如发生在今天,正如一场年代久远的暴雨,打湿了现在的衣服。因此,我忽然想到：此刻,窗外的缤纷阳光也照亮了少年时代的新塍小镇,照亮了河床、树木、拱桥、船只和那些湿漉漉的白色花朵。

南风吹来,花放千树,而栀子花却含苞未开,一个姑娘在桥边的花摊旁踟蹰不前。她用一枚银色的别针将它与手绢别在一起,佩戴在胸前,走进了教室。整整一个上午,她都在玩赏这种有毒的花蕾。有时,她将花蕾夹入书册或描红本,馥郁的香味融合了纸张的油墨的气息,使一堂算术课变得寂寞漫长；有时,她将花瓣一一掰开,让它变成一朵睡莲的形状。她是那么喜欢这种白色的花蕾,即使它芳香已逝,花茎枯萎,花瓣的四周出现了褐色的斑纹,她仍然用铅笔轻轻地拨弄它。跛足的算术老师悄悄地来到了她的身后。他想看看,一只蚂蚁为何不能从花蕊中爬出。因为它迷了路,她回答说。算术老师冷笑了一声,将那朵花蕾连同铅笔盒和蚂蚁扔到了对面的墙上。我看见五颜六色的蜡笔在空中飞舞,而她当时所发出的哭泣声二十多年后依然能够清晰地听到。

我只有通过想象中栀子花的形象,才能回忆起杨迎当初的容貌,回忆起教室的黑板——由于泛潮,粉笔的字迹模糊不清。反过来说,假如她那虚幻的笑容伴随着一阵清风,突然浮现在我的眼前,我就能同时嗅闻到栀子花芬芳四溢的香气。

四月份,在新塍小镇,天空一直雨水不断。那座两层楼的英式建筑在雨中更加显得残破不堪。急落的雨点在露出椽梁的屋顶上方斜斜地划出破折号似的线纹,屋檐的泄水把墙根的一簇天竺子压弯了。雨水的冲刷使墙上的凹槽清晰可见,柔弱无力的水啃噬着坚硬的青色的砖块,使它变得坑坑洼洼,而山墙上茑萝和其他藤蔓植物正在疯长。我猜测,当这座洋房的建筑图纸刚刚被摹画出来,屋顶的门齿状洋瓦油漆未干;当墙身尚未用铁杆加固,墙皮尚未脱落,白垩和苔藓还没有爬满天井四周的石板,它完全是另外一个样子。如今,在雨水的反复稀释下,它已显得衰朽倾颓、摇摇欲坠。只有当大风刮落满地的槐花,覆盖于漆黑的屋顶和二楼露台的顶篷,才会给它点缀一些暧昧的生气。

我的妻子韩冰对鲜花富有想象力。海棠无香而妖冶,令人魅惑迷失;兰花的花期过于短促,而夹竹桃的季节又太长了,两者都暗含着对女人命运的嘲讽;梅花孤傲,不可一世,而牡丹则过于招摇……她喜欢玫瑰,每天下班回来都抱着一束,时常有一些陌生的男人给她送花。玫瑰。红色的。

假如我出于好奇,向她打听,那些花都是谁送的,她就一脸不高兴。假如我继续追问,缠着她,她就会恼羞成怒,将那些鲜艳欲滴的玫瑰扔在我的脸上,将花瓶砸向窗户。时常有些陌生的声音将电话打到家里来,当然,他们那么急于打听她的去向,并非仅仅为了给她送花。韩冰每个星期天都要外出,我不知道她去了哪里,和什么人在一起,做了什么事……怎么样才能向她说明:作为一名合法丈夫,我关注她每周一次的外出,并不是出于妒忌和猜疑,而纯粹是出于好奇,或者,为了摆脱自己无所依傍的不真实感?

显而易见,谈话只能从玫瑰开始。这些插在花瓶里的花束是通往她生活中未明部分的唯一标识。有时,她会故意岔开话题,聊起另外一些种类的花朵,比如栀子花。

我不喜欢它的浓香。它有毒。俗艳。不值一提。不过她转而又说,这种轻佻的花朵假如开放在四月的霏霏淫雨中,开放在南方小镇的深巷枝头,情况就大为不同。因为,日复一日的蒙蒙细雨、返青的垂柳、流水和粉墙黛瓦与它的暗香相得益彰,仿佛使人看见了那些久已被人遗忘或并不存在的事物,唤起人们内心对虚度光阴的缅怀和挽留,激起我们心底未名的愁绪和渴望……

在病中,我所度过的每一分钟都浸透在两种截然不同的氛围中。一方面,我意识到自己菁华已尽,弱不禁风。杜冷丁的剂量已赶不上细胞裂变的速度。光线太亮,我的皮肤就会隐隐灼痛;阳光一旦消失,又给寒冷让出了地盘;而钥匙在锁孔里转动的声音几乎每次都使我出一身冷汗。

另一方面——

河床下的泥土

河床下的泥土被太阳晒得发烫,而树丛中却是凉阴阴的。斑斑驳驳的树影越过棕红色的沙土,依附在浅浅的水面上。河滩上到处都是蚌壳行走时留下的痕迹。朱国良说,当河蚌张开硬壳,呈露出嫩红色的软肉,令人联想到……

这时,我们远远地看见了金兰寡妇,她的围裙让肥皂沫弄得湿漉漉的,她正从杨福昌的家里出来。而她身后的那扇门随即就关上了,两只黝亮的铜环剧烈振动了几下,又恢复了它原来的样子。

金兰寡妇一边往前走,一边撩开围裙抓挠着下腹。她绕过一排竹篱,来到了裁缝铺的门口。她总是在同一个地方挠痒,刘胜利说。就好像被太阳晒死的河蚌里长满了白蛆,我们又闻到了那股奇异的腥味。

张裁缝脖子上搭着一根量衣尺,从缝纫机前站了起来,他向金兰说了句什么,她就笑得浑身颤抖。在门槛的内侧,金兰将一叠红色的花布抖搂开,看了又看。

"刚才,金兰寡妇到杨福昌家去干什么?杨家的大门干吗在白天也要关上?"德顺说。我们都没有搭理他,因为张裁缝嬉皮笑脸地走到金兰身边,开始给她量袖口。

金兰寡妇的胸脯鼓鼓囊囊的,仿佛随时都会将衬衣的纽扣绷飞。裁缝手中的量衣尺一会儿停留在她的手臂上,一会滑向她的脖颈、她的两肋、腋下、臀部、胸乳、腰眼、腿弯……他的手指像女人一样白皙、柔软。在牵牛花的香气中,我们似乎闻到了他身上散发出的布匹的染料的味道。

我们再次把视线投向杨家大院:大门紧锁,窗户上糊着白纸。二楼的露台被树荫遮住了,一张旧藤椅局促地占据了露台的一角,旁边有一摞破旧的皮箱,表皮裂开、翻卷,露出了白色的革里。楼下门楣的两侧,一左一右分布着两只燕巢。晾衣绳上空空荡荡。假如不把屋檐下几只麻雀的啁啾考虑在内,寂静是乏味沉滞的、单一的、持续的,就像炎热的七月一样漫无尽头。

这时,刚才在裁缝铺说笑的两个人已不知去向。那架老式缝纫机上搭下的布匹一直垂挂到地上。一只公鸡跃上了木桌,将空空的瓷碗啄得叮当乱响。

裁缝和金兰说不定已经在黑屋的床上搞起了腐化,刘胜利说。我刚才分明看见裁缝……他没有说完,德顺就把他打断了:你们听,什么声音……竹床在吱吱作响。我们凝神屏息,侧耳谛听,不过,除了风过树篱的声音和我们狂热的心跳,几乎什么也听不到。

我们从河床下回到岸上。午后的阳光使我们恹恹欲睡。在河道边一棵楝树下,生产队长躺在凉席上呼呼大睡。他的老婆穿着花短裤,正在用力将木盆里的帐子拧干。在更远一点的棉花地里,棉铃已经炸裂,两个赤脚的电工小心翼翼地检查着抽水机的电路。

我们用力扑打着门环,它所发出的声音听上去也是空洞而沉闷的,似乎和这幢旧楼一样颓朽、神秘,令人不安。我们敲了半天,杨迎才把门打开。光线突然涌入,使她不断地揉搓着眼睛。

"杨福昌呢?他在哪儿?"朱国良一进屋,就开始四处窥望。

"他出去了。"杨迎说。

"去哪儿啦?"刘胜利撩开衣襟,一只脚踏在木凳上,亮出了腰间别着的一把盒子枪。

杨迎说,她的祖父一清晨就出去了,他没说要去哪儿,也许是到下庄走亲戚。

"走亲戚?我看他八成是进城与尼克松接头了吧?"朱国良喝道。

"尼克松到中国来了你知不知道?他要炸毁我们的发电厂、水库的大坝,要暗杀……"德顺说,"这些都是国家机密……"

这时,刘胜利上前几步,一把揪住了杨迎的衣领,将她的手臂扭转到后背上,这样一来,他们两个人的脸就已挨得很近了。

"说,杨福昌的无声手枪到底藏在什么地方?"

杨迎摇了摇头。

"无线电发报机呢?"

这一次,杨迎站着没动,因为她已知道若要摇头而又不碰到刘胜利的麻子脸,几乎是不可能的。

彩色玻璃的反光投射在她苍白的脸上,红彤彤的,就像一面映入落日的窗户。她的袖管卷得很高,光裸的手臂上沾满了肥皂沫。我们进来之前,她也许正在洗衣服,屋内的光线十分黯淡,在一把竹椅的边上,搁着一只装满衣物的脸盆。

门外,炽烈的阳光已经离开了河床下密密的卵石,几只鸭子在河面上自在地游来游去。

"那你大白天干吗要关上门?"朱国良在二楼转了一圈,此刻正从楼梯上下来,他每走一步,楼梯都要发出一声怪叫。

"我在洗衣服。"杨迎说。

"没听说洗衣服还要关上门,你他娘的又不是洗澡。"朱国良掰开刘胜利的手,放开她,"那么,刚才金兰寡妇到这儿来干什么……"他还想问下去,却不料德顺突然间发出一声尖叫,让我们都吓了一跳。

"血,血,发现血迹……"

德顺的手里拎着一条湿淋淋的床单,上面淤积的血迹尚未来得及洗去,脸盆底部的水也是红色的。从我所站立的那个位置看上去,床单的血斑就像一只翩翩飞动的蝴蝶。

"这是什么,哪来的血迹?"德顺将床单递到杨迎的眼前。然后,他转过身来对我说,杨福昌一定杀了人,而尸体说不定就藏在楼上的床底下。

刘胜利说,杨福昌今天突然神秘地失踪,说明尸体已经被他转送出去——尸体被切割成块,装入麻袋投入江中。我们应当立即向民兵营长汇报。

我们听见了杨迎的哭声。她说她肯定活不长了:血迹怎么擦也擦不干净,我早晨醒来就看见它在流血。我肚子里的什么地方破了……她双手捂着脸哭得肩胛耸动,最后连鼻涕都流了出来。

"你少给我们来这一套。快说,血是从哪儿来的?"德顺说。

朱国良朝他使了个眼色,随后悄悄地对我说:"看她哭得那么伤心,不像是在骗我们,不过这血……"

他一声不吭地走到杨迎的跟前,低声问她:"你昨天晚上吃鱼了吗?"

杨迎点点头。

"这就难怪了。"朱国良蛮有把握地笑了起来,"一定是鱼刺把你的肠子扎破了。你赶紧去找赤脚医生看看吧。"

似曾相识的……

似曾相识的五月,同样的残春将尽。我从床上醒来,韩冰已经下楼去了。现在,天才刚刚亮,窗帘在风中翕动,泛出路灯的杏黄。有一些细细的雨点打在毛玻璃上。床头柜上的那面镜子显然已挪动了位置。镜子边散落着几枚辅币，一把牛角梳缠绕着一缕乌黑的发丝，蓬松着，在风中拂动。

那束玫瑰花插在白色的长颈瓶中，搁在窗台上，朝向街道一侧的花蕾显得豁亮而清晰，更多的花朵依然沉睡在阴影中。

我想，也许就是韩冰下楼的脚步声将我惊醒了。它是那么的急促、杂乱，预示出一场约会或郊游已过了出发的时间。接着，我听见了楼下公共防盗门的响动。钥匙插入锁孔，那声音冷冰冰的，伴随着一阵悠长尖叫，令人联想起……

而床上缎被的一角已经耷拉在地板上，她刚刚换下的一身内衣裤、一双袜子、一条腰带乱七八糟地扔在墙边的沙发上。屋里弥漫着一股香水气息，按动香水的活阀而发出的"刺刺"声似乎尚未完全消失。

假如此刻我拉开窗帘，从七楼探身向外，就能看见韩冰站在路边的灰蒙蒙的身影。一辆白色的小型面包车停在站牌下，车灯亮着，司机嚼着口香糖，一只胳膊搭在窗外，他正和韩冰说话。

而副驾驶则仰面躺下，钻入车底，大概是在检查漏油的油箱，扳头"橐橐"地敲击着底盘的螺丝，那声音就像是从附近的一个轴承厂传来的，在寂静的街头发出回响。

车窗的玻璃拉开，露出一张张陌生而面目不清的脸。韩冰没有立即上车，也许还在等待着一个什么人。现在，街道两边空空荡荡。梧桐树的浓荫和斜斜的细雨给路灯镶上了一层毛茸茸的金边。平板车一辆接着一辆，从菜场的铁栅栏门里缓缓出来,赶往郊区的菜园和花圃。马路对面的一条长的弄堂里,一个穿格子呢西服的中年人正朝韩冰挥手致意,他手中拿着一根两米长的棍状物,裹着塑料皮套,像是钓鱼用具,又像是高尔夫球杆。

而在另一个方向,两个年龄稍大一点的人从厕所里出来,肩上扛着相同的用具。这三个人只是略略朝韩冰点点头,就先后上了车。看来,他们都不是韩冰所要等待的那个人。她背着一只小巧玲珑的首饰包,显得局促不安,不时地抬腕看表。

直到司机按响了喇叭,姗姗来迟的瘦高个儿才开始了狂奔,他戴着一副墨镜。当他气喘吁吁地跃上路基,尚未在站牌下站稳,韩冰就当胸捶了他一拳,好像在抱怨他来得太迟。而瘦高个儿则随手摸了摸她的头发,以示歉意。有一点,我看得十分真切——她在上车前,似乎有了什么预感似的,扭过身来朝我这边的窗户张望,仿佛担心我正在暗中窥探。戴墨镜的人在她的腰部推了一把,他们一起上了车,自动门随后就关上了。

在发动机声中,那辆面包车徐徐驶离了站牌。一阵尾烟过后,路面上留下了一摊浓黑的油斑。

我回到床上,再一次昏昏沉沉地进入了梦乡。在若即若离的睡意中,我的意识仍停留在黎明的林荫道上,似乎还能闻到驶离汽车所留下的汽油味。

我知道,即使把刚才出现的一幕反复咀嚼,你也不能得出什么有意义的结论,因为你能够看到的毕竟有限。

实际上,作为一个观察者,我们在生活中所处的位置并不理想。你所观察的对象从根本上说是杂乱的、晦暗不明的,有点类似于照相用的暗房。假如,有一束光偶尔照亮了暗房的一角,你也只能看到某个局部——在光线下被呈露出来的那个部分。

假如韩冰不是时常都带回那些令人不安的花卉,如果不是某个深夜的电话中传来的陌生男人的声音,如果韩冰不是在电话中被对方的俏皮话逗得前仰后合,一遍遍地请求对方:星期天,星期天怎么样?你不能太心急……我也许连这点亮光也看不到。当然,盘问往往会使事情变得更糟,使线索越理越乱,因为语言帮不上你什么忙。

我在想,他们若是到郊外钓鱼,用不了两小时,他们所乘坐的汽车就会出现在乡间的湖畔公路上。我看见这些人从车上下来,打着哈欠,穿过一排一排的小树林,在湖畔的草地上安营扎寨。

长长的钓竿弯成一个柔和的弧度,卧伏在水面上。我看见韩冰正在向湖面打鱼食。锯末、谷糠或麦皮在水面上散开,激起一轮轮涟漪。由于用力过猛,她的一只脚深陷在污泥里,怎么都拔不出来。

钓鱼的过程一般来说并不复杂,鱼食的芳香触动了鱼群的嗅觉,它们聚拢过来,热热闹闹地你推我挤。水面上出现了一圈圈的鱼。快感开始在你的皮肤下、发根处酝酿,并汇集于小腹……鱼群在诱饵边逡巡,它们并不急于吞下蚯蚓,而是轻轻地触碰它,观察它的反应。这时,漂浮在水面的鱼浮开始微微颤动。你预感到喜悦正在来临,因而方寸大乱。你凝神屏息,调整好肢体的位置。深呼吸,准备迎接……鱼儿现在进一步试探,仍然保持着耐心。不过,鱼浮晃动得更厉害了。

在通常的情况下,鱼类即使意识到了可能会有的危险,仍然会孤注一掷。当它不计后果,扑向粉红色的猎物,它的脑子里闪过的最后的一个念头是:管他的呢……

鱼浮突然迅速下沉,事情急转直下,一切都无法阻挡,你的心怦怦乱跳,像鱼浮一样,出现了短暂的迷失,巨大的神秘电流顷刻间就击中了你的要害。你开始出汗,尖叫,脸色潮红:啊,我钓到了,我看见了它,我感到了它,它就在那儿……

不过,在整个过程中,鱼儿从钓竿上脱落的时刻并不少见,通常是因为当事人过于急躁和用力,它会一度掉落,就像一头牛犊在明亮、腻滑的沼泽中跌了一跤……

两 个 特 务

两个特务,从台湾来,一个名叫尼克松,另一个叫作安东尼奥尼。他们化装成两个老太婆的模样,戴着破旧的草帽,沿着五峰山下的煤屑公路走走停停。阳光炽烈,树影摇曳,白云在高高的山峦上空层层堆积,他们豁亮的身影在茶园和乱石堆中闪闪烁烁，考虑到他们所受过的谍报、侦察训练，要想躲过持枪岗哨的视线并不困难。他们利用凹凸不平的岩石和松树做掩护，不一会儿就登上了山顶，从那儿往山下看，五峰山的那处军事基地就一览无遗了：一座静伏在山坳中的修船厂，东海舰队的两艘炮艇正在进港，大炮闪闪发亮，船桅上的旗帜在风中扑扑直响……

距离修船厂不到五百米的另一处山坳里，发电厂的烟囱上方翻腾着滚滚浓烟，烟雾和白云相连，在江面的芦苇丛中投下晦暗的阴影。发电厂紧挨着一个山间水库，由于长年不放水，大坝底部的泄水口覆盖了一层厚厚的苔藓和水草。

安东尼奥尼拿着一架照相机正在拍照，而尼克松已经开始选择定时炸弹的安放地，并检查炸弹的线路……

在那个炎热的夏季，即使是群萤乱飞的夜晚，我们闭上眼睛就能想象出以上情景。传说在枯燥乏味的蝉声中蔓延，在换糖人走村串巷的笛声中流布，弄得人心惶惶，仿佛随时都会传来山崩地裂的爆炸声。

我们夜复一夜地守伏在河边的棉花地里，藏在河床下的树林中、村头的草垛旁，注视着杨福昌和他孙女的一举一动。我们知道，瞌睡和神思恍惚只会带来一个结果：两名台湾特务在我们眼皮底下钻入杨家大院……修船厂和发电站在一阵青烟中化为乌有。

门前的一对缺损的石狮子浸沐在蓝莹莹的月光中，二楼百叶窗下的露台、露台的围栏和顶棚也被月色照亮了。一般来说,杨福昌每晚九点会准时从阳台门里出来,在露台上打太极拳。这个老奸巨猾的国民党上校似乎对我们的埋伏和监控习以为常,每当他打完太极拳,总要向树林或棉花地的方向挥挥手,仿佛在对我们说:我的太极拳已经练完了,你们可以回家睡觉去了……

据朱国良的表叔说,安东尼奥尼只身潜入中国腹地,并不是为了炸毁什么发电厂,而是偷偷地拍摄一部叫作《中国》的电影。那位表叔介绍说,电影一开场,就是一个小老头骑在自行车上打太极拳……我们几乎可以断定,这个打太极拳的老头就是杨福昌。问题在于,他是如何与安东尼奥尼取得联系的。

今天晚上,杨福昌没有出现在露台上。几只萤火虫绕着晾衣绳兀自飞动,二楼的窗户里黑黝黝的,而楼下的厅堂里却灯火通明,天井里泄出的灯光照亮了枣树的树梢。我们只要屏住呼吸,就能听到楼下低低的说话声,还夹着一两声爽朗的大笑。

过了一会儿,大门打开了一条缝,我们看见杨迎手里拎着一只竹篮从里面出来。她转身掩上大门,走到了河边,在淡淡的酒香中,我们又闻到她身上熟悉而又陌生的气息。她的身影一度融入了树林的黑暗,不一会儿,她绕过晒场的麦垛,出现在小保的店铺门前。

她在窗户上敲了三下,屋里的灯亮了。窗口露出小保的秃脑门和肥胖的胳膊,杨迎将篮内的空酒瓶递给他,开始在口袋里找钱。我们远远地听见小保在说：快点，快点，别把蚊子放进来。这么晚了还买酒？家里来人啦？杨迎从他手中接过酒，没有吱声。小保关上了窗户。灯熄了，黑暗又回来了。

你们听见了吗？朱国良用胳膊碰了碰我，什么声音？

刘胜利也觉察到了什么异常的动静，他带着另外一伙人朝我们聚拢过来。在潮湿的夜幕下，我们很快就听到一阵嘀嘀嗒嗒的声响。这种奇怪的声音已经持续了好一阵了，我开始还以为是蟋蟀在叫，刘胜利说。嘀嗒声时断时续，清脆而真切，与草丛中蟋蟀和鼻涕虫的鸣叫很容易区分……

一定是屋里的什么人在向潜伏的台湾特务发报，朱国良说。我们侧耳谛听，杨家大院的说话声此刻已经听不到了。南风掠过水面，呼呼地吹过树林和屋顶，在远处的山谷中发出低低的呜呜。

可我怎么觉得嘀嗒声不是从杨家大院传出的，而是来自隔壁的裁缝铺……刘胜利说，莫非……

朱国良显然也得出了相同的结论。他小声地提醒我们，他早就开始怀疑裁缝铺了。张裁缝是一个来历不明的外乡人，一直没有结婚，脖子上成天围着一条量衣尺，和金兰寡妇一样，有事没事总爱到杨家串门。

这个裁缝说不定就是杨福昌的联络员，而裁缝铺就是特务接头的秘密交通站，朱国良分析说。

一点没错，刘胜利插话道。发报机就藏在缝纫机里，白天，他利用裁缝的身份做掩护，从前来裁衣的各色人等口中探听、收集情报,到了晚上,他就拆开缝纫机,取出发报机,向台湾发报……

刘胜利正打算带两个人去裁缝铺看个究竟,朱国良一把抓住了他。因为,我们看见德顺手里捏着一个烂泥哨子,从裁缝铺旁边的一条弄堂里走了出来,他正在四处找我们。

当我们确信嘀嘀嗒嗒的声音是德顺的泥哨子发出的,不禁沮丧地松了一口气。

不过,这个夜晚的守伏也并非一无所获。到了晚上十点钟,杨家大院的门终于打开了。杨福昌领一位陌生人从天井里出来。这个人瘦高个儿,戴着一副眼镜。我们觉得在哪儿见过他,可一时又想不起来了。

杨迎递给他一只手电筒,杨福昌与他握手道别,并一直将他送到河边的桥头。

他喝得太多了,手电的光亮胡乱地晃荡着,照亮了桥栏、深巷两侧的墙壁、棉花地和嗡嗡作响的高压电线网……最后,当他绕过一排红砖墙,走进了学校的操场,我们的暗中盯梢才被迫中止。

办公室的门开着。我们的班主任,一个梳着齐耳短发的年轻女人,正在门边的一只白瓷盆里洗脚。光裸的脚趾搭在盆沿,令人想到风琴的琴键。当她看见那个陌生的男人朝她走近,脸一下变红了……

梳着齐耳短发的女教师

梳着齐耳短发的女教师随着一阵铃声走进教室。她穿着一件白色的确良衬衣、草绿色的军裤。带有皱褶的、肥大的裤子使她的臀部更加突出,而衬衣里的一条奶黄色胸罩则使午后的酷热灼人眼目。她在领我们读课文:妈妈拉着我的手,往泥塑收租院里走……而我们正在小声议论着她胸罩的饰边和花纹。胸罩的吊带在圆润的肩胛上似乎随时都会脱落,而衬衣的领口又开得过低。无论是衬衣,还是乳罩,它们与白皙致密的肌肤间都留有缝隙。假如一只蚂蚁……

这些画面事隔多年,一直在我们的脑海里闪烁不已,在记忆的深处沉渣泛起,仿佛保留在一张旧照片里的情景。而在另一张照片里,我们正在水库里泅渡……

女教师的身上湿漉漉的,她面带笑意,斑驳的树影使她的脸显得怅然若失。她的一只手搭在刘胜利的肩上,后者受宠若惊的激动神色依稀可辨。在他们身后,碧波荡漾的水库伸向遥远的天边,山峦的斜坡由于雨水冲刷,裸露出棕红色的山石。

朱国良正在一棵杨树下脱裤子,他的一只脚尚未从裤管里拔出来。他的目光和女教师一样,投往同一个方向:杨迎刚从水里上来。她穿着一条红色的短裤,白色的背心,乳房娇小而微耸,隐隐透出乳晕的阴影。她的头发被风吹向一边。由于踮起右脚,让水从耳朵里流出来,她的身体一度失去了平衡。她一只手伸向照片的左下角,正从一个什么人的手中接过毛巾……德顺的身体已经凌空跃起,像一张拉满的弓,横空出世,卧伏在水库的平台上空……

要从这张旧照片上一一找出童年的伙伴并非难事,问题在于,究竟是谁把毛巾递给了杨迎?

照片上的这只手骨节粗大,手腕上戴着一只钟山表。由于取景的限制他的面目不在照片之内。

整整一个中午,我在窗下端详这张照片,怎么也想不起这个人是谁。照片拍摄的日期没有标出,但从水库边的树林中挂着的条幅来判断,它应当是摄于一九七一年。镇子里为纪念毛主席游长江,在水库边举办了游泳比赛。而在那样一个年代,镇上有资格佩戴钟山表的干部并不多,严助理——县里派驻新塍的文教助理就是其中之一。

凭着记忆的微暗的折光,我似乎还能听到他在开学典礼上的冗长讲话,看见他戴着一顶簇新的草帽,懒洋洋地站在大队部门前的晒场上,对着一帮搭戏台的农民指指点点……

那时,我们正在大扫除。教室里尘土飞扬,报纸在窗户玻璃上摩擦,发出"吱吱"的叫声。朱国良刚刚擦了两扇窗户,就坐在窗户上发呆了。顺着他的视线,我们看见阳光将仓库的墙壁照得亮晃晃的,几名年轻女子正手持彩带,排演筛子舞,准备在晚上的文艺会演中大显身手。老掉牙的节目每一次上演都会使人们激动不已。那时,女赤脚医生将会一展歌喉;农技员则拎着农药喷雾器粉墨登场,他能用一只手托住喷雾器的底部，闭上眼在台上转上七八圈；而会计和记工员则要合说一回相声：《安东尼奥尼到中国来干什么？》……当然，节目的压台戏就要算由金兰寡妇和生产队长参加的小话剧了。在剧中，他们扮演一对夫妻，单调乏味的剧情和台词我们从头到尾都能倒背如流，一字不差。关键的一点在于，在这出戏的末尾，金兰寡妇有一个从八仙桌上凌空腾跃的劈叉动作。也就是说，右脚的脚趾勾起，蹬向前方，左脚后展，臀部上收，隆起的小腹上堆积的脂肪由于两腿错开的张力而突然拉直，水红色的戏装陡然上扬，露出了裤腰上方的肚脐。

整个动作一气呵成，犹如一只展开双翼的飞燕。大半个夜晚，我们津津有味地坐在台下看戏，而心中一直翘首以待的，就是金兰寡妇那意味深长的一跃。

越过窗户外那片棉花地和浅浅的河道，我们看见杨迎背着她祖父传下的牛皮公文包，走到了戏台的边上。一直在那儿抽烟的严助理走出了树荫，叫住了她。

她看到这个衣着考究的文教助理突然从暗处斜穿而出，起先是吃了一惊，随后她的脸上现出虚幻的笑容。严助理捋了捋额前的头发，眉头紧锁，一副心不在焉的样子。他们站在楝树下说话，即便是没有调试高音喇叭时发出的嗡嗡蜂鸣声，由于距离太远，我们也无法听清他们到底说了些什么。

杨迎的一只手不时地摸捏着书包带，低着头，脚尖蹬踢着树下的石子，身体不由自主地左右摇晃着。她一度想离开他，并成功地朝前走了几步。严助理蛮横地拽住了她的胳膊，不过,他用力过猛,杨迎站立不稳,差一点跌到了他的怀里。很快,他们又恢复了合适的距离,不远也不近,谈话仍在持续……

"我怎么觉得……"朱国良一动不动地注视着楝树下的那两个人,神情肃穆地对我们说,"这个淘汰的芭蕾舞演员与暑假里从杨家大院里出来的那个醉鬼是同一个人……"

在另一扇窗户边,刘胜利正和德顺小声地议论着什么。刘胜利说,其实女人的乳房都是一样的,只不过大小不同而已,乳头的颜色也差不多,就像熟透的桑葚。他们经过压抑的、胆怯的笑声在教室里回荡。过了一会儿,德顺说,班主任只要在黑板前稍一走动,胸脯就会像盛满水的……而她的乳罩有时竟然是黑色的。上课注意力不集中,当然导致了成绩的下降……

任凭我们怎么向他们挤眉弄眼,暗示他们——梳着齐耳短发的班主任已经走进了教室,他们还是越说越下流、猥亵……班主任面红耳赤地走到他们身边,用手里的鸡毛掸子在他们的脑袋上各敲了一下,然后,她装着没有听见他们的话似的,温和地笑了一下:"时间不早了,你们回家去吧。"

我们走出了校门,沿着河边朝戏场走去。楝树下空空荡荡的,严助理和杨迎不知什么时候已离开了。

假如你想知道……

假如你想知道周围有多么黑暗,就得留意远处微弱的光线。有时,为了弄清自己所处的确切位置,弄清正在失去的时间所蕴含的奥妙,你在不知不觉中就开始了比较或甄别:两朵花蕾的花形、花束所暗示的意义;两只在阳光中伸出的手,掌形、圈纹和饰物;书本的一页和另一页;晚霞满天的黄昏所照亮的一棵树,静立在雨中的被更改过的广告牌……

有时,你还会比较两个女人的喘息、呼喊:其中的一个在成熟的棉花地里飞奔,棉铃的青果扑打着她的脸,耳畔风声浩大;而另一个却已在街道湿漉漉的拐角悄悄隐匿,只留下了一团暗红的光影……

那些正在远离你的事物不可避免地成为画布陈旧的背景,成为附属物和陪衬,正如炉火熄灭后留下的灰烬,或者,凋萎的花束尚未敛迹的余香。

在过去与现实之间,我们最容易忽略的往往是事物内部的一致性,不同的情境所带来的惊悸、喜悦、沮丧和战栗的一致性。白天,我躺在医院的病床上想入非非,入夜,总有一种淡淡的忧伤压住我的心。

刘胜利偶尔会到我的病房来看我。时到今日,他是少年伙伴中唯一与我保持联络的人。要是我的心情尚好,而他腰间的 BP 机尚未发出一连串的鸣叫,召唤他离去,我们就会聊上整整一个下午。

他总是提到过去。在他看来,我们曾经经历的两个时代并无太大的区别。也就是说,过去以一种隐晦的方式与未来相连。他举例说,过去显赫一时的造反司令部现在则变成了乡镇企业的办公室,严助理成了严经理,会计成了出纳……当然他还谈到了性。生活倘若不是受难的徒刑,就是一场没完没了的游戏,只不过,与少年时代相比,我们在游戏前预先就知道了其中奥妙而已。

他说起了许多年前的一次图画课:迟到的杨迎出现在操场上,立刻激起了我们恶作剧的欲望。我们解开各自的裤腰带,连成一条长长的棉绳,在两排课桌间的过道上设下绊索。杨迎背着的牛皮公文包令人联想到国民党军队的女谍报员,而她手里拎着的饭盆似乎藏有鸠山队长梦寐以求的密电码……当她被绳索绊倒,发出"哎呀"的叫声,身体前倾,额角在桌腿上碰出血印,当她张大了嘴巴环视教室,在人群发出的哄笑声中不知所措的时候,她的一切都是神秘的。

类似的情景我们不难看到。班上的每一个男生都在想出各种办法捉弄她:她站起来朗读课文,却发现辫子被人用图钉钉在了后排的课桌上;当她坐下的时候,板凳被人抽空,我们一次次看到她仰面摔倒。而在放学回家的路上,朱国良暗中伸出的一只脚就会将她掀翻在路边的稻田里……

"这是一个古怪而荒唐的逻辑,"刘胜利对我说,"我们一刻不停地折磨她、监视她,只不过是在向她表达眷恋……"

他甚至说,到了小学四年级,他过早地开始了手淫……在课堂上,他的眼睛始终离不开她耸起的肩胛,她光裸的手臂、辫子上的红绸布……只有一两次,他将目光投向班主任,当她转过身在黑板上写字,他就可以肆无忌惮地打量她军裤的皱褶……

假如杨迎不是猝然死去,很可能……他的脸红了,可我对他过于坦率的供述并不介意。

我在回忆往事的时候,总是无法摆脱这样一个错觉:杨迎的死去与我在火车上遇见韩冰发生在同一个时刻。而实际的情形是:杨迎去世后的第三年夏天,我才踏上了通向另一座城市的火车。

纠缠在这样一个错觉中,记忆受到了来自两个方向的压力。其一是杨迎的尸体。她的尸体被人从养殖场的粪池中打捞上来之后,一直停放在那座老房子的二楼。我们即使戴上厚厚的口罩,也无法阻隔扑鼻而来的臭味(我又想起了那朵幽暗的花朵,它和一方手绢一道别在她的胸前。由于花香的蛊惑,仿佛她本人就是这样一个香味的贮藏物。她是那么的喜爱洁净,最后却一头扎进了粪池,漂浮于粪便污物之上的是一双红色的塑料凉鞋)。

另一个压力来自火车的鸣叫。它喘息着冲破灰蒙蒙的雨帘,停靠在一个不知名的小站上。我看见韩冰嚼着口香糖,盘腿坐在靠椅上看书。她的父亲坐在靠窗的一侧,正用水果刀将一只柚子切开。

车厢内人声嘈杂,拥挤不堪。我一上车就将韩冰的一只鞋跟飞了。

"我的鞋……"她尖叫了一声,从座位上站起来,用书本敲打着我的脑袋,"我的鞋……你这个乡巴佬……"

她的话音里透有浓郁的北方口音,很好听。

火车重新启动后,我才在车厢的连接处找到了她的那只高跟鞋。由于人群的践踏,鞋跟与鞋帮已发生了无可挽回的分离……我把那只皮鞋递给她,并竭力向她证明:尽管它已被人踩得不成样子,但要修复它也不是不可能……而她的父亲,我未来的岳父,一个有着双层下巴的中年人,给了我肝部以有力的一击。我不禁弯下腰来,好像正低头在座位下寻找一件丢失的东西。

后来,在我们去照相馆拍结婚照的途中,韩冰对我说,她的父亲作为长影厂的一名替身演员,当时最大的愿望就是能够在银幕上扮演华国锋……她父亲的山西方言已说得很不错了,如果不是后来时局的突变,说不定他哪一天就能梦想成真了。

"当时,我记得你挨了父亲的一拳,一直在流泪……我也觉得父亲太过分了,一双皮鞋本来也值不了几个钱。"在照相馆里,她一边往唇上涂着口红,一边这样对我说。

我对韩冰说,我当时之所以流泪,是因为火车开出了很久,我才想起忘了与站台上的母亲道别。她的脸一直在飞速滑过的树荫间时隐时现,并一路陪伴着我,在雨中,我还听到了——

突然响起的电话铃声

突然响起的电话铃声总是吓我一跳。

今天是星期天,韩冰很晚才起床,似乎没有打算外出的迹象。这是一个例外,我们都有些不太习惯。

吃完早饭后,她来到我的书房门口,长时间地打量着我。这么多年来,也是第一次。我问她干吗这样看着我,她就笑了起来,你的头发太长了,应该去发廊让人理一理。过后她又说,你的这身衣服也太破了。假如换上一身西装,打上领带,人就会显得精神一点……最后,她干脆走到桌边,推了推我。"我看你还是先去洗个澡吧……"

她转身进了隔壁的厨房,"啪"的一声点燃了煤气热水器,开了窗,然后,她去了卫生间。不一会儿,我就听到了淋浴器的喷嘴发出的"滋滋"水声。

"来吧,"她叫道,"水已经热了。"

我来到卫生间。韩冰正在调试热水。"要是待会儿水太热了,你就叫我……"她顺手递给我一条毛巾,这才告诉我:大约十点钟左右,她有一个朋友来家里做客。她不想让朋友看到我这副邋遢的样子。

"仅仅是一个普通的朋友。"她又补充说,让我不要胡思乱想。

我问她到时候我要不要回避一下,韩冰就在我的腰上捶了一拳。挨了她这一拳,我心里甜滋滋的。

不过,我又想,她希望我在这位客人面前有一副体面的仪表,这就说明他并不普通。韩冰替我拉好浴缸上的塑料遮帘,然后就带上门出去了。

电话铃就是这时响起来的。

淋浴器的水柱喷泻到塑料布帘上,发出"刷刷"的水声,我无法听清打电话的人是谁,他们都聊了些什么。而韩冰也深知这一点,她没有必要像往常那样,因害怕谈话内容被我听到而故意压低嗓门。

可我还是听到了一些不连贯的、毫无意义的词汇,比如说动物园……红色的……我还没有……奥迪……晾在家里……多不好……诸如此类。有一个词出现的频率特别高,而正是这个关键词我没有听清,听上去似乎是双方反复斟酌、核对的一个地名。

我意识到自己此刻正处于一种十分尴尬的位置。假如我想听清他们说了些什么,判断打电话人的身份,只有暂时关掉淋浴器。而关掉淋浴器的开关又会授人以柄,仿佛一心为了探听她的秘密而造成心理上的负担。因此,当我往身上打肥皂时,也一直让水哗哗地流着。为了进一步显示自己无意窥探妻子的秘密,我甚至还莫名其妙地唱起一首歌来……

我从浴室里出来,韩冰依然坐在电话机旁。这时,她不会轻易说什么话了,而将说话的机会完全推给了对方,而她自己则是偶尔发出一句嗯嗯声。至少,他们两人在打电话这方面建立了一种自然的默契。

我走进了卧室,按照韩冰刚才的吩咐,开始翻找那件西装。这套西服在结婚典礼上穿过一次,后来一直压在橱柜里。可要找到它并不是一件容易的事。我打开了所有柜橱,将衣物翻得乱糟糟的,甚至,我还爬上梯子,将脑袋伸向蒙结着蜘蛛网的顶柜,可里面除了一团旧棉胎之外,什么也没有……

韩冰推开门,走了进来。

"你在找什么?"她说,语调又变得冷冰冰的。

"我的那套西装你替我放在哪儿啦?"

"我也不知道,"韩冰皱起了眉头,"你慢慢找吧……"

她来到床头的梳妆台前,将桌面上的衣物通通扔到床上,开始对着镜子梳理她那湿漉漉的头发。

"我要出去一会儿——"她打开了吹风机。她接下来说了些什么我没有听清。

我站在木梯上,呆呆地看着她涂口红,描眉线,抬起胳膊,往腋窝里喷香水……

"待会儿客人来了怎么办?"终于等到她化妆完毕,我问她。

"我可管不了那么多。"她说,就好像这个客人是我招来的一样,"你就看着办吧,我这会要出去办一件要紧的事……"

"可我能跟他说些什么呢?"

"爱怎么说就怎么说。"这时,她已换上了一套蓝斜纹的上装,挎上了棕色的首饰包。她将上衣的下摆拉拉直,对着镜子,左右侧身瞧了瞧,抿了抿嘴上的口红。

"我走啦,晚上回来也许要晚一点。你来替我关一下门。"

"客人会不会留在这儿吃饭?"我从梯子上下来,追着她问道。

"在家里吃饭?不,不用了,你们去馆子里吃吧,让他掏钱……"韩冰想了一下,对我眨了眨眼睛。

在门边的狭长过道里,她麻利地换了鞋,随后,她像是突然记起一件什么事似的,抬头看了我几秒钟。

"那件西装你就别找了。"她说,"去年湖南闹水灾那会儿,我已经将它捐掉了,反正你平时也不太穿……"

客人十点钟准时来了。这是一个长相奇特的小老头,用人才参错这个词来形容他说话时的样子倒也十分合适,不过,即使他不说话,两颗门牙还是在嘴唇外表露无遗。

他手里举着一束扎着绸带的鲜花。是玫瑰,红色的。

他一进门就东张西望,不用我带领,径直来到客厅里。他先是看了看厨房,然后依次是卧室、书房和卫生间。

"房子倒也不算小,只不过过于破旧了一些。"他在客厅的沙发里坐了下来,对我说,"墙皮都发霉了,护墙板也脱落了。蟑螂一定不好对付吧?"

我给他端来一杯茶,问他是不是韩冰请来帮着修房子的。他就竖起两根指头放在嘴边摇了摇:"不,不,不……我几次向小韩提出登门拜访,可她总是推说家里太乱,实际上她是不想见我——噢,对了,小韩人呢?"

"她出去了……"

"一定是去菜场买菜了吧?我在电话里再三要她不用怎么准备,吃饭是次要的,何必这么客气呢?"

"她好像没有去菜场,"我对他说,"她是临时被一个朋友叫出去了,说是有点急事。"

"去哪儿啦?"

"她没交代。"

"这就怪了。"小老头用怀疑的目光盯着我,似乎我在故意对他说谎,"我们一个星期前就约好了……怎么会……"

他从裤袋里摸出一只手机,拉出天线,开始拨打电话。"小韩这个人,你就是跟她交往一辈子,也搞不清……喂……"

他一连打了七八个电话之后,一脸沮丧地看着我:"她会到哪儿去呢?"

纯粹是为了掩饰眼前的难堪,他随后就恢复了常态,并问了我一连串的问题:我是如何与韩冰认识的,什么时候结的婚,有没有孩子,现在在做什么工作……我猜测,他在说这番话的时候,大概已经在准备告辞了,因为他下意识地看了一次手表。谈话还在继续,只不过是为起身告辞略做铺垫而已。

不过,当他得知我在一家医院工作时,眼睛不由得一亮。

"是传染病医院吗?"

"不,是精神病医院。"我对他说。

"这么说,你是一个医生?"

我点了点头:"准确地说,我只是一名心理分析医生……"

他将手机搁在茶几上,从口袋里摸出一枚烟来,点上了火。他似乎突然又打消了告辞的念头。

他猛吸了几口烟,然后说道:"医生的知识通常十分广博。比如精神病医生,除了本专业的领域之外,他对病人的消化系统、内分泌、肝脏都会有相当的了解。因为身体状况的好坏会直接影响到病人的精神状况,反过来说也是一样的……"

我再次点了点头。

"那么,你对传染病方面的知识了解多少……"

"浅尝辄止而已。"我说,"那要看是什么传染病。"

"还不是那种病……"他的目光躲躲闪闪,似乎有些难以启齿。

"是梅毒吗?"我问道。

"不,是艾滋病。"

我不由得愣了一下:"你的意思是说……"

"不,不,我没有艾滋病,当然……也不是说……我想具体了解一下,艾滋病是通过什么途径感染的……"

"唾液、血液都能传染。"我说,"不过,最常见的是通过性交……"

"怎么会呢?我不理解……"

"每一毫克的精液中所携带的艾滋病毒超过十万个……很容易造成传染。"

"我操!"小老头的脸色一度变得十分难看,"这么说,假如一个人与艾滋病毒携带者发生了性行为,就意味着他已经被感染了?是不是这样?"

"那倒也未必。"我对他说,"假如是异性间的性行为,被感染的可能性只有百分之零点八……"

"鸡奸呢?"

"百分之七十五。"

"为什么会有这么大的不同?"

"不同的百分比涉及阴道和肛肠内部不同的构造。阴道内壁通常光滑而坚实,不易破损,而肛肠则较为脆弱……容易发生溃破,因而很可能感染……"

他显然是松了一口气。随后他扳起手指头,一次次换算起了这个可笑的百分比:"百分之零点八,也就是千分之八,这就等于说,一万次性行为,只有八十次……不过,假如戴上了避孕套呢?危险性会不会小一些?"

"当然,危险性小得多,但这并不是说……"

"万一用力过猛,导致了避孕套的破裂……"他打断了我的话,低声说道。

"传染的可能性略微大一些。"

"假如要做到百分之百的安全,医学上有没有什么可靠的方法?"

"杜绝任何性行为,包括你的妻子,因为从理论上说,谁也不能担保……"

"而这是不可能的,对吗?"他说。我们都笑了起来。

果然,韩冰的预料没有错。到了吃午饭的时间,他主动提出去附近的香港食府大快朵颐。"到了那儿,我们可以接着谈。"他说,他很庆幸碰到了一个这方面十分懂行的人,作为回报,他待会儿还要告诉我一个秘密,"你听了以后,也许会不高兴,不过——"

她头也不回地往前走……

她头也不回地往前走,不断分开摇曳的桑枝和牵牛花藤,一直来到了桑林的深处,每一朵牵牛花的背后都藏有一个熟透的桑葚,红红的。刚刚下过一场雨,可桑林中的一些地方还是干燥的。

胖乎乎的花斑蚕扭动着柔软的身躯吸附在桑叶的背面,它所经过的地方留下了一条长长的锯齿状的痕迹,而它吞噬桑叶时发出的习习声清晰可闻。

"就看一眼吗?"她问道。

"就看一眼。"我说。

当时,我们坐在桑林中的一条淙淙流淌的小溪边。我看见几条狭长的银鱼,在阳光下闪动着鳞片的波光,正逆水而上。透过桑枝稀疏的空隙,我们能够看见远处连成一片的紫云英花地,生产队的会计手拿着木柄尺,正和几个干部丈量田地。他们远远地抽着烟,说着话。

"要是被人看见了怎么办?"

"这时候不会有人到桑林里来……"

杨迎表情阴郁地看着我,手指不时抚弄着地上的青草。她说她昨夜做了一个梦,梦见她的肚脐眼像一个长熟的石榴一样突然炸裂了,从里面爬出一只只黑色的蜘蛛……它们都有一张与人相同的脸。"我还认出了其中的一个人……"

"谁?"

她不安地笑了一下,眼睛始终盯着远处的那些人,白云明亮的背景使他们显得十分遥远。他们仍然在说着话,朝远处张望,毫无目的地指指点点。

"昨天图画课上的那根绊索是不是你绑的?"过了一会儿,她问我。

我笑了起来:"还有刘胜利……我们把裤腰带接上……"

"辫子上的图钉呢?"

"那是德顺干的。"

"书包里的青蛙……"

"是朱国良塞进去的。"

"那么,我算术本上的答案是谁改的?"她的眼泪又流了出来。

"我,还有刘胜利……"我坦白说。

在课间做广播体操的时候,我和刘胜利装病留在了教室里。我们从学习委员的课桌上找出了杨迎的算术本,将她算出的每一个答案都做了改动。第二天,当算术本重新发下来时,她被老师叫到了黑板前。

"你能把二十道算术题全部算错,也称得上是一个天才了……"跛足的算术老师对她挖苦道。

他笑嘻嘻地走到她跟前,一动不动地打量着她(实际上,他是在打量着她的胸脯)。他嘴里突然流出的一线明亮的口涎令人想到,算术老师随时准备将她一口吞下去。

"你知道我要怎么惩罚你吗?"算术老师歪着头问她。

"知道。"杨迎低声说。她将那只一直藏在身后的手献了出来。

"不不不,"算术老师摇了摇头,"我不喜欢打手心……我要把你的鼻子拧下来,把你的耳朵揪下来,把你的头发一根一根地拔掉,把你的屁股打得能种菜,把你的……"

他越说越下流。杨迎的哭声惊动了隔壁正在弹风琴的班主任,直到她突然停止弹琴,算术老师的咆哮才有所收敛。

"好像有人朝这边走过来了。"杨迎的眼珠紧盯着那片苍翠的桑林,桑枝的颤动就像岸边铺展的海浪,它越来越清晰,伴着沙沙的摩擦声,每一次颤动都在酝酿着下一次的涌动,它摇着,水珠滑落,飞溅。我们终于看清了正在朝我走来的那个人。

杨迎手忙脚乱地扣上衬衣的纽扣,可怎么也扣不上。在那一刻,她只是呆呆地凝望着我,除了急促的呼吸之外,她什么也做不成。

金兰寡妇背着一竹篓桑叶,站在溪边,嘴里吃着桑葚,不怀好意地冲着我们笑。桑葚的汁液将她的嘴唇染成绛红色。她不说话,只是看着我们,她的目光既放荡,又甜蜜。

过了一会儿,她朝我挤了挤眼睛,一声不响地离开了。

我看着她的身影绕过池塘和盛开着豆花的田垄,跨过一道闪闪发亮的水渠,慢慢变成了一个暗红色的光斑。

当她走到村口的时候,我终于追上了她。我不断地拽着她的衣襟,让她不要把这件事告诉我的母亲。她停了一下,转过身来,看了我一眼,还是一声不响。

我们在经过裁缝铺的时候,张裁缝冲她嘿嘿笑了两声:"你的开裆裤我已经做好了……"金兰也不答话,只顾低着头往前走。张裁缝又说了另外一些话,逗得会计的老婆哈哈大笑。金兰寡妇走进院里,将门关上,又在上面抵了一根竹杠,这才转过身来对我说:"要是我把这件事张扬出去,杨福昌会把你的腿打断的,还会把你的小鸡割下来炒了吃掉……"

她将桑叶平铺在竹匾里,让风把它吹干。我又闻到蚕房那股热烘烘的香气。

"杨福昌有手枪吗?"我问道。

"手枪?什么手枪?"金兰似乎也被我吓了一跳。

我说,我们怀疑他有一支手枪藏在他家阁楼上。

"噢,对,他是有一支手枪……"金兰笑了起来。

"你见过吗?"

"当然,还是无声手枪。"金兰说,"有一次我到他家舂米,亲眼看见他在窗下擦枪。枪把上还有一根红色的缨络……"

"他有发报机吗?"

"有哇……"

"密电码呢?"

"有,藏在盛粥的饭盒里。"

"刘胜利说,杨福昌将发报机藏在张裁缝的缝纫机机头里……"

"这倒是一件新鲜事,"金兰寡妇说,"可他干吗要将发报机藏到张裁缝那儿去呢?"

"因为张裁缝是杨福昌的地下交通员。"

金兰寡妇咯咯地笑了起来。她笑够了之后,又记起了那件事来。

"杨福昌要是知道你们在桑林里的事,就会拎着无声手枪找你算账的。你等着吧,他一枪打你的左眼,一枪打你的右眼,一枪打你的胸膛,还有一枪……"

我再次央求她,让她不要把这事说出去。我抱住她的一条腿,用力摇晃着她。她的身上有一股淡淡的雪花膏的味道。

"要我不把这件事传出去,那也好办。"金兰寡妇对我说,"你回去替我偷五块钱来……"

我说我不知道母亲藏钱的地方。

"枕头底下……"

"要是枕头底下没有呢?"

"那就到席子底下去找。"

"席子底下再没有呢?"

"那钱一定藏在她的梳妆盒里……"金兰说,"要是哪儿都找不到,也不要紧,你可以偷二升米来给我,要不黄豆也行。"

我正要走,她又把我拉住了:"假如你真的想看看那些地方究竟是怎么回事,我可以让你看个够……"

然　后

然后她就不见了。就像一个顺流而下的白色漂浮物与花瓣和树叶汇合到了一处。

自行车的车轮由于缺油、生锈发出了有节奏的"咔咔"声。在下一个十字路口,街头亮起的红灯差点使我放弃全部的努力。我并不是非得这么做不可。此刻,天空滚过一道沉闷的雷声,街道上的树木一阵狂舞乱摆,旋转的风使女人的裙子像气球一样膨胀起来。我闻到了这个城市特有的气味,那是树荫的气味,雨点溅起的尘土的气味,橡胶轮胎、汗腺、柏油、家具店的油漆和汽车尾烟的气味……

这阵突如其来的暴雨将路面上的行人赶往商店屋檐和公共汽车站的顶篷下,将道路廓清,使远处大桥旁的修车铺一目了然。我再次看到韩冰。修车人正在替她的自行车打气,而韩冰已经吃完了冰激凌,顺手将木棒扔到了桥下。

暴雨下了一阵就停了,可天空还是阴沉沉的。我看见她从挎包里取出一面镜子,用手帕小心地擦去嘴角的冰激凌奶沫,又擦了擦额头、脸颊和嘴唇。早上,她将自己关在卧室里化妆,整整两个小时,这自然使我联想到,她今天要去约会的这个人一定不同凡响。假如她不是因为戴不上隐形眼镜而请我帮忙,我就没有机会对她说那番话。我对她说,她戴隐形眼镜不一定好看,深陷的眼窝无所掩饰,反而使脸部缺乏生气。另外,唇膏涂得太厚,而眼线又画得太浅了……韩冰恼羞成怒地推开我,将镜子扔到了墙上:"你他妈的替我操什么心哪?"

我想她的意思是说,她这样精心地化妆,可不是为了我。

现在,阵雨已经使她脸上的粉霜凌乱不堪,她对着镜子擦呀,擦呀……

她过了桥,立即走进了一家银行。但我无法判断是去取钱,还是存钱。她匆匆进去,又匆匆出来,一边将挎包的搭扣按上,一边将腿上的丝袜拉直。

随后,她在一家发廊前停了下来。我想她大概是想去发廊把头发重新做一下,但考虑到约会的时间临近,显得犹豫不决。她还去了一家古玩店,在里面耗费了十分钟。接着,她从照相馆的洗印部取出一叠相片,一张张地翻看。这大概是上个星期,他们去郊外钓鱼时拍摄的,她看着看着就笑了起来……

韩冰最终抵达的目的地是一处品字形的公寓群,一名保安人员将她拦在了门外。她指着一幢青灰色的楼房对他说了些什么,并从挎包里取出工作证,保安还是摇了摇头。

隔着门前的铁栅栏,我看见花圃里雏菊盛开,幽僻的小径在草坪间蜿蜒而去，一簇簇松柏衬托着假山和喷泉，而在更远的地方，一辆白色的巴士停在车库边。戴墨镜的司机手里拿着一只扳头，正从车底下钻出来，用一团布屑揩擦着满手的机油……

我站在马路边的一个邮筒前，看着一双陌生的手将邮件塞入信筒。而韩冰，我的妻子，此刻已在传达室里打完了电话，重新出现在铁栏杆门边。

她不时地看一下手表，焦急地跺着脚。这一方面是因为她要等待的那个人迟迟不来，还有一个可能，她突然想起要上厕所……当然，她不会仅仅是因为感觉到要撒尿，而向公寓里的一个朋友求助。

大约又过了两三分钟，当我从食品店买了一包烟回来，韩冰已经离开了那儿，门前一片阒寂。她的那辆黄色自行车停在了门房边的樟树下。

显然是因为心慌意乱，或者过于兴奋，她的那辆车忘了上锁，钥匙圈上的红色尼龙小金鱼在风中栩栩如生……我将自己的那辆车和它停在一起，心脏突突地狂跳起来：我仿佛看见韩冰的脸和一张陌生的面孔交叠在一起，在树篱间闪闪烁烁，在喷水池的彩虹中时隐时现，在蓝白条遮阳布下的窗前渐渐黯淡，终至模糊不清……

保安人员对我的询问显得很不耐烦。这当然不能怪他，因为我既要打听韩冰的去向，又要考虑掩饰一个"盯梢者"的尴尬处境，我的询问实际上很不得要领。

临走前，我和韩冰开了一个小小的玩笑：我骑走了韩冰的那辆自行车，而将自己的那辆留在了树下。

这时，经过多次酝酿和反复，暴雨终于不可阻挡地倾泻而下。在飒飒的雨声中，我想象着韩冰从公寓里出来，在那辆自行车前满心狐疑、不知所措的样子，不由得嘿嘿笑了几声。

实际上的情形也就是这样：当晚，韩冰一回来就把我从床上推醒了，她的头发湿漉漉的，不住地往肩上滴着水。

"操他妈——"她脸色阴郁地坐在床边，"早晨我出去的时候，明明记得……"

我装出刚刚睡醒的样子，问她究竟发生了什么事。

"真见鬼……"韩冰说，"我是骑着自己的车去公司加班，可下班后却看见你的车停在车棚里……"

"你一定是拿错了车钥匙……"

"不可能。"她呆呆地望着我，"去公司的途中，我还修过一次车，我亲手将一枚铁钉从车胎里拔了出来……"

"这恰好可以说明，人的记忆最终是靠不住的。你误以为……"

这会儿，我真的困了，和韩冰说着话，不知不觉地就进入了梦乡。半夜里，韩冰又醒过来一次，她像是被梦中的什么事吓着了，一骨碌从床上坐起来：

"咦——我明明记得……"

粉刷一新的……

粉刷一新的道观就矗立在一片山坳中。梨树和竹林只使它露出一段南墙、几层屋顶,而金殿前的一所小学却无所遮拦。身穿工装服的宣传干事正用油漆往墙上写字,他写完了"寨"字的最后一笔,后退几步,将脑袋歪向一侧,孤芳自赏中又有几分遗憾。

在空旷的篮球场的边缘,早已抵达集市的小贩们亮出了他们待价而沽的各种货色:鸟笼、竹篮、佛龛、八角香、铁锅、镰刀、泥哨、犁铧、牛鼻圈……

杨福昌将杨迎领到了一个卖花布和头饰的地摊前,替她买了一方蝴蝶结、几枚发卡。随后,他匆忙之中向杨迎交代了几句,两人就此分了手。

我们立刻调整了分工:由我和刘胜利跟踪杨迎,朱国良带着德顺和另外几个人撵上杨福昌。朱国良说,杨福昌使出了金蝉脱壳之计,其目的是为了转移我们的视线……

杨迎的那顶草帽在人群中漂浮。她一边朝前走,一边回过头来朝我们张望。刘胜利一声不吭。我们都在为可能错过杨福昌与台湾特务接头的场面而暗自忧伤。

我的眼前浮现出将要出现的一幕:杨福昌鬼鬼祟祟地来到道观北侧的一棵银杏树下,从怀里抽出一本书,装模作样地看了起来。透过眼镜上方的空隙,他不安地打量着从树下经过的每一个人……不一会儿,安东尼奥尼身穿马褂,从附近的一个竹林里走了出来,他的手里也拿着一本书。由此可以推断,他似乎已经在暗中窥探多时了。

他们两人都绕着银杏树踱步,但行走的方向恰好相反,这就给他们彼此观察对方带来了便利。他们并没有急于暴露各自的身份,即使他们在树下迎面相遇,也不过是相视一笑,擦肩而过。

最后,杨福昌在树下的一张长椅上坐了下来。安东尼奥尼尾随而至,坐在了长椅的另一端。

"请问阁下拿的是一本什么书?"杨福昌试探性地发出了第一个暗号。

"《月下美人》,你呢?"安东尼奥尼说。

"《怨恨与复仇》,《怨恨与复仇》……"

"你不是本地人吧?"

"老家山东。"

"干什么活儿的?"

"我是卖木梳的。"

"卖木梳的,好哇,那就快把木梳拿出来,让我来瞧瞧……"

当我们绕过小猪市场的栅栏,来到一条狭窄的巷口,杨迎的身影已经从我们眼前消失了。巷子里空寂无人。在它的尽头,一棵高大的合欢树在阳光下静立,树冠的斑驳浓荫投射在公社大院的白墙上。

"我看见她走进了这条小巷。"刘胜利对我说,"不过,她去公社大院干什么?"

我们来到了那棵合欢树下。看门人伏在传达室里酣睡。大门敞开着。一个裹着头巾的农妇正在院子里打麦。

我们问她有没有看见一个戴草帽的女孩到这儿来过。

"没看见。"农妇说。她看也不看我们一眼,依旧挥动着连枷打麦,麦粒在场地上跳跃着,溅到我们的脸上。

"你们干吗要找她?"过了一会儿,她又问我们。她这样一问,又像是看到过她似的。

"是这样,"刘胜利习惯性地亮开了腰间的驳壳枪,"我们怀疑杨福昌来集市与台湾特务接头……"

"谁是杨福昌?"

"戴草帽的那个女孩的爷爷。"刘胜利说,"他让杨迎转移我们的视线,不过我们没有上当……"

农妇从头上拽下头巾,擦了擦脸上的汗珠,笑着对我们说:"你们怎么知道人家来集市与特务接头?"

"我们获得了可靠情报。"刘胜利说,"你难道没有听说吗?有两个台湾特务化装成老太婆,潜入了我们公社——"

"他们来这儿干什么?"

"炸毁水电站,他们还要暗杀……"

"杀谁?"

"公社书记。"刘胜利想了想,这样答道。

农妇哈哈大笑,她不由得弯下腰捂住了肚子,可依旧笑个不停。她说,公社书记就是她的丈夫:"我还巴不得这个不要脸的被人一枪崩了呢。"

"不得胡说。"刘胜利朝农妇喝道,"你胆敢冒充公社书记的老婆……"

"不是冒充,"农妇说,"你们想想看,假如我不是他老婆,我能把自留地的麦子拿到公社大院里来晒吗?"

我们的说话声惊动了院里的什么人。大院左侧那排红房子的一扇小门打开了,严助理从里面走出来。

他阴沉着脸走到我们眼前:"谁让你们到公社来胡闹?你们是哪个村的?"

"新塍的。"刘胜利答道。

"我在新塍蹲点两个多月,怎么从来没见过你们?"

"可我们见过你!"刘胜利毫不畏惧,"你竟然在杨福昌家喝得烂醉,深更半夜还去学校找我们班主任……"

严助理不安地朝那位农妇瞥了一眼,他这一瞥似乎立即就证明了农妇的身份。这个大院里没一个好东西,她自语道。

"你们快给我滚出去,滚!"严助理气急败坏地叫道,"否则让民兵把你们抓起来关禁闭。"

我们仓皇逃出了公社大院,但我们并未就此离开。

"我明明看见她走进了这条巷子……"刘胜利说,"很可能,严助理也被杨福昌收买了。"

我们蹲在小猪市场的栅栏后面,透过一人高的草丛,远远地注视着公社大院的一举一动。

"说不定,严助理这会儿正和杨迎在屋里搞腐化呢。对,一定是这样。"

"什么是搞腐化?"我问道。

"就是日×……"刘胜利毫不犹豫地回答说。

太阳已经升得很高了。猪栏里臭烘烘的,几只蜻蜓在草丛中乱飞。我们饥肠辘辘地守伏在猪栏边。只有当刘胜利对公社大院里正在发生的恶劣行径进行种种猜测时,我们才能感觉到时间的逝去。

严助理把杨迎的裤子脱掉了。

严助理把她抱到床上。

现在,他自己也脱掉了衣服。

现在,他们钻到被窝里。赤条条,一丝不挂,他妈的。

现在,打麦的女人到窗下偷听……

每隔二三分钟,刘胜利就报告一次小屋里的进程,就像他的目光能穿透厚厚的墙壁,亲眼看到那里发生的一切。

这时,我们看见朱国良和德顺戴着柳条帽神气活现地来到了巷子口,他们正在四处找我们。我叫了他们一声。

"杨福昌与特务接上头了吗?"刘胜利与他们一见面就迫不及待地问道。

"没有,"德顺说,"这个老东西先是去了一家药店,随后他就去烟铺买旱烟丝。这会儿他正在澡堂里泡澡呢……"

"你们这边的情况怎么样?"朱国良问道。

刘胜利把刚才的事向他复述了一遍。"我亲眼看见她走进了公社大院。我们进去搜查,让严助理轰了出来,说不定他们正在床上……"

"你们打算怎么办?"德顺问道。

"我们准备守在这儿,等她出来。"

"不行。"德顺说,"我们现在就冲进去。"

朱国良此刻正在抬头朝远处张望,好像是在人群中看到了一个熟人,随后他笑了起来:"你们看,那是什么?"

顺着朱国良手指的方向,我们看见在离猪栏不远的一个饭铺前,杨迎正趴在桌上吃面条。她满嘴都是辣椒油,呼哧呼哧地喘着气。那顶草帽就搁在桌旁的一堆柴火上。

午　　后

午后,那些肥胖、臃肿而衰老的妇女又一次出现在地铁车站旁的小树林里。她们腰系绸带,手执彩扇,在树林里围成一圈,远远看上去,就像一只褪了色的黯淡的花环。她们保持着同一个姿势,僵直而呆滞,只等鼓槌的敲击声点燃她们残存的活力。

在病中,在午睡前,纷乱的记忆一度使我迷失,而老人的秧歌舞、没有名目的例行庆典、灰烬的狂欢则构成了窗外日复一日的基本景观。

不过,喧闹的鼓声尚未响起,地铁车站旁的一座秋千架还是空空荡荡,锃亮的儿童滑板或许被阳光晒得发烫……而在四月的新塍小镇,倘若我们沿着棕红色的河床逆流而上,穿过一座石桥和山间架起的灌溉渠，便能最终抵达发电厂的大坝。

大坝的堤岸分列两边，宛若一个女人叉开的双腿，而闸门上生锈的铆钉俨然是一只只排列整齐的乳房……大坝的底部爬满了绿色或黄色的苔藓，水草像是经过梳理，朝着同一个方向倒伏。几条被晾干的泥鳅和小鱼发出臭烘烘的气息，但它并不能遮盖四处蔓延的晚春的芬芳。我们并排从大坝的顶端滑下，河床下蓝幽幽的河水朝我们迎面扑来，一阵轻微的晕眩和迷乱掠过我们的背脊……我握住杨迎汗涔涔的手，低声对她说：别怕，别怕……可她依旧抓住闸门上的铆钉，久久不肯松开。我们一次次从大坝上滑下，阳光像无数跃动的麦芒，旋转着，使我们睁不开眼睛。很快，我们听到了河水在我们身下碎裂的声音，感到了河水的温热与清凉……

河岸上蓝色的豆花在风中颤动，一行行垂柳摇落片片飞絮，向远处播撒，柳絮漂浮在河面上，随波荡漾，依附着卵石和树木裸露的红色根须。

韩冰说，她不喜欢南方的春天。它总是病恹恹的，困倦而阴郁。霏霏细雨在城市上空盘桓不去，仿佛在酝酿着一个阴险的企图。那里，我们坐在沾满露水的草坪上，憧憬着婚后黄金般的岁月。教学楼的灯光照亮了白色的围栏，照亮了花圃和一台红色的割草机。我们能够辨别出长在地上的青草和被割下的草叶散发出来的不同的气味。韩冰说，两种不同的气味自然使她联想到了棉纱和染了色的花布，或者，两个不同年龄的女人：少女生机勃勃，含苞待放，而妇人则香消玉殒，只留下一缕腐朽的气息……

而钢琴与风琴的声音似乎也可以给人以类似的联想。在那个炎热夏天，我们躲在办公室的后窗下，看着年轻的班主任在练琴，看着那群麻雀在校舍前的晒场上啄食，在屋檐下啁啾，落下又飞起……杨迎的死去使暑假变长了。我们整日在河边游荡，浑浑噩噩，不知所之。梳着齐耳短发的班主任一面翻动着琴谱，一面端起水杯喝水，她的喉咙里咕咕直叫，汗水使她的衬衫透出肉红色的背脊，使军裤的颜色加深……在大部分时间里，我们听不到琴声，只有踏板发出的嘎嘎声在寂静的午后持续。当我们垂头丧气地离开那儿，在空旷无人的河边逡巡不去，才能偶尔听到遥远的、时隐时现的琴声……在另一个时刻，班主任躺在窗下午睡，一只蚂蚁在她的脚背上爬来爬去，最后一头钻进裤缝。而她只不过稍稍在腿上捏挠了几下，侧过身，又沉沉睡去……

在我记忆的暗房里，很多底片尚未曝光；而充满泥泞的回忆之途荆棘丛生，时断时续，也没有统一的、显而易见的标识。通常，我们在实际生活中无法看清的事物，回忆也无法让你看得更清。韩冰每个星期天都要外出。我只能通过电话中的片言只字和一束束鲜花上附着的名片来推断她的行踪。

我所期待的那个水落石出的日子也是一个午后。韩冰突然回到了家中，宣布了我们婚姻的终结。她带回了一个台湾人。假如手续顺利,三个月后,她将在基隆定居。那个台湾人,双手插在裤兜里,用讥讽的目光打量着我,仿佛在对我说:我并不喜欢躲在暗处,到了必要的时候,我会出现的……我对他说,我觉得好像在什么地方见过他。他颇为诧异地冲我笑了笑,挽起韩冰的胳膊,离开了。

那时,我们站在河岸边,透过层层叠叠的树林,我看见五峰山巅的白云一动不动。山下蜿蜒曲折的煤屑公路通往江边,两个捡破烂的老太婆在茶场边石桥上向人问路……

我们看到了杨家大院被焚毁前的最后一个瞬间:南风吹皱了河水,吹起了圈圈涟漪。我们看见法医们聚集在河边的楝树下争执不休:怀孕的迹象一望便知,而自杀的结论却并不能就此做出……

我看见了几十年前的那场大火:由于火势过猛,杨福昌反锁了大门,救援人员只是象征性地浇了几桶水,便在河边抱臂观望。一群孩子站在德顺家的屋顶上,看着树林上方腾起的浓烟和被染红的天空,兴奋得手舞足蹈。

烧,烧。
烧掉猪圈,
烧掉仓库,
烧掉裁缝铺,
烧掉金兰寡妇的房子,
烧掉她的……

谜　　语

1

整整一个晚上,我都在给速加打电话,先是在宿舍楼下的公用电话亭里,十点钟以后,我骑车来到了通宵营业的邮电局。电话一直都没人接。最后,我给他的单位发了一封电报,告诉他我将于星期五的下午到达。

速加住在三百公里外的另一个城市里。我这么急于给他打电话,只是为了告诉他一件事。我的妻子突然离开了我。从她提出离婚到她在我眼前消失,前后不到一个星期。我不明白这是怎么回事。我以前的导师找我谈了一次话,他让我尽快振作起来。为了使我摆脱离婚的阴影,他建议我跟他学习朝鲜语。我还没有拿定主意。我决定先打个电话和速加聊聊,或者干脆与他见一次面。我想知道这件事究竟是怎样发生的。

速加是我唯一的朋友。大学毕业后,他被分配到邻近的一座小城,在幼儿师范学校教语文。我们一直保持着通信并

时常互赠诗作。我还记得他的一些诗句,比如:

> 他的安慰是求学时的朋友
> 三月的花园怎么盛开
> 通信连起了一大片荒原
> ……

我与妻子旅行结婚时,曾到过那座小城。那时,速加正为调动工作而奔忙。他仍像过去一样潦倒。大半个夜晚,我们坐在校园池塘边的石桌旁,看着月亮从发电厂烟囱的背后升起来,看着校监打着手电筒,将一对对情侣从茂密的树林里驱赶出来。沉默使我们心慌意乱。

后来,速加怂恿我们加入草地上弹吉他的女孩的行列。他并不擅长与姑娘们交往,也缺乏谈话的信心。他总是用谜语来对付她们。他一个接一个地让她们猜谜语,以此稳住她们,使一厢情愿的交流不至于中断。姑娘们看来并不喜欢这样的游戏。看上去她们翻动着白眼,苦思冥想,实际上是在寻找离开的借口。姑娘们的离开并未使速加感到沮丧,他饶有兴致地给我的妻子出了另一道谜语:

"猜猜看,天上飞的三只脚的东西是什么?"

我怀疑,有些谜语是速加即兴编造的,根本没有谜底。有一次,他在来信中对我说,离开了谜语,他就找不出自己与这个世界还有什么联系,即便是在上厕所的时候,也很难遏止

作谜语的欲望,"看来,我真得去请教一下心理医生了"。可是在这封信的末尾,他还是给我出了这样一条新谜:

> 一只鸟从甲地飞往乙地用了一个小时,可它从乙地返回甲地却用了两个小时,这是为什么?

这个谜语折磨了我两个星期,终于引发了我早已治愈的失眠症。在下一封信中,速加寄来了如下答案:这只鸟从乙地返回时因为逆光,它不得不用一只翅膀遮住耀眼的光线,因而飞行的速度恰好减半……

速加就是这样一个人。他醉心于那些可笑而无聊的游戏,仿佛生活就此增添了许多慰藉。

再往后,速加成了一家保健饮料公司的老板,我和妻子都感到十分吃惊。我担心金钱因素的加入会损害我们长达十年的友谊,而我的妻子认为我显然是过虑了。

2

速加是如何从一位腼腆的语文教师变成企业老板的?这本身就像是一则颇费猜测的谜语。在差不多五个小时的旅程中,我一直在琢磨着这件事。

在车站的出口处,我没有见到速加的身影。我一度担心他没有接到我的电报,或者出差去了外地。但我很快就在一块苍蝇拍状的硬纸板上找到了自己的名字。

这块硬纸板绑在不远处的一排栏杆上。一个微微有些谢顶的中年人站在栏杆边,正向过往的旅客分发保健品饮料的广告。看到我朝他走过去,他的脸上显露出夸张的笑容,似乎随时准备与任何一个陌生人在几秒钟内成为知己。他握住我的手,问我路上是否顺利,是不是第一次来这座小城做客……我一一做了回答。

"是速加让你来接我的吗?"我问道。

"可以这么说。不过,我今天下午的主要任务是发掉这些传单。速老板派来接站的人是一位漂亮小姐,她在那儿——"他用手指了指行李房边的一个公共厕所,然后接着说,"火车的汽笛一叫,她就憋不住了。她请我先招呼一下,她随后就到。"

他自我介绍说,他叫王德彪,来保健品饮料公司任职还不到一个月。在此之前,他是船舶学院校刊室的编辑。

我问他速老板为何自己不来,王德彪就呵呵地笑了起来。他说他平时只跟一个部门副经理打交道,像他这样一个职位低微的人要想跟速总说上话、知道他的行踪,并不是一件容易的事,或者说简直不可能。

王德彪一边向过往的行人分发着传单,一边不时地朝厕所那边张望。匆匆走过的旅客从他手中接过饮料广告,大多看也不看,就将它揉成一团,扔在地上。一个捡废纸的老太太远远地站在一边,等到广告纸在地上积得足够厚的时候,她才会过来清扫一次。

同车到达的旅客很快就在广场的人群中消失了,出口处又变得冷清起来。忙于拉客的妇女得到了喘息的机会,她们嗑着瓜子,静候下一班列车的抵达。而那位前来接站的漂亮小姐仍然没有从厕所里出来。

"怎么这么慢?"王德彪不安地看着我,"她去厕所已经有好一会儿了,别说撒尿,生个孩子的时间都有了……"

王德彪从黄鱼车上抱起一大摞广告单,准备到候车室去分发。他嘱咐我在栏杆边等着,假如有旅客下车,而我又闲得无聊,也可以帮他发一发广告。他向我详细描述了一番这位小姐的特征:身高一米七十左右,白色的高领毛衣,墨绿色的灯芯绒背带裤,披肩发,皮肤白皙。至于脸型,他认为与广告画的半裸女郎十分相似,很可能是同一个人。

旅客又来了两批。公共厕所的门前排起了长队。我看见一个提着雅妮丝纸袋的少女急得直跺脚。

我凝望着保健品广告单上的那位漂亮少女。她恍惚迷离的笑容令人不可捉摸,但依然给人以吞食、咀嚼的诱感。她的肤色娇嫩,朱唇微启,长长的红指甲划过大腿内侧,三角内裤隐隐透出深黑色的体毛;她的另一只手搭在左肩,正准备解开丝质背心的帛带,双乳之间暗沟由于光线的作用被夸大了……而她的眼睛是清澈的,显示未谙世事的少女的纯洁。这使我想起了妻子、我以前的几个女友、我所见过的数不清的美丽少女,她们的装扮、神态、语言都是可置换的……

我很早就有了一种预感,速加派来接站的公关小姐再也不会出现了。"她说不定根本没有去厕所,而是通过厕所边的一条杂草丛生的小径溜之大吉……可是她为什么要这样做呢?"王德彪呆呆地望着我,打开了黄鱼车上的链条锁。

为了慎重起见,他还是决定亲自去厕所里勘察一番。这时,广场四周建筑场上的霓虹灯已经亮了。

事情很快就有了结果。不久之后,王德彪就被两名身材健硕的中年妇女反剪双手从厕所里押了出来。幸好巡警已经下班,她们在押解王德彪的同时还得照顾自己的裤子,这就使得王德彪可以轻而易举地逃脱。

"你打算怎么办?"王德彪满脸沮丧地走到我的跟前,"你有没有速老板家的地址?"

我告诉他,地址倒是有一个,不过它是速加在幼儿师范任职时的单人宿舍,既然他现在成了老板,恐怕早就不在那儿住了。

王德彪也认为事到如今,也只有去那儿碰碰运气了,"假如找不到速老板也不要紧,你今晚可以暂时住在我家"。

3

在幼儿师范的那条幽深的林荫道上,我们远远就看见速加原先居住的宿舍窗口亮着灯光,灯光照亮楼下堆放的木材和大理石板,几个民工模样的人正坐在木材堆上抽烟。

一个披着军大衣的年轻女人替我们开了门。她一见我们就笑了,而且摇了摇头,说不上是惊讶还是失望。"你们到底还是找来了……"她笑着说。王德彪一脸尴尬,不断地搓着双手,一时不知如何是好。最后他用这样的方式向我暗示了女人的身份:"既然你们重新接上了头,我就告辞了。"

房子已经重新装修过了。油漆和涂料刺鼻的气味隐约可闻。在速加原先搁书桌的窗前放上了一架钢琴,一大束蓬松的玫瑰占据了窗台的一角。这就给人造成了一种错觉:仿佛房间里馥郁的香气是从那儿弥散出来的。闭合的绒布窗帘和棕褐色的护墙板使房间看上去比原先小了一些,我无法透过窗户看到楼下的那片池塘、树丛、草地和石桌。

"这是速加的一个疏忽,"女人让我坐在她对面的沙发上,然后拢了拢头发,"假如他事先告诉我你知道这个地址,你们就找不到我了。"

她显得十分坦率,而这种坦率中夹了一层肆无忌惮的愤懑。她说速加昨晚打电话约她见面,让她去车站接个人。"我问他是男的还是女的,他说是个男的,而且刚刚离了婚。然后他给了我两万块钱。"

"他干吗给你这么多钱?"

"他想让我陪你睡觉。"女人说,"你不要吃惊,这是他向客人表示慷慨的常用伎俩,何况,我干这样的事也不是一次两次了。"

她还说,速老板在三天前就知道我要来这儿,而他正忙于处理一件紧急的事务而脱不开身,因此,他已经往上海拍了加急电报,让我暂缓行期。"可万一他来了,我不想让他无人照料。"

"他的公司出了什么事?"

"这属于商业机密。"她诡谲地朝我笑了笑。

"那么,速加怎么会知道我刚刚离了婚?"

"这大概又是一则没有答案的谜语。"

"速加经常给你猜谜语吗?"

"那当然,"女人的神色明显兴奋起来,"我们是在一家夜总会跳舞时认识的,他一连给我出了三道谜语,我都毫不费力地猜了出来。第二天一早他就打来了电话,通知我去他的公司上班。"

她告诉我,速加给她出的最后一道谜语差一点让她自杀。他隔着一只香槟酒的瓶子问她:"假如我想让你从我眼前消失,我该如何去做……"

"我当时以为他在开玩笑,就没拿它当一回事,我说我需要一大笔钱,并立即报出了一个他不太可能答应的数目,速加微微一笑,反问我:'难道你那玩意儿是用金子做的吗?'可他第二天就派人如数送来了那笔钱。"

她走过来,坐在我的边上,轻声告诉我,她已经潮了。她说,她那玩意儿虽说不是金子做的,可闲着也是闲着。

接下来的事使我们都感到很愉快,也很甜蜜。她的乳房小巧玲珑。

夜深的时候，我们走到了户外，在池塘边的树林里散步。她说她非常喜欢这片幽静的池塘。到了春天，池塘边桑树结出了猩红的桑葚，说不上是什么味，很甜。她说，这块池塘，是她心中最后一块宁静的保留地，几乎每天晚上，她都要来这儿转转。

我们在凉亭里的石桌边坐了一个小时。我想起了几年前我与妻子来这儿时的情景，想起了江边被风吹倒的大片芦苇，还有那些在草地上弹吉他的女孩，她们唱着歌。后来，江上起了大雾，乳白色的雾气涌上堤岸，在树丛中弥漫开来，我们两个人坐在桌边，彼此看不清对方的脸。

"猜猜看，天上飞的三只脚的东西是什么？"她忽然凑过来问我，"假如你能猜出这道谜语，你就能明白，速加现在为什么不能与你见面。"

4

看来她的话没错。我从小城返回家中，果然在信箱里看到了速加打来的加急电报：

勿来。详情待告。

窗　前

1

白念恩去马来西亚接受遗产的前夕，将自己的妻子李珊托给冯宁照管。那时的白念恩还很贫穷，与一对姓庄的夫妇合住在城西的一套公寓楼中。那时，在冯宁的想象中，白念恩的眼睛还没有瞎掉。

临行前，白念恩请冯宁到希尔顿的顶楼喝咖啡，并向他谈起了不久前的一段艳遇。去年春末的一个下午，李珊因流产住院，白念恩在病床前守候了一个通宵后精疲力竭地回到家中。独自在家的庄夫人替他开了门。事情就发生在五分钟之后。

她刚刚洗完澡，站在窗前，清理梳齿间的头发，然后突然转过身来朝他笑了一下。那是一个无声无息的午后，空气、阳光、她浴衣上的蓝色拼花都使人困倦欲睡。他朝她走过去，把她的一只手反拧在柔软的腰部。她就此闭上了眼睛，微微张开了嘴，口中呼出的气息有一股淡淡的奶味。

白念恩在讲述这件往事的时候,冯宁的脑子里不时跳出李珊笑吟吟的样子。她没事总爱朝他笑,仿佛正向他传达着一个深奥难解的信息。他用小勺搅动着杯中的咖啡,看着黑暗中高耸的电视塔尖的红灯,渐渐地入了神。

"我们之间只有过这么一次,而且李珊一出院,我就将这件事告诉了她。"白念恩说。当时,他被自己心中依然可见的坦诚深深地打动了,还流了眼泪。可李珊看上去很平静,当然也说不上原谅。她只是淡淡地说了一句,这没什么。

"她的确没有生气。这并不是女人天性的伪装,她真的无所谓。正是这一点让人心寒,从那以后,一切都变了。她眼中仅有的一点亮光也熄灭了,就像什么东西燃烧后残剩的灰烬,暗淡无光。即使我们在床上……"白念恩说到这里,飞快地瞄了冯宁一眼,"我没法向你说得更多了。"

冯宁说,事情总会慢慢好起来的。

白念恩盼了六年,终于盼到了他祖父的去世。对于即将获得的大笔遗产和在国外定居的机会,他有理由在朋友中奔走相告。可李珊对此无动于衷。对于不久后的离别,她也没有表示出任何忧伤。

"她似乎一心在等着我离去。"白念恩说,"我觉得我一旦离开,她就会立即对我进行报复。"

"那你干吗不将她一起带走?"

"我要向你讲清楚其中的原因,恐怕还要多费一番口舌。简单地说来,我这次去马来西亚,并不能肯定获得那笔遗产,因为我的四个堂弟、两位堂姐早在两周前抢先飞到了吉隆坡……"

最后,白念恩郑重其事地将妻子托付给冯宁。他说只有这样,他心里才会踏实。"用不着一年半载,等我在那边办好了手续,就会回来将她接走。"白念恩抓住冯宁的手,使劲捏了两下,两人就此起身告别。

冯宁心里这样想,即便没有白念恩的亲口嘱托,他也知道该如何去做,可经白念恩这么一说,他反而觉得很不自在。在回家的路上,他怎么也无法摆脱掉想象中李珊的恍恍惚惚的笑容。

2

她站在窗前,刚刚洗完澡。她将一缕缕头发从梳齿中抽出来,捻搓成一个小球,搁在花盆里。南风吹动了水仙花奶白色的花茎,那簇黑发也在花束根部的鹅卵石间轻轻浮动。她浴衣的袖口很宽,光裸的手臂在阳光下呈现出纹路致密的肌肤。浴衣是白色的,上面点缀着一些细碎的蓝色花瓣。她转过身来,朝冯宁无声地一笑。她说她的头发掉得很厉害,也许等不到白念恩从马来西亚回来,头发就全都掉光了。

老庄正和他的夫人在客厅的茶几上打牌。听李珊这么说,庄夫人就站起身来,朝对面墙上的镜子里望了望。她说:

"我的头发也该去焗一次油了。"

眼下正是四月,窗外绚丽的春天已经声势浩大。站在窗前,冯宁一眼就能看到城西郊野的大片花圃。几个妇女正将花房上覆盖着的塑料薄膜卷起,玫瑰和雏菊织成的图案犹如一块毡毯,晾晒在遥远的河边。

老庄夫妇同在一家保险公司任职。李珊梳完了头,他们就邀请她和冯宁一起打桥牌。老庄还特意替他们泡了两杯梅家坞的特级龙井。对于庄氏夫妇来说,叫牌是否进局,定约是否 make 尚在其次,关键在于如何说服冯宁和李珊购买人身保险。

这样的场面,李珊显然不是第一次经历。而冯宁在摆脱对方纠缠时的神态则显得既幼稚又圆滑。

"按照你们的讲法,假如我每年交纳少量的保险费,六十岁时就能得到一笔可观的保险金,是不是这样?"

"那当然。"老庄说。

"假如我在五十九岁时死去呢?"冯宁笑着问道。

"我们将承担你的一切丧葬费用,况且,你的继承人将得到一笔数目可观的遗产,而且用不着跑那么远的路到马来西亚去领。"庄夫人朝李珊眨了眨眼睛,算是开了一个玩笑。

"问题是,谁是我的继承人? 2NT?"

"Pass。"

"你的子女,3NT。"李珊说,"或者你的妻子。"

"无论谁得到那笔钱,我只有 Pass。"老庄说。

"可我并不打算结婚。梅花 4 怎么样?"

"真是异想天开。"庄夫人说,"我看连 3NT 也未必打得成。如果你一辈子都不结婚,那就指定一个继承人。Pass。"

李珊有些犹豫不决。有两种定约可供她选择:告诉对方自己手中 A 的数量和位置,或者让定约停在梅花 4 上。她担心自己的信号一开始就给错了。这种犹疑还因为,她的一条腿在茶几下无意间与冯宁碰到了一起,她暂时并不想将它挪开。

"要是你们的保险公司突然破产呢?"冯宁对庄夫人说。

"澳星从天上掉下来,太平洋保险公司破产了吗?"老庄反驳道,"李珊,该轮到你叫牌了。"

冯宁在等待着李珊给出信号。他甚至不敢正眼看她。即便隔着一条厚厚的牛仔裤,他的小腿仍然能够感觉到她肌肤的爽滑。当李珊报出他期待已久的红桃 4 时,冯宁不禁有些怦然心动。

冯宁一时激动,选择了 7NT。

"你们真是疯了。"庄夫人朝李珊和冯宁偷觑了一眼,叫了 Double。

"天哪,你以为我们的定约真能行得通?"李珊面红耳赤,怔怔地看着冯宁。她的那条腿在茶几下与冯宁挨得更紧了。

她鼓足勇气叫了 Redouble 之后,将手中的牌依次摊开。她首先亮出的是三张黑桃,然后是三张方块和两张梅花,最后摊开的是冯宁最为关心的五张红心长套。整个过程使冯宁联想到了一场精心准备的脱衣舞表演,仿佛每一张红心都在向他袒露喜悦的秘密。

李珊绕过茶几,坐到冯宁的身边看他打牌。这一次,他们紧挨在一起的是各自臀部的侧翼。当李珊提出建议,试飞老庄的黑桃K时,她就自然地将手搭在了他的肩膀上。冯宁认为过早飞牌有些冒险,李珊就凑到冯宁耳边,悄悄地对他说,黑桃K的确在老庄家,因为她刚才过来的时候偷看了他的牌。随后,两人纵声大笑。

到了晚上十点钟,冯宁终于同意了在人身保险单上签字,牌局自然就结束了。李珊将他送出门外。

两人沿着夜深人静的街道往前走,呼吸着树木的清香。李珊对冯宁说,在白念恩从马来西亚回来之前,她能够很好地照顾自己,"你以后不必经常来看我"。

冯宁对李珊的这番话缺乏心理准备,他心慌意乱地道了再见。两人在公共汽车站前分了手。

3

一场车祸使老庄的脸变得面目全非。殡仪馆的运尸车迟迟没有到来,他的尸体就停放在光线阴暗的客厅里。

庄夫人正跪在地上,用毛巾擦去他额角的污泥。她向冯宁和李珊介绍说,当他被人从河里打捞上来的时候,嘴里还衔着一枚柳枝,令人联想到《圣经》故事里的那只鸽子。

"我真的担心会找不到你。"李珊掩上房门,发出沉重的喘息,"我害怕极了。不光是因为那具尸体,还有别的。"

殡仪馆刚刚打来了电话,他们要到明天早上才能派车来。李珊希望冯宁能陪她一个晚上。

虽然已过了晚餐时间,可李珊还是摆开了折叠桌。首先被摆上桌面的是一只水晶花瓶。一束深红色的玫瑰,带着水滴。这束玫瑰原先搁在一只塑料桶里,桶里盛满了水。随后,李珊从橱柜中取出一瓶康巴瑞酒、两只高脚玻璃杯。凉菜也是现成的,在瓷盘中码好,上面封了一层保鲜膜。

她穿着一件白色的绢丝衬衫,一条黑色的中短裙。她的腹部由于营养过剩而微微隆起(这正是冯宁所喜欢的),使身体的线条显得既简洁又柔和。

她在冯宁和自己的酒杯中都放了冰块,然后轻轻地晃动着玻璃杯,使它发出悦耳的碰击声。她说她喜欢康巴瑞淡淡的苦味,喜欢它的红色,无论在酒中兑入多少冰块,颜色始终像玫瑰一样鲜艳。

不管从哪个方面来看,这顿晚餐都不是随便安排的。整整一个下午,她或许都在为这次聚会做准备。假如不是老庄的骤然死去激起了一度迟钝的食欲,还有什么原因呢?

冯宁的眼前出现了如下的画面:她去郊外的花圃向花农买玫瑰,与他们讨价还价,说着很有分寸的俏皮话。她一直在笑。白云低垂。小河在阳光下闪闪发亮。她走在前往超级市场的路上。初夏树木的浓荫使她的脸变得一片幽暗。风把她的头发吹起来。她在买酒的时候遇上了熟人,她们站在一辆洒水车的旁边聊了一会儿,倾吐着彼此的忧郁和喜悦。她还去了另一些地方。洗染店、鸟市、时装街。她的身影融入了另一些浓妆艳抹的妇女中间,就连笑容也难以分辨。她最后所做的一件事是洗澡。假如她有着与自己一样的淋浴习惯,冯宁知道她最先在哪儿涂上肥皂……

他们很快就聊起了白念恩。李珊说,她和白念恩的第一次约会是在一只木船上。一场大雨将小船逼入了石桥的桥洞。雨一直下个不停。他们听见桥面上不时有人跑过。闪电照亮了垂挂在河堤上的湿漉漉的金钟花。"你知道我们在船上干了什么……"她说。她抓起冯宁的一只手,将它放到自己的裙子底下。

还有一次,她站在宿舍的窗前,正用一枚发夹将梳齿里的头发挑出来。她听见房门被人轻轻推开,就像是一阵风将它吹开的一样。她转过身来就看见了白念恩。他来到她身边,将她的拿木梳的手反拧到腰部。

然后他们开始接吻,直到庄夫人推门进来。她斜靠在门框上吃惊地看着李珊和冯宁,眼中含着一丝嘲讽。过了一会儿,她才问他们,能否帮她一个忙。

事情其实很简单,只要帮她将尸体翻个身就行了。

庄夫人说,老庄是在从情妇那儿返回的途中乘车掉入河中的。她从死者的口袋中找到了几张保险单和一只盛有精液的避孕套,为防止精液流出,避孕套上打了个死结。"这一回,他终于露出了马脚。"

她小心翼翼地将保险单展开,放在灯泡下烘烤着,将避孕套在冯宁的眼前晃了一下,随手扔进了墙角的一只纸篓。

冯宁觉得庄夫人将他们叫出来,目的就是让他们知道她的最新发现。

尸体在河中浸泡了很长的时间,稍一搬动,老庄的嘴里就会吐出污水。李珊说,她真担心老庄的嘴里会突然蹿出一条泥鳅来。

庄夫人央求他们留在客厅里,不要回到房间去。她说了一些理由,害怕只是其中之一。

等到庄夫人歪倒在沙发上,以一种难看的姿势酣然睡去,冯宁和李珊又谈起了白念恩。李珊说,她每天都在等待着丈夫从马来西亚的来信,她实际上是为这些信件而活着。他们再度开始接吻。冯宁说,他一分钟也不愿耽搁了。而李珊无论怎样屏息凝神,还是发出了微微的喘息。

4

白念恩去马来西亚接受遗产的前夕,将妻子李珊托付给冯宁照管。白念恩仰仗着与冯宁长达十年的友谊,无须担心这种"照管"会弄巧成拙。

冯宁也是这样想的。

他第一次来城西看李珊,就被庄氏夫妇强逼着买了一张人身保险。李珊穿着浴衣,站在窗前的阳光下,等着头发自然晾干。

等到老庄和夫人从客厅走开,他立即向李珊讲起了昨晚的一个梦:他梦见白念恩从马来西亚回来,两只眼睛都瞎掉了。他们俩当着白念恩的面尽情地接吻,反正他什么也看不见。

李珊转过身来朝冯宁瞥了一眼。冯宁解释说,这个梦境是真实的。李珊说她并不介意。

喜 悦 无 限

1

在五月末的一场小雨中,在青苔和栗树的气息里,木匠朱旺躺在木榻上做梦。恍惚中,他听到了马匹的嘶鸣。从县城赶来的一位邮差站在廊檐下,隔着竹帘和他说话,那匹马是红色的,在院中喷着响鼻。

朱旺依旧沉浸在刚才的梦里:一只布谷鸟招引着他,发出悲啼,将他带向一座爬满常春藤的院落。梦中的天空是晴朗的,时间也是中午。一位女人正在井边汲水,那只盛满井水的木桶衬映出湛蓝的天空、云朵和炊烟。他还没有来得及看清院中的一切,门就关上了。

在接下来的梦境中,他在一片麦地里迷了路,翻滚的麦浪和旋转的天空使他头晕,他还梦见了其他的人和事:渡口的船只,桅杆顶部的一只鸽子,马戏团的帐篷,私塾先生的学堂,一个头戴毡帽的外地人,牵着枣红马的信使,一片幽暗的灯火所蕴含的希望,由于天性所犯下的某种过失,他错过了一次千载难逢的良机。

他的梦中所历,只有一件事在醒来后获得了应验:信使刚刚来过,马匹的气味尚未散去,而那封信就搁在他的床边,朱旺甚至还能回忆起邮差和他说过的一两句话,一个不表示什么意义的惯常手势。

不断涌入房中的清凉雨意使他明白,那个在井边汲水的女人正是他朝思暮想的咪咪,可让他迷路的却并非起伏不定的麦田,而是所有不确定的事物所组成的奇妙地图,时间将一一验证他的愿望、难题,以及无可逃避的命运捉弄。

这封信是他的叔叔从遥远的北方寄来的,打的是开封邮戳,歪斜潦草的字迹显示出他的右手尚未痊愈。他读着信,想象着叔叔的马戏团在无边的泥泞中跋涉。他的脸又黑又瘦,胳膊上吊着绷带——有一次,他从钢索上跌了下来,折断了右臂。可这并不能妨碍他在肮脏的马棚里与飞车女演员鬼混。

很快,他的心提了起来,呼吸也变得急促了。他感到浑身乏力,腹部一阵剧烈的抽搐。尖锐的疼痛并非由于恐惧引起的战栗,恰恰相反,那是一种过度的喜悦。他一连将这封信读了三遍,还是不敢相信它是真的。他陷入了短暂的迷惘之中。他的唯一反应就是自己尚未从中午睡眠里醒来,邮差也没有来过他的院落,而他手里的这封信,正是那只栖息在桅杆顶端的鸽子,它随时都会振翅飞走……

他来到了廊檐下。雨还在下着,树木摇摆不定,河水荡起波纹。在通往渡口的林间小路上,早已看不到邮差的身影。

不过，院中泥地上马蹄的印迹还没有被雨水彻底除去，马匹的汗味依然隐约可闻。当然，在飒飒的雨声中，朱旺也产生了这样一个念头：更为深刻的怀疑还是来自喜悦本身的虚幻性质，来自它的脆弱易逝、它的不真实。

傍晚时分，朱旺将这封信揣入怀中，冒雨赶往私塾先生的学堂。

私塾先生和他的老婆正在房间里怄气。那多半是由于房子漏雨，床上的铺盖卷被翻向一边，雨滴落在脸盆里，当当的声音令人烦躁。他的两个女儿在墙角缩成一团，呆呆地看着破缺的屋顶发愣。

在一股刺鼻的稻草的霉味中，私塾先生带着一丝压抑不住的恼怒询问他的来意。他冰冷的语调使朱旺感到自己来得不是时候，可他还是犹豫不决地递上了那封信。

私塾先生从他手里接过那封信，随后就忘掉了朱旺的存在。他向妻子申辩说：假如他挨家挨户收取教书的佣金，不仅有损于读书人的体面，而且学生们也会跑得一个不剩……他再次引用了《论语》，强调了忍耐的必要性。而他的老婆则反驳说——

他们在争吵的时候，朱旺只能静静地站在一旁观望。由于他预先就大致知道了信件的内容，他的耐心是坚固的。不过，教书先生拿着那封信的手在空中挥来挥去，也使他多少感到一点不踏实。

最后，厌烦和疲惫使私塾先生走向书桌，他戴上眼镜，拨亮桌上的一盏罩灯,开始读信。

　　就像眼下多变的天气一样,私塾先生的脸色交替呈现出迷惑、惊恐、怀疑和狂喜。读完信,他就不动声色地吩咐妻子准备晚餐,然后他又嘱咐她将坛中腌了多日的松鸡取出来,当然,还得去店铺买酒:"咱们要好好庆祝一下……"

　　他的老婆擦了擦眼泪,来到丈夫的身边,催问他发生了什么事,信上都写了些什么。她不住地拍打着丈夫的肩膀,仿佛要拍出他想说而又未能说出的话。

　　私塾先生兀自笑了一阵之后,这才注意到了门边的朱旺,他破例过去和朱旺握手,感谢他送来了这封信:"你可不知道,对于眼下我们的处境来说,它有多么地及时……"

　　看着两鬓斑白的教书先生,朱旺感到了一种真正的悲怜。这个和文字打了一辈子交道的读书人,竟然还会犯下这样一个荒唐可笑的错误:他忽略了信件的抬头和落款,将他自己当成了收信人……

　　私塾先生和他那不明底细的妻子劝说朱旺留下来与他们一起吃饭。当然,朱旺也只能这么做。现在,巨大的喜悦已被证实。他只剩下了最后一件事要做:等着吃完那只腌松鸡之后,他将指出私塾先生的那个可悲的错误。

　　深夜,朱旺醉醺醺地离开了私塾先生的学堂,主人如梦初醒的羞愧和嫉妒只能由他们独自品尝了。熏风吹散乌云,露出了满天的星斗,朱旺呼吸着雨后清新的空气,脚步沉重而又轻快,他的喜悦仿佛越过星辰排列的银河,一直通往不可知的远方。

他在穿越一片竹林的时候,发现裁缝铺的窗格子里亮着灯光。他决定再去让裁缝读读这封信,假如说,傍晚时分对私塾先生的拜访是为了证实信件的内容,那么,现在他只有一个目的,那就是将这件事连夜张扬出去。

2

这天晚上,朱旺睡得很沉,当灯油燃尽,火苗熄灭之后,黎明的光线已经透进泥窗,照亮了床头的墙壁。这一夜是如此漫长,他不由得有些害怕,因为他吃不准自己在睡眠中逗留了多久,一夜,两夜,还是更长。

他感到自己在一连串幸运的事情上狂奔,他穿越了无数道藩篱,无数的障碍,抵达黎明,消除了混乱。而此刻,他醒了,暖烘烘的阳光照着他的脸,这是无穷无尽的偶然或幸运堆砌而成的奇迹。

他听到有人在他的窗下说话,一大堆阴影在院子里晃动。他来到院中,立刻闻到了一股树叶和炊烟的味道。他的小姨妈,手里拿着一把扫帚,正蹲在碌碡上与泥瓦匠聊天,她的丈夫刚刚去世,麻布鞋上还缀着一朵白花。而那位光着膀子的泥瓦匠一看到朱旺从门里出来,马上就不吱声了,他自惭形秽地转过身去,用瓦刀搅动着石灰桶。

石灰水呛人的气息使他惊异地发现,他的这座残破不堪的院落几乎已被粉刷一新。院墙的饰瓦刚刚更换,坍塌的烟囱重新翘立在灶房的屋顶之上。两个头戴草帽的中年人滚动着一只巨大的水缸,已经来到了院外。

"怎么回事,谁让你们替我弄来这只水缸……"朱旺朝门外的那两个人喝道。

"这都是村长的安排。"姨妈说,"昨天深夜,村长的儿子将我从床上叫醒,通知我一大早来这儿打扫院子。"

院里所有的人,包括屋顶上修烟囱的那个小伙子都使劲地冲他点头。他们也得到了类似的通知,只不过,他们现在还不清楚究竟发生了什么事。

朱旺不无忧虑地打量着这些人,再次感到自己刚才的那一觉实在是过于漫长了。

姨妈悄悄地把朱旺拽到一边,然后对他说,尽管她目前还不能肯定村长这样安排的真正用意,但一个显而易见的事实已不难猜测:他很快就要和咪咪成亲了。因为早上她在来这儿的路上,看见媒婆正从咪咪家出来……

她穿着一件绸布的褂袄。耀眼的红色宛若炉中的火焰,而她那白净的脸庞就是一轮挂在树梢的满月。姨妈站得很近,低声与他说着话。一种遥远的忧伤压住了他的心。

他没有足够的时间去细细辨别这种忧伤来自哪里。因为他看见村长已经走出了河边的榆树林,正朝这边过来。他的身后不远不近地跟着一个年轻人。

村长一走到门口,就对朱旺说,他也是昨天很晚的时候才从裁缝那里知道了那件事,但愿他现在的祝贺还不算太晚。

"什么事?"朱旺不安地问了一句,他担心村长得到的消息与事实也许有出入。裁缝喜欢夸大其词的秉性让他感到很不踏实。

"你什么时候也学会开玩笑了?"村长略微怔了一下,转过身去看了看身后的那个年轻人。

小伙子的肩上扛着一把长长的铁杆,挠钩上挂着一只怒目圆睁的猪头、两副猪大肠,它们不断地往地上滴着血水。还有两副猪腰子,藏在他的上衣口袋里,朱旺起先没有发现。

"不是开玩笑。"朱旺谦虚地说,"我只不过收了一封叔叔的来信……"

他这么一说,院子里的所有人都不约而同地停下了手里的活计,侧耳谛听。就连屋顶上的那个黑脸大汉也已飞快地从一张梯子上溜下来,唯恐错过了获悉真相的机会。

"只不过是一封信,"朱旺强调说,"而且,叔叔许诺的事情还未最终落实。"他感谢村长的这一番绝妙的安排,只不过,在事情尚未得到最后证实前提前挥霍它的结果,使他感到十分惶恐。

村长慈爱地拍了拍他的肩膀,夸奖了他的诚实,并让他在这件事上不必过于忧虑。因为他完全信任私塾先生和裁缝的一致判断,更何况,当一个人遇到意想不到的好事时,更容易疑神疑鬼。

朱旺再次向村长暗示:他本人对这件事的确不能说十拿

九稳,"而且,我早上一觉醒来,觉得睡过了好多天,就连这封信是不是邮差昨天送来的这一点,也好像不敢肯定……"。

院子里围观的人发出了一阵哄笑。村长的脸色也有几分阴郁。最后,他以一种惯常的权威口气对朱旺说,现在并不是讨论这件事情真实与否的最佳时机。因为婚礼已定于明天举行,他现在所应做的,就是尽快赶往裁缝铺,赶做一套结婚的服装。

"这恐怕办不到。"朱旺不假思索地说。他要坐船去一趟县城,亲自去邮局发掉那封给叔叔的回信。至于结婚的衣服如何并不重要,再说,他对结婚——

看到小姨妈在一边不停地给他递眼色,朱旺才没有说下去。

临近中午的时候,朱旺穿过门外的树林朝河边的渡口走去。他远远地看见两个艄公在船上说话。船帆还没有升起来。上涨的河水漫过了堤岸,使河边的麦田浸没在水中。一只小鸟鸣叫着,为他引路。它最终停息的地方是一座爬满常春藤的院落。院门敞开着,他看见咪咪正在院中的井边打水,身边的一只木桶里,水已经溢了出来。

咪咪假装没有看到他。她低着头,手中的绳子急速滑向井底,随后,铅桶撞上了井壁,发出了"当"的一声。朱旺在门外站了一会儿,打量着他未来的妻子。咪咪不敢抬头看他,她似乎想从井边离开,又下不了决心,也许正在为她的父亲曾三次拒绝这门亲事而感到羞愧呢。朱旺心里知道:他这样盯着咪咪看,并不是出于贪婪或自我陶醉,而是想重新唤回昔日的回忆——在过去,她只要不注意看他一眼,他都会吓得魂飞魄散。

而现在,他觉得她太瘦了,皮肤也太黑了,嘴唇太薄,眼睛又缺乏光泽。

他摇了摇头,终于离开了那里,他觉得事情变得严重了。

3

第二天下午举行了婚礼,不管村长或其他什么人做了怎样周密的安排,婚礼的草率之感并未被热闹的喧哗完全冲散。

酒宴散去之后,已经是后半夜了。朱旺和咪咪脱光了衣服钻入潮湿的被窝,几只蚊子在他们眼前飞来飞去。咪咪的皮肤像火炭一样发烫,而且远不像他从前想象的那样爽滑,他想起了一条晾在河岸上的鱼,阳光使它的鳞甲变得坚硬。

床垫下的稻草铺得很厚,他只要稍一动弹,草褥就会发出沙沙的响声。朱旺竭力使自己不再纠缠在那封信上。他的目光透过敞开的窗户,数着天上的星辰,暗暗盼望着一夜尽快过去。

他的确睡着了一会儿,可很快就醒了过来。这个夜晚的所有东西都似乎与那封信有关。举个例子来说,窸窸窣窣的稻草的响动使他想起了造纸的原料,而纸张让他想到了信件;

窗外的一轮下弦月俨然就是一张弩弓,弩弓或箭头令他想起了猎物,或许是一只鸽子,而它猩红的脚爪上系绕着一封神秘的函件,飞往黑暗的北方……

忧虑和恍惚焚烧着他的心,它们足以摧毁一切现有的事物,包括他的一连串病态的猜测。

他从床上下来,来到窗户口的桌边,不胜厌烦地点亮油灯。他想把那封信找出来重新看一遍。可他一时又忘了将它搁在了什么地方。

他找遍了母亲留给他的那只破衣橱、木桌的抽屉、灶壁的凹槽、佛龛、床下的两双旧布鞋,还是没有发现那封信,当他头顶着蜘蛛网从床下钻出来的时候,他听到了咪咪隐隐发出的哭泣声。朱旺很快就暴怒起来,并大声呵斥着她。墙上的一面长方形的镜子中呈现出他那张愤怒而可笑的脸。

幸好,他后来终于从米缸里翻出了那封信。他将信笺从套封中小心抽出,平铺在桌面上,然后一边揉搓着发痒的脚趾,一边贪婪地读了起来。

这一次,他差不多又有了新的发现:字迹的潦草或漫不经心倒在其次,关键的问题在于,语词的意义指向各个不同的、自相矛盾的方向,并无一个明确的结论。这就像一棵树,树干上枝节丛生,每一根树枝上又生出另外的枝丫,它们伸向敞开的天空,任凭怎样调整视线,也无法看到期望之中的花蕾或果实。

他独自一个人来到院外。河边的空气比房内凉爽一些,而窗户里窥见的星星,此刻已布满了整个天空。只不过,它们排列的图案已不像记忆中那样井然有序,它乱糟糟的,犹如一个患了忧郁狂的病人。而星空下的整个村庄,那些泥坯或石块堆砌成的房子,房屋呆板、局促的巷道,以及裹在水汽中的树木和荆棘也显得散乱、寒碜,透出疯癫和失控的征兆。就连村子里偶然传出的一两声狗叫,也是虚弱无力,毫无生气。

姨妈的房前有一棵枣树。假如是在白天,他就能看清窗台上的那一绺菱形的枣花和灰泥剥落的墙壁。当他以一种令人震惊的卑俗的勇气敲响了她的窗户,朱旺不禁轻轻地哀叹了一声:天哪,你以为这真能行得通吗?

灰白的窗户纸里,他的姨妈正在手忙脚乱地穿着衣服。很快,木格窗户打开了,她的灯亮了,她的脸红了。

姨妈举着罩灯在他的眼前画了一个圆圈之后,才认出了他。她下意识地拉了拉褂袄,遮住她的胸脯。

"是你,出了什么事?"姨妈满脸疑惑地望着他。

朱旺问她能不能将灯芯拧小一点,或者干脆吹灭,这样他才能安心一点。

姨妈让他有话进屋去说。朱旺摇了摇头,他说他只想隔着窗户和她待一会儿。姨妈笑了起来,露出了又白又亮的牙齿。然后,她吹灭了灯。

他想到自己现在和姨妈处于同一个黑暗之中,感到了慵倦的甜蜜,并长长地松了一口气。

"你能不能替我证明——"

"证明什么?"姨妈急切地问道。

"我知道我的这个念头是可笑的,不过……"朱旺抬头瞥了她一眼,犹豫了片刻,强迫自己将想说的话缩了回去,将他的希望留给了冗长的沉默。

接着,姨妈在彼此的尴尬中提到了那封信,朱旺既庆幸又悲伤。

"我也一直想问问你,叔叔写来的那封信上究竟说了些什么?私塾先生和裁缝的说法又很不一样,当然,我这么说,并不是怀疑……"过了一会儿,姨妈又说,"村子里的每一个人都觉得某件事情即将来临,但恐怕没有什么人能说得清楚,对你来说,究竟发生了什么不同寻常的事?"

"大概我也没法将它说得更加明白,不过它总会有结果的。"朱旺说。

"我所担心的是你那办事不牢靠的叔叔。他只是一个马戏团的走索演员。去年夏天,他还以摔断了一只胳膊没钱治病为由,回来索要变卖宅基地的那份款项。我怎么也无法相信,事隔一年,他的一封来信就能改变我们的命运。"

"您不用担心,事情是确凿无疑的,"朱旺像是在安慰她,"因为,我刚才来这儿之前,还把那封信重读了一遍,我熟悉叔叔的字迹,我有这个把握。"

姨妈点了点头,她不再追问那封信了。屋檐下一片寂静。他们彼此都能听到对方发出的沉重的喘息声。天已经快要亮了,河道对岸的树林上空,已露出一线灰蒙蒙的晨曦。

"不管今后发生怎样的事,你都不要莽撞、急躁。"姨妈低声嘱咐他,"只要你愿意,你随时都可以到我这里来。我虽然比你也大不了几岁,但帮你出出主意总是没有什么坏处。比方说,你那天早上居然漫不经心地和村长说话,实在很不得体。尤其是现在,事情远没有一个明确的结果。"

姨妈的叮咛使无数的童年往事涌向他的心头。他想起了不远的过去,他在河道里教会她游泳的那个中午。她划水的姿势既笨拙又迷人,宛如一个落水者所做的徒劳无益的挣扎。想到这里,朱旺以一种无可奈何的悲凉语调对他的姨妈说:

"我已经感到困了,您也接着睡吧。"

4

不知从哪一个特定的时期开始,在这个村子里,人们对于幸福的记忆已变得十分淡漠了。哪怕是在一个刚刚降生的婴儿眼中,你也能明白无误地看到这一点,狂喜的历史已结束得太久,只有它的一些足迹能隐约勾起人们内心欲念的残渣……

在一座阴暗的小酒店里,朱旺坐在窗边的一张长桌前,乱七八糟地想着这些纷乱不堪的事。

每天午后,酒店里总是聚集着一群庄稼汉。他们虽是本村人,却有着真正外乡人的外貌。他们小声说话,大声喧笑,脸上的表情既恭敬又世故。他们从不主动与朱旺搭话,而朱旺假如凑过去和他们交谈,这伙人便立即缄默不语,同时装出一副喜出望外的样子。

临窗的那个座位总是空着,它仿佛是特别为朱旺准备的。即使朱旺来得很迟,酒店里拥挤不堪,那伙人也只是在他的桌边靠靠而已。看着那条通往渡口的杂草丛生的道路,朱旺不无自嘲地想到:他每天中午来到酒店并在那儿一直待到天黑,不过是让大脑的空白滞留得更长一些。

老板娘对他的态度也十分暧昧,她从不向朱旺提起酒钱,每当她的跛足丈夫往朱旺的杯中倒一次酒,她就在柜台后的账簿上记下一笔。她的这一举动十分隐蔽,生怕引起朱旺的不悦。

他想起了另外的一些事。

咪咪,那个有着晾干的鱼鳞般皮肤的少女(艳丽的服饰使他无法预先知道这一点),也有着惊人的臂力。他无法使她就范。有时他们从床上翻到泥地上,滚到灶膛的麦秸堆里,他还是对她无可奈何。她的反抗是坚决的、野蛮的,她卡他的脖子,踢他的下腹,骑在他身上用肘部猛击他的肝部……可在白天的大部分时间里,她是柔顺的、惹人怜爱的,眼里时常噙满委屈的泪水。

每天晚上,他们都照例要搏斗一番,消耗掉白天储存的一点热量。

她的父亲时常会送来一些鱼干和红糖。他的脸上始终维持着一种充满敌意的笑容,仿佛随时在提醒他:"假如到了最后,你并不能证明……"

咪咪的两个哥哥一直避免与朱旺正面接触,甚至连妹妹的婚礼也拒绝参加。即使是在喧闹的酒馆里,朱旺也能感觉到他们在暗处射来的雪雕般的目光。有时,在村中的某一处巷口迎面相遇,他们偶尔也会态度倨傲地走过来,拍拍他的肩膀:怎么样?事情有没有什么新的进展?这与其说是询问,还不如说是威胁。

在酒店的窗前,朱旺往往会莫名其妙地生出这样一个念头:那封信的突然出现,并不指向任何喜悦,而只是通过某种隐匿的途径对他实施的惩罚。

在午后的阳光下,有两个人一前一后地朝酒店走来。他们走进酒店,径直来到朱旺的桌前,坐在了他的对面。

私塾先生用胳膊碰了碰裁缝,示意由他来说明这件事。裁缝的脸像个姑娘般地羞羞答答,他笑了笑,伸出舌头舔了舔上唇,然后又朝四周不安地打量一下,这才对朱旺说:

"我们也许犯了一个不可饶恕的错误,因为很可能,对,很可能,我的意思是说,那封信……"他飞快地瞥了私塾先生一眼,接着说,"我们怀疑……"

私塾先生不耐烦地接过裁缝的话头,用他那教书时惯用的慢条斯理的语调补充道:"我们只是担心,由于某种疏忽,我们并没有准确地理解那封信的内容。你知道,当时我正在和老婆怄气,房子漏雨,教书的薪俸迟迟未发,在如此恶劣的心情之下读到的东西很难谈得上什么准确性,而且,我事后回忆起来,信件本身似乎也可以做多种解释。"

裁缝立即附和说,那天晚上,朱旺登门造访的时候,他正伏在缝纫机上睡觉,大脑处于半睡眠状态。而且,他还没有读完那封信,朱旺就一把将信抢了回去。"这不禁使我想到,你深夜来访,并不是让我替你读信,而仅仅是为了炫耀。这在某种程度上只能迫使我服从你自己的判断。另外,我和教书先生有这样一个共同的疑惑:既然你自己也能够读懂信件的内容,为什么还要将它拿来给我们看?当然,我这样说,并不是在指责你的人品。因为我们能够理解,当巨大的喜悦来临之时,人们压根儿不会去享受它,而是首先将它搅得尽人皆知……"

"那么,你们是不是怀疑这封信的真实性?"朱旺问道。

"信件本身不可能是假的。这一点,我和裁缝先生都能担保。"私塾先生说。

裁缝已不像刚才那样忸怩作态,他的谈吐已变得十分得体:"我们来这儿找你,只有一个目的,就是希望重新读一读那封信,尤其是其中的一些个别的字句,需要细加斟酌。"

"这也许不太可能。"朱旺像任何一个自尊心受到伤害的人一样,语调中混杂着傲慢和虚弱,"那封信我已经弄丢了……"

私塾先生将他保养得很好的手指扳得"咔嚓"作响。他的神色黯淡下来,长长地叹息了一声,望着朱旺的脸缓缓说道:

"你也许并不了解我们现在的处境。为了这封信,这些天来我们一直在承受着来自各方面的巨大压力……"

私塾先生的这番表白似乎立刻使裁缝受到了感染,他再次舔了舔嘴唇,可怜巴巴地盯着门外一个踢毽子的女孩子,泪水在他的眼眶里打转。

5

朱旺回到家就病倒了。直到第二天中午,他还是没能从床上起来。在迷迷糊糊中,他记得大夫来过两次。他被告知手脚冰凉,额头发烫,咽喉有些红肿,除此之外,并未查出什么明确的病灶。

屋子里飘散着一股浓郁的草药味。咪咪不在房中。可他还能回忆起刚才她对着一只竹筒向灶膛里吹气时的情景:她的腮帮子鼓成一个圆球,黄褐的烟雾呛得她直流眼泪。亮晃晃的阳光将他的视线引向窗户,树木在院中战栗,一架纺车被风吹得吱吱直叫。

事到如今,唯有叔叔的来信才能消除混乱,卸去他心头的重负。它像一块巨大的磨盘压在他的心口,像秤砣一样阻塞在他的喉咙中。而眼下,令人难挨的等待有理由使他卧床不起。远在千里之外,他的叔叔或许正在一阵急促的锣鼓声中粉墨登场,或许,他托着一顶破旧的毡帽,向观众鞠躬讨钱。

他似乎看到了那条悬在半空中的钢丝绳:为了刺激观众的好奇心,满足他们贪得无厌的期待,走索艺人只能一次次地变换着花样,在钢索上腾空跳跃、翻筋斗,或者干脆将钢索升到一个不可思议的高度。无论是钢索由于锈蚀而绷断,还是他在做一个可笑的前滚翻时坠地摔死,叔叔都无法看到他的回信。当然,最初的那个许诺也就此销声匿迹。

他一度觉得自己和叔叔互换了一下位置,他正在开封城中的一个偏僻的角落被赶往钢丝架,而他的叔叔则在草药飘香的午后等待着远方的来信。有时,他又感到自己和叔叔实际上是同一个人,以一种奇怪的分身术扮演着两个不同的角色。

他从未如此强烈地意识到,他的命运竟然与叔叔这样紧密地纠缠在一起。他绝望地想到,在他、信件和叔叔所构成的三角关系中,没有一个环节是经得住推敲的。那封由他亲自发出的回信,将在数不清的驿站上停留、传递,在烈日或暴风中赶路。一个可能的结果是,当这封信送到开封,叔叔的马戏团已经离开了那里。叔叔的存在看来也是虚幻的,比如说,祖母的一次流产,将会轻易地导致他幼小的胚胎在母腹中化为一摊污秽的血水,更何况,风流成性的祖父假如和另一个女人成亲,叔叔的上世孤魂也许还在野外的坟堆中飘荡,当然,他更不可能给自己写信。

朱旺在这样一个黑暗、复杂的逻辑中越陷越深,他知道,无穷无尽的意外和偶然性,包括那封让他寝食不安的信件,只能在一个地方得到充分的说明,那就是此刻正在他床边缓缓移动的光斑。

他想起了这些天反复做过的一个游戏。实际上,这个游戏本身只不过是他混乱不堪的内心活动的一个简化形式而已。他将三枚铜钱抛向空中,同时这样暗示自己,假如铜钱落地后都能显示出康熙通宝的字样,那就说明叔叔的来信会在七天内送达。和以前的结果十分相似,开始的十几次都让他大失所望,他打算将这个游戏一直持续下去,直到铜钱拼合成他所需要的图案。

最终使他从这样提心吊胆的自我折磨中挣脱出来的,是一阵急促的脚步声。咪咪从屋外跑了进来,她满脸通红地告诉朱旺:邮差再次来到村中,现在,他正牵着那匹枣红马去河边饮水……咪咪还没来得及把话说完,就一头栽倒在门边。

朱旺沿着竹林间的那条小路朝河边飞奔。村长和他的老婆在祠堂门口大声地叫他,也没能使他减缓步伐。可时间毕竟晚了一点,当他失魂落魄地跑到渡口,只是看到了一片远去的帆影。

邮差站在船头,迷惘地看着他。那匹枣红马的毛皮在斜阳中闪闪发亮。尽管朱旺意识到自己的下一个决定是可笑的,他还是没有顾得上脱去衣服,就"扑通"一声跃入水中,奋力向对岸划去。

在凉飕飕的河水中,他只想着这样一件事,那就是,他希望船尽可能地慢一点,假如他竭尽全力地划水,说不定就可以和邮差同时到达对岸。

他游到了河中央,远远地看见邮差已在对面的渡口向艄公付钱了。可他的希望并未就此破灭,因为在付钱时,邮差与艄公发生了小小的争执。

另一个侥幸是,那匹马显然疲惫已极,任凭邮差怎样抽打它,枣红马只能不紧不慢地踱步,朱旺满身泥水地从河里爬上来,依然能够看见邮差在晚霞中的身影,他们之间的距离不过几百尺。

大约半个时辰之后,朱旺终于在一片开阔的麦地追上了他。这时,邮差由于发现有人在身后追赶他,已经从马上下来,等待着他的到来。

"有没有一封寄给朱旺的信?"他远远地向邮差喊道。

邮差朝一脸污泥的朱旺看了一眼,兀自笑了起来。他说,他每天要送上百封信件,并不能记住每一个收信人的名字。"何况,只要有你的信,我总会安全送到的,你不用担心。噢,对了,"邮差像是突然想起了什么事似的对朱旺说,"刚才在河里游泳的那个人就是你吧?"

朱旺点点头。

"你竟然不顾性命地游水过河,想必这封信一定不同寻常吧?"

朱旺再次点点头。

"你叫什么?"

"朱旺。"他大声说道。

邮差想了想，对朱旺说，信件倒是有一封，"不过我不能肯定它就是你的，因为急于赶路，我将它交给酒店老板了"。

邮差翻身跃上了马背："反正你回去看一下就知道了。我得接着赶路，天已经快黑了。"

朱旺向他道了谢，若有所失地站在原地，目送着邮差的离去。

在返回渡口的时候，他在那片麦地里迷了路，起伏的麦浪簇拥着他，翻滚着，随着夜幕下的一阵南风，重重叠叠地涌向黑暗的深处。他就像丢失了一件什么东西似的在麦地里走走停停，凭着风向和河边亮起的灯火辨认着道路。这片麦地似乎宽阔得让人看不到边际，田间又没有明显的路牌和标志物，就连一棵树也看不到。不论他朝哪个方向走，河边伸手可及的那片灯光总是离他越来越远。他甚至打算在麦地里睡上一夜……

不久之后，一个放羊的少年从那经过，将他领往通向渡口的大路。

6

朱旺浑身湿漉漉地回到家里，屋里的草药味还没有散去。夜晚非常寂静。咪咪在灯下等他，桌上凌乱地堆放着一些衣物、一把剪刀、一杆线轴。在药罐的边上搁着一只牛皮纸信封。信封背面打着开封邮戳。

"怎么回来得这么晚?"咪咪疑惑地看着她丈夫,"怎么弄成了这副样子?"

朱旺将那封信拿起,凑近灯光,两面看了看,神思恍惚地拆开了信封。

咪咪告诉他,这封信是私塾先生和裁缝在傍晚时送来的,他们坚持说要等他回来,以便尽快地知道信件中的确切内容。因此,她自作主张留他们吃晚饭。裁缝说,他已经好几天没有睡过一个安稳觉了。吃完饭,他就伏在桌子上打起呼噜来。私塾先生看来兴致还好,他东拉西扯地说话。他解释说,他们之所以要等她丈夫回来,还有一个目的,那就是当面向他道歉,因为凡事无端地猜疑、对未来丧失信心都是不可饶恕的罪过。他的这番话,咪咪听得似懂非懂。他甚至还建议说,是不是可以由她拆开那封信,让他先看一眼,毕竟时间已经很晚了。咪咪想都没想就拒绝了他的请求。不久,他们各自的老婆找到这里,拎起耳朵将他们拽走了。

"你做得对。"朱旺说,这时他已经看完了那封信,感激地朝妻子点了点头,"他们的确应当向我道歉。"接着,他以一种轻松愉快的心情吩咐妻子备饭,这么多天来,他第一次感到了真正的饥饿。

叔叔在信上说,上封信里提到的那件事将在六月二十二日前后兑现,届时,将会有一个廖姓的中年人来这里与他见面。此人秃发,眉下一颗黑痣,下榻县城的蓬莱旅馆……

为了使自己牢记这个日子,吃完饭后,朱旺让咪咪找来一块木炭,在皇历上做了一个记号,这才上床睡觉。

现在,一切的混乱都得到了澄清,朱旺和咪咪并排躺在床上,甘甜的睡意从各个角落向他袭来,很快就淹没了他。天快亮的时候,朱旺大汗淋漓地从梦中醒来,听到了公鸡的第一声报晓。

公鸡的啼叫仿佛在顷刻之间就将他平静的内心搅乱了。叔叔的信件看来言之凿凿,但字里行间依然隐伏着两个关键的疑团。首先,叔叔并没有在信中说明,廖姓的秃驴是来村中找他,还是应当由他去蓬莱旅馆拜访。另一个疑团涉及了时间。问题就出在"前后"两个字上。

他赤身裸体地从床上起来,找到了桌上的那块炭棒,在皇历的二十一日和二十三日这两页上分别做了记号,然后依次是二十日和二十四日……可这同样不能解决什么问题:随着皇历上的黑圈越来越多,见面的真正时间反倒模糊不清了。

皇历的封皮上,有一个赤裸的、围着红肚兜的小男孩子。他骑在一尾鲤鱼上,脸上的笑容令人战栗。在随后漫长的静默中,他一直在琢磨着"前后"这两个字。这就如同屋顶的瓦楞,尽管只有两片瓦是残缺的,可它说不定哪天就会漏雨。

他决定去找姨妈商量一下,使他略感宽慰的是,这一次,他去姨妈家的借口是坚实的。

7

六月二十二日午后,木匠朱旺拎着一只青布包裹,告别了妻子,踏上了赶往县城的道路。他刚刚从闷热的竹林里钻出来,小姨妈就在身后叫住了他,她正在枣树下刮锅。时间已经到了夏季,可她还是穿着那件红绸暗花的夹袄,腋下的襻扣没有系上,露出一抹白色的衬里。

姨妈的眼睛亮晶晶的。这一点与他记忆中的母亲十分相像。她本想再嘱咐他几句,看到侄子那张被忧虑毁损的脸,她又改变了主意。带着一种惋惜的怜悯,她无力地向朱旺挥了挥手。

朱旺来到渡口,看见艄公正和一个戴毡帽的人在河滩上聊天。他们抽着烟,不时朝村子的方向指指点点。高高的桅杆上栖落着一只鸽子,是白色的。木船在浪头上颠簸着,不过,船帆还没有升起来。

朱旺心事重重地站在岸边,等待着艄公升帆起锚。他们似乎谈得很投机。很快,他看见艄公领着那个人朝他走来,为他们彼此做了介绍。朱旺胡乱地和那个戴毡帽的陌生人聊了几句,然后就催促艄公开船,因为他要赶往县城办一件要紧的事。

艄公惊骇地看着朱旺,又和陌生人交换了一个眼色,站在原地一动未动。

"赶快起锚吧,"朱旺高声对艄公叫道,"要不然天黑之前我就赶不到县城了。"

这时,陌生人从头上取下毡帽,夹在腋下,走过来对他说:"我们是不是好好谈一下……"

"没什么好谈的。"朱旺毫不客气地一把推开了他,"我现在一刻也不能耽搁了……"

他再次催促艄公开船,艄公迟疑地望着他,眼中流露出迷惑的恐惧的神色。当他俯身搬动沉重的铁锚时,陌生人又一次走近朱旺,拽住了他的袖子:"我觉得我们有必要……"

由于怀疑自己落入了艄公和陌生人设下的圈套——这个圈套的实质就是阻止他前往县城,说不定还是蓄意安排,他不假思索地给了陌生人一记耳光。

随后,他带着一脸愤怒的泪水跳上船头,自己动手升起了船帆。

解　　决

据说,威廉·詹姆斯在他的《心理学》中说过这么一句话:任何事情的解决都是自以为解决。告诉我这句话的人现在就在我的身边,手里提着一个花篮。他叫王季军,海伦宾馆的三级厨师。

我想,不管这句话是不是王季军即兴编造出来的,它都给我带来了莫大的安慰。在早晨刚劲的寒风中,街道对面的一排超级市场的玻璃橱窗被阳光照亮了,天空的蓝色尚能分辨,一群幼儿园的孩子正在过马路,他们每人头上都顶着一只搪瓷脸盆,我知道,我的烦恼不算什么。

出租车来了,是红色的夏利。王季军朝我挥了挥手,示意我上车,似乎这是理所当然的,而我多少有点犹豫不决。我总觉得我一旦上了车,一件不同寻常的大事就将被我错过了。最后,司机脸上愤怒的表情使我下了决心。王季军抱着花篮坐在出租车后排,我则坐在司机边上的副驾驶位置上。喇叭一响,车就开了。

在城市生活不成文的习俗中,坐在出租车前排的人通常就是付费者。另外,假如司机遇到突发事件仓促避险,他很有可能又是一个潜在的牺牲品。这样想着,我的脑子里果然闪现出一幕惨不忍睹的画面,两辆五十铃载重卡车在立交桥下迎面相撞,将一位身穿民航制服的女郎顶在了半空中。她吃惊地张开嘴,想喊上一声,然后脑袋就耷拉下来,汽车排风扇喷出的热气吹乱了她的头发,我不敢看她的脸。她的两只脚用同一个频率颤抖,血浆从熨烫得笔直的裤筒里渗出来,她的袜子慢慢变红了。这件事就发生在几天前。我现在平静地回忆起那时的情景,就好像它真的和我一点关系也没有似的。

出租车一路平稳。司机一刻不停地骂骂咧咧。他向我们抱怨新买的房子漏水,抱怨他妻子的肺癌,还有就是他的女儿离家出走后两个多月音讯全无。"这都是他娘的什么事啊?!"他骂道,用力拍打着方向盘。即便在压抑不住的无名火的炙烤之下,他仍然没有忘记提醒王季军,让他将花篮抱好,以免渗水弄湿了坐垫。很快,收音机里的最新股市行情终于使他安静了下来。王季军随后接替了他的角色。他说起了不久前他们弟兄三人同场献艺,在电视台表演切姜丝的那台晚会。他的二哥名叫王亚军,是二级厨师,大哥王冠军,一级厨师。他们切出的姜丝能够穿过任何一枚缝衣针的针孔。他说起了常昊与大竹英雄的一场围棋赛,金三角卡拉OK的色情服务,去年夏天我们结伴去内蒙古的沿途趣闻……最后,他朝前探了探身体,从隔离铁栅栏缝隙中伸出一只手,捏了捏我的肩膀,仿佛在对我说,你可要挺住啊。

"你的大哥真叫王冠军吗?"我问他。

"当然不是。我是独生子。"王季军严肃地说。

汽车在万体馆附近来了一个九十度的大转弯,一路按着喇叭下了高架桥,停在了徐家汇的地铁车站旁。地铁站刚刚建成,尚未投入使用,几位身穿工装裤的女工正在入口处清扫建筑垃圾。她们你推我一把,我捏你一下,嬉笑着闹成了一团。

事情就出在我打开车门的一刹那。

出租车的车门很可能原来就没有关好,因为我轻轻一碰,它就自动打开了。另一个可能,这扇门与车身相接的合页早已朽坏,因此才会出现如下情形:

一辆急速驶来的助动车受到张开车门的阻拦,不仅没有停下来,反而将那扇门扛到了二十米之外的一个邮筒边。我原以为只有在美国电影中才会看到这样的镜头。车门在人行道上颠簸不已,助动车撞在路边的栏杆上,车轮还在转个不停,而骑车人趴在地上怎么也爬不起来。王季军和出租车司机被这一突发事件吓得目瞪口呆,而我却一点也意识不到任何紧张。

当那个骑车人终于从地上站起来,跟跟跄跄地朝我们走过来的时候,我立即不假思索地迎上去,向他伸出了右手。

"你好!"我对他说。

骑车人竟然也彬彬有礼地摘下手套,热烈地与我握手。

"你好!"他说。

有那么一刻,他的脸上还挂着迷惘的笑容,好像摔了一跤还十分得意。我注意到他的额角隆起了一个大青包,左手被震裂的虎口还流着血。随后,他突然想起什么事来,向我问道:

"我的车呢?我刚才还骑得好好的,怎么突然没了?啊,他妈的,我的车到哪儿去啦?"

这时,王季军已经将那辆被摔坏的助动车推到了他的跟前,骑车人也已从刚刚失魂落魄的思维混乱中清醒过来,换上了一副伪装的凶狠表情。由于我们刚刚握过手,他对我的大声训斥显得底气不足。

"你,你他妈的知道这是什么牌子的车吗?嗯?"

我说我不知道。

"霸伏。意大利的霸伏你他娘的听说过吗?"

我说我没有听说过。

"你知道这辆车值多少钱吗?"

我说我不清楚。

车灯已经完全碎了,让人想到冬天道路上覆盖的冰碴儿。车把歪向一边,车身漂亮的油漆被划出了两条长长的印子,地上的油渍越积越多。

"你他妈的别跑。"骑车人一把拽住了我的袖子。两名交警从人群中脱颖而出,来到我们的跟前,举手行礼。我意识到这会儿想逃跑已经来不及了。

不过我根本就没有想到要逃跑,因为我看见那辆助动车的后座上也绑着一只花篮,和王季军手里提着的那只一模一样。它勾起了我的无穷联想,我觉得我一直想不起来的那件事仿佛已经有了着落。

骑车人叫来了两辆黄鱼车,摔坏的助动车、王季军,还有那两只花篮占据了其中的一辆。骑车人拉着我上了另一辆。这时我才注意到,花篮中的鲜花是马蹄莲,白色的。

我们的目的地已经由骑车人反复提醒,是淮海中路的助动车维修中心。他的心情似乎好了很多,他用一沓纸巾按在虎口止血,还故作轻松地和我聊天。他告诉我他的名字,又问了我的名字,我的情绪也有所好转,因为他的名字中有一个"湖"字,它使我立刻想到了西北高原上的一处处湖泊,那些朝圣者在幽蓝湖边的营地、四周的雪山、红色的树木的倒影,以及夜半时分在天上展露的乳白色银河云带……

我就要想起一件什么事来了。八月份,在明亮的拉萨,在飘动的经幡带给人们的寂静之中,一群被涂上棕色油漆的山羊大摇大摆地穿过八角街,汽车和香客不得不停下来等待。而在一两个小时之前,在我们上车的地方,幼儿园的孩子正排着队过马路,他们身穿统一的制服,每个人的头上都顶着一只脸盆。随之而来的是汽车的刹车声,玻璃被震碎了,仿佛这个世界上所有的玻璃都哗啦啦地碎了,我就要记起一件什么事来了。

修理中心在淮海路一个潮湿的弄堂里。隔壁是一家缝纫店,有一扇门与车铺相连。骑车人找来了一个穿黄色工作服的修理工,那人问了问出事的经过,用扳手在那辆霸伏助动车上胡乱地敲了几下,就报出了一笔修理费的数目。对于这笔钱的数目我和王季军都不感到吃惊,糟糕的是我们当时凑不出这么多钱。

"打个欠条怎么样?"王季军对骑车人说。他在心烦意乱地看表。

"那怎么行?"骑车人警觉地看了我们一眼,接着说,"这样吧,你们一个人留下(做人质),另一个回去(取钱)。"

我仔细地盘算着他的建议,一时拿不定主意。我也不知道去哪儿弄这笔钱。这时,我看见王季军朝我递了一个眼色,然后他对我说:"你回去取钱,我留下来。"接下来,他又向我眨了眨眼睛。我好像有点明白他的用意了。

临走时,王季军让我带上了那只花篮。

后来的一切都在我的预料之中。我走到华山路附近,王季军就从身后追上了我。"终于把那个小子给甩了。"他大声地喘息着,对我说。

我不由得朝他身后望了几眼,担心那个骑车人会追上来。王季军残酷地笑了一下:"我从缝纫店溜出来的时候,他倒是追过一阵子,不过他的腿瘸了,跑不快。"

事情就这样弄妥了。

"我们快走吧,要不然就来不及了。"王季军再次看了看手表。

"我不能陪你去了。"我对他说。

"陪我？你这是什么意思？你要去哪儿？"他吃惊地瞪着我。

"去总工会讲课，是上个周末定下来的，时间就在今天，十点一刻。"

"你怎么不早告诉我？"

"我刚刚想起来。"

王季军从头到脚细细地打量起我来，就像他是第一次跟我见面似的。

"陪我，你以为你是在陪我吗？"他叫道，"你他妈的疯啦？"

"是诗歌培训班的演讲。我答应给他们讲讲叶芝，这是真的，我干吗要骗你呢！"

"好好好，我不跟你说这些。"王季军恼怒地跺着脚，噼噼啪啪胡乱打了几个响指，"他妈的，你怎么会突然想起这件倒霉的事来的？"

"我从修车铺出来的时候，听到了海关大楼的钟声。"

"可那跟总工会有什么关系？"

"钟声让我想起了工人罢工，很自然，我想到了总工会。"

王季军嘿嘿地笑了两声。接下来他又笑了两声。

"你知道今天是什么日子吗？"

"星期六。"我说，"我早上一醒过来，就觉得有件要紧的事等着我去办，可直到不久前才想起来。要不是那场车祸，可就糟了。"

我知道我已经没有时间和他讨论这些无聊的问题了，在这样的场合讲课迟到,总有些说不过去。

　　王季军像那个骑车人一样紧紧地拉住我的袖子,一遍遍地重复着嘴里的那句话:"你不能去,你不能去,不能去。"然后,我感到他拉我袖子的那只手一点点地松开了,一缕晶莹的光亮从他那优雅的眼睛里闪过,很快就熄灭了。他流下了眼泪。

　　我们就在那个路口分了手。过了好几条马路,我看见他还站在那儿。我的心情舒畅多了。生活依旧平静、神秘,阳光依然明媚、温暖。我为自己感到庆幸。每当这个时候,我就会想起叶芝的那些芬芳的诗句:

　　　　在阳光下我抖掉我的树叶和花朵
　　　　现在我可以枯萎而进入真理
　　　　……

月 亮 花

一九九六年十二月三十一日的夜晚,下着雪,在紧靠郊区奶牛饲养场的一套普通公寓的三层楼上,诗人程文联在睡梦中被一阵吱吱的水声惊醒了。这次睡眠的时间并不太长,因为他记得屋外露台上的自来水管让冰封住了,大约半个小时前,他从阳台上捧了一盆积雪回来煮水喝。现在,铝锅里的水已经沸腾。屋内弥漫的水汽很快就被门外吹进来的冷风驱散了,他看见三个蒙面人站在他的床边。

他们似乎并不急于一下子杀死他。一名歹徒随手操起一把吉他,弹了一首舒伯特的《小夜曲》。另一位则径自走到他的书桌前,骂骂咧咧地翻着桌上的贺年卡,还随口问了一句:"'我找到了月亮花。'嗯?什么意思?"剩下的一位坐在炉边,将那把带血的三角刀指向程文联,嘟嘟囔囔地发出了第一个指令:

"起来,给我们煮一壶柠檬茶……"

程文联是汉族人,却在阿克苏和阿勒泰地区生活了将近二十年。他有一个维吾尔族的名字:哈米尔·艾买提。

据他的房东,一位高级音响师回忆说,十二月三十一日的下午,他们为庆祝即将来到的新年,特地宰杀了一头羊。他曾经邀请诗人与他们全家一起吃晚饭。程文联认真地考虑了一下他的建议后回答说,他现在的心情不适合闻到羊膻腥味……

"你好像遇到了什么麻烦?"音响师手里捏着一只羊角,同情地看着他。

"不,"程文联神秘地笑了一下,"应该说,遇到了幸福。"

随后,他看见他上了楼,以后再也没有下来过。

坐在音响师旁边的那个年轻妇女正在给她的孩子喂奶。她说程文联是一个高尚的人。她为有这样一个房客,内心一直"悄悄地"充满感激。因为他能够使日常生活中最乏味的东西都变成奇迹。"他使我明白了这样一个道理,生活虽然充满艰辛和肮脏,可还是值得过的。"她在说这番话时,眼睛里闪动着晶莹的泪花,她的丈夫吃惊地看着她。

这天傍晚,她去楼上取衣架,看见程文联一个人站在露台上,正专注地照料着一盆花,花瓣有好几种颜色,她以前从未见过这么漂亮的鲜花。她问他这株花叫什么名字,程文联就用一种惯常的幽默口吻对她说:"当然是月亮花,知道啦?"

提到月亮,音响师的母亲,一位镶着银牙的老太太突然想起了什么。她让儿媳妇给我们取来了一帧相片。这是程文联在两个多月前替老太太拍摄的,老人坐在一张旧藤椅上,怀里抱着一轮满月。这是两次曝光后的影像。考虑到程文联曾是一名摄影师,这幅照片并不使我们感到惊奇。

"除了月亮、花,也许还有巴赫的音乐,我们不知道艾买提还喜欢什么别的东西。他还写点诗,不过他很少谈论。"音响师说,"只要有空,他就往附近的一个花鸟市场跑。"

根据我们的调查,程文联近来如此频繁地光顾花鸟市场,除了买花之外还另有企图。用我的同事廖增湖的话来说,是为了去遇见阿依古丽。程文联本打算守住这个小小的秘密,可正如维吾尔族人所说的那样,任何秘密都有泄露的一天。你如果在地上挖个洞将秘密埋起来,地上长出的芦苇被风一吹,秘密还是泄露了。

那是一个晴朗的午后,他从花铺里买一束菖蒲出来,在宠物店的门前遇到了她。当时,她正在向一个卖鸟的老头打听喂养金丝雀的方法。笼中腾跃的一对小鸟的悲啼使他永远记住了她。她穿着一件宽大的咖啡色西服,白毛衣,黑色的裙裤。在经过她身边的时候,程文联就像遇见一个熟人似的与她打招呼,然后问她能否与她相识。

她笑了起来:"我叫阿依古丽,你呢?"

"我叫哈米尔·艾买提。"程文联说。

"这就是我们的维吾尔族姑娘。"程文联事后这样向我形容那天的情景,"热情,质朴,自然。"他在上海曾无数次尝试着向陌生的姑娘致意,她们不是远远地跑开,就是假装没有听见。只有一位姑娘对他的问候做出了应答。那是在伊势丹百货商店的自动扶梯上,他向一个吃冰激凌的漂亮少妇问好。

"你好。"程文联叫道。

"神经病。"少妇回答道。

程文联与阿依古丽的第二次见面是在一个暖房里。阳光使花房顶篷的塑料膜味都散发出宁静、甘美的气息,他们在那些巴西木、剑兰、橡皮树和杜鹃花的小径中行走,除了给花木喷水的花匠偶尔经过他们身边,没有人会打扰他们。他们甚至能够听见卷曲的花叶绽开的声音,听见阳光的嗡嗡声,还有他们各自的呼吸,以及阿依古丽身上织物纤维的摩擦声。

她说她是一个工艺美术学校的教师,是学油画的。她的画室离这儿不远,她问他是不是愿意去看看她的那些画。程文联出于对过分喜悦的敬畏,不假思索地推辞了。他后来一直为此事后悔不迭。在他的一组题为《相遇》的长诗中,交织着悔恨和庆幸的惆怅展露无遗。而在程文联看来,这种惆怅和忧郁的情愫,正是幸福之树上开放的幽暗花朵。巴赫用它的全部奏鸣曲向人们给出了同样的启示。

那天他们将要告别的时候,程文联买了一盆两尾叶的铁树送给她。阿依古丽淡淡地笑了一声:"艾买提,你不该给一个姑娘送铁树。"不过,她还是高高兴兴接受了程文联的礼物,她的高兴不是装出来的。她还说,但愿他们下次见面的时候,她能够为他带来铁树开花的消息。

音响师的妻子似乎还记得阿依古丽的容貌:大眼睛,很深,很蓝,睫毛又黑又长,她一见她还以为她是外国人。"她一共来过两次。一次是和艾买提一道,手里抱着一大束玫瑰。还有一次就是昨天。她来的时候恰巧艾买提不在(廖增湖做证说,昨天下午,程文联和他一起去上海大学打排球去了),她就递给我一个信封,让我等艾买提回来后交给他,随后就离开了。

"这天晚上艾买提很晚才回来。我把那封信交给他,他拆开只看了一眼就一把将我抱住了……"

她的丈夫不知所措地看了她一眼,解释说:"艾买提也许太激动了。"

"到了后半夜,程文联又来敲我的房门,他为刚才的事向我道了歉,其实他根本没有必要道歉。然后,他这样问我:

"'你知不知道有一种花……'"

在维吾尔族的民间传说中,有一种奇异的花卉,名叫月亮花。它长在草原、湖边、幽谷和冰山之中,可从来没有人真正见过它。维吾尔族的一位生物学家在他的《花林》一书中曾记载过这种三色的蔷薇科植物。他声称在一九七四年和一九七八年曾两次见到月亮花,并制作了标本,但后来经切片分析,它被证明是戒指蓝的变种。而汉族学者饶仲梅一口咬定所谓的月亮花实际上指的就是雪莲,同样很难令人信服。他的多年来对这种奇异花卉的苦苦寻找大概已让他失去了耐心。

从十一岁开始,程文联带着一架海鸥 DF 照相机在阿克苏一带的山区寻找月亮花,足迹几乎遍布了整个南疆。月亮花,是真主的无边恩典,是美丽的魔法的影子,是爱情和黄金的时间,是云朵上的飞鸟。

在塔尔寺红色的廊柱下,他从和一个转经的活佛的交谈中知道了他的烦恼,对方曾经建议他去人间寻找,因为凭借佛祖的智慧之光,它应该是无处不在的。那是一九八四年,程文联来上海读书时从那儿经过。

"会不会是月亮花?"我问道。

音响师的妻子想了想,说她记不清了。

在阿依古丽的画室里,程文联曾与她谈起过月亮花。她当时略微有些吃惊的样子让程文联眼睛一亮。她的画室在一个木材厂的隔壁,被风吹起的锯末刨花纷飞,电锯的声音使他们不得不用喊叫来交谈。

阿依古丽问他:"我每次去花鸟市场总能遇见你,你是不是一直在寻找这种花?"

程文联点点头。

"在新疆找不到的东西,在上海能找到吗?"她的语调中充满了自豪。

"我几乎就要找到它了。"

"'几乎'是什么意思?"

程文联陷入了沉思。过了一会儿,阿依古丽又问他:"在你的想象中,这种花该是什么样子的?"

"除非我将它画出来。"程文联答道。

阿依古丽果然为他拿来了纸和画笔。程文联画了一个月亮又画了一束玫瑰,然后脸上呈现出令人迷惑的笑容:"它在我的想象中就是这样的,你明白了吗?"

"我明白了。"阿依古丽说。

接下来的事我们都知道了。

十二月三十日的上午,大风吹了一夜,将煤气厂上方的烟尘都吹散了。天空再次变得幽蓝而遥远。阿依古丽来找程文联未遇,在她留下的一张贺年卡中写下了这样的一句话:

艾买提,我找到了月亮花,你拆开信封就能看到她。

第二天,也就是元旦的前夜,我的同事廖增湖和曹元勇来看我。晚饭后,廖增湖忽然提起,已有很久没有喝过程文联煮的柠檬茶了。我们就叫了一辆出租车,来到了郊外的奶牛饲养场。

房东老太太给我们开了门。她说程老师正在楼上睡觉。"他经常睡不着觉,如果你们没有什么特别事,就先到屋里喝碗羊杂汤,让他多睡一会儿吧。"

音响师和他的妻子也出来招呼我们。我们喝着羊汤,听着房东一家谈论着艾买提的趣事,每人还唱了一首歌。

后来,我们在上楼的时候,廖增湖在楼梯口的一张羊皮上捡起一把三角刮刀。我们一下子就明白了此刻的身份,拉下清一色的绒线帽,遮住了各自的脸。

我们一进屋,就看见程文联懒懒地躺在床上,用略带讥讽的目光看着我们,那时,我们已经隐隐感觉到了他脸上洋溢着的喜悦,但却没有人能够知道他心中珍藏的幸福的秘密:

阿依古丽,翻译成汉语,就是月亮花。

沉　　默

1

六月末的一天深夜，下着暴雨。我和朱旌正准备睡觉，突然响起了急促的敲门声。朱旌开了门。六七条黑影像一阵风似的从外面扑了进来。他们浑身湿漉漉的，众星捧月般地簇拥着一个斜挎黄书包的彪形大汉。这个人一进门就打开了我们的冰箱，一口气喝掉了两瓶可口可乐。然后，他用沙哑而低沉的嗓音对我们说道：

"怎么样，你们准备好了吗？"

朱旌激动得脖子都红了。她显然已经知道来人是谁了。似乎她的整个生命，整个过去和未来的岁月都在期盼着这个时刻的到来。她还没有弄清楚这伙人的来意，就贸然答道：

"准备好了……"

"很好！"大汉满意地点了点头，"那就让我们痛痛快快地干一场吧。"

接着，书桌被抬开了，铺上了厚厚的毛毯。我们打起了麻将。

整整一个夜晚,朱旌都沉浸在难以抑制的兴奋之中。她反复地哼着舒伯特的《摇篮曲》。我从来没有看到她这么高兴过。她一直不愿意相信,像我这样一个人竟然会有机会认识柴峻。现在,随着这个身背黄书包的神秘人物的到来,事实都清楚了。我没有吹牛。

不过,回想起来,我和柴峻的第一次见面并不让人感到愉快。那是两年前(也就是一九八六年)的初春,我从图书馆借完书出来,一个身穿皮夹克的陌生人突然挡住了我。他不由分说地从我手中夺去书,随手翻了翻,然后又抬头看了我一眼,这才对我说:

"同学,你知道你借的是什么书吗?"

他的问题简直让我有点摸不着头脑。假如我不知道这是一本什么样的书,我干吗要借它呢?我一时不知道如何回答他。我记得,那是一本德文版的《存在与时间》。

"你竟然能读德文了?还是他妈的海德格尔?可能吗?"他怒气冲冲地对我说,粗暴地将那本书塞在我怀里。

我告诉他,我是德语专业的研究生,正打算写一篇有关海德格尔的论文。

谁知他听了我的解释之后更为生气。他勉强控制住自己的情绪,带着讥讽的微笑对我说:

"那好吧,你说说看,时间这个词,德文怎么说?"

我当时确信自己遇到了一个疯子,急欲一走了之。不料,他一把揪住了我的后衣领子:"同学,请等一等……"

他飞快地从口袋里掏出一张名片,递到我的手中:"晚上七点你到教工宿舍504寝室来找我。"说完,他就头也不回地离开了。

看着那张散发着浓郁香水味的名片,我怎么也无法将传说中的柴峻和眼前的这个人联系在一起。他走路的姿势颇有卓别林的味道,腰间的黄书包有节奏地拍打着他肥胖的臀部,发出沙沙的声响。后来,我与柴峻成为无话不谈的朋友之后,常常看见他独自一人背着褪了色的黄书包从图书馆前走过。开始我还以为他是去阅览室看书,后来才知道他是在四处找人打麻将。

那天晚上,我来到柴峻的住处,正赶上他与宿舍管理员吵完架。他垂头丧气地坐在椅子上,大口大口地喘着气。屋子里挤满了追随者,其中有几位女生正在轮番安慰他。等到他恢复得差不多了,才向我招了招手,示意我过去。

"你写几个字我看看。"柴峻递给我一支钢笔。

我在当天的《新民晚报》上写了几个字。他点点头。"还不错。"随后,他打开抽屉,将一沓修改得密密麻麻的手稿递给我:

"你替我尽快将这篇东西抄出来。三天够不够?"

"我最近很忙……"

"你忙不忙我可不感兴趣,"柴峻说,"我的问题是,抄完这篇小说,三天时间够不够?"

"我想大概是够了。"

"那好吧,你可以走了。"

这就是我和柴峻第一次打交道的场景。尽管后来他反复向我解释,他之所以请我誊抄这篇手稿,是为了让我在潜移默化之中培养一点文学感悟,可这件事留给我的屈辱之感很久都没有消除。我还记得那是一篇以宿舍管理员为主人公的小说,由此可以看出他与宿舍管理员的积怨之深。那个可怜的老人一出场就瞎掉了一只眼睛。随后,他的妻子以五十高龄被人贩卖到山西。当然,宿舍管理员本人的结局也好不到哪里去:十一个歹徒翻窗而入,将其乱枪打死。

2

一九九〇年前后,约有半年的时间,柴峻没有在校园里露面。有人说他还在与妻子闹离婚,有人说他因访学计划去了国外。敌对阵营的学者则借机在他的学生中散布各种谣言,其中比较温和的一种说法是,柴峻因煤气中毒已成了一个植物人,医生们正在给他施行呼唤疗法。

柴峻后来对自己的这段经历也一直讳莫如深。在长达七个月的时间里,没有人知道他去了哪里。不过,看上去他完全变了一个人,眼眶深陷,脸色姜黄,蓬乱的胡子里经常夹杂着米粒。朱旌说,有时在校园里碰到他,都不忍心多看他一眼——他的背影就像一个行动迟缓的老人。

柴峻复出后所做的第一件事就是斩断自己与文学的一切联系。他写了一则《告别文坛启事》,让人张贴在校园的各个海报栏里;他郑重其事地来到校长办公室,要求退出职称评审委员会。不料,一位主管科研的副校长严肃地向他指出:您完全没有必要这样做,因为我们早已将您除名了。

他仍然背着那只著名的黄书包在校园里转悠。他的身后仍然簇拥着一批追随者。不过,他将自己的全部精力投向股票市场,创办经济实体。他在学校后门承包了一家兰州拉面馆,作为实现他宏伟的经济抱负的第一步。为了照顾他的生意,朱旌强迫我每周至少去吃三次拉面。我的胃病就是在那时落下的。

当拉面馆的三个伙计将钱财席卷一空,逃回山东之后,柴峻终于病倒了。从此,颓废的阴影开始牢牢地撵上了他。他和各式各样的女人来往,而且只和她们来往。常常有人看见他和几个打扮俗艳的女人在酒馆喝得烂醉,有气无力地唱着罗大佑的《闪亮的日子》。不过,朱旌对此并不担心。按照她的说法,在表面的颓废掩盖之下,柴峻无时无刻不在对自己的命运进行着认真而审慎的思索。

这年暑假的一天,我和朱旌正在吃饭,柴峻再次来到了我们的住处。这一次,他带来了一位高大健壮的荷兰女人。柴峻先是向我们递了暧昧的眼色,然后问我们,能不能在这里住一个晚上。

朱旌似乎有点为难。因为我们只有这一间房,况且,她已经有了八个月的身孕。不过她还是立即撂下碗筷,忙着替他们铺床了。

荷兰女人的脸色十分难看。她不断地用荷兰语对柴峻说着什么,仿佛随时都会发作。朱旌看来有些担心,她问柴峻,荷兰人是什么意思?柴峻说,他也不知道。他和这个荷兰妞认识还不到三个小时。他这样说,朱旌就更感到放心不下。她一边心事重重地铺床,一边以女人特有的委婉语调向柴峻问道:

"行不行啊?"

柴峻立刻不假思索地答道:"没问题。"

"看来柴峻真的是堕落了。"下楼的时候,朱旌叹息了一声,对我说。但她又很快补充道,与他过去叱咤风云的形象相比,她更喜欢现在的柴峻。他显得更为自然、亲切、真实。即使在堕落中,他也与众不同。

我们在楼下的草坪上铺了凉席。朱旌在身上涂满了风油精。能否平安地度过这个夜晚,那就要取决于雷雨降临的时间了。看着乌云翻卷的天空,我们谁都没有信心。

大约十分钟后,从我们卧室方向传来了激烈的争吵声。接着,窗户玻璃被击碎,从里面飞出一只女士高跟鞋。扭打和吵闹声很快就蔓延到了二楼的过道里。原先漆黑一团的大楼里一盏接着一盏地亮起了灯。

我和朱旌还没有弄明白楼上到底发生了什么事,柴峻已经从门洞里冲了出来。他赤着脚,穿着一条三角短裤,一边朝前跑,一边冲着我们大叫:"拦住她,拦住她……"

随后,我们看见那个荷兰女人拎着一只电熨斗追了出来。她像一个铁饼运动员那样,做了一个标准的投掷运动,那只熨斗在空中画出了一条长长的抛物线,越过柴峻的头顶,在一片低洼的草丛里溅起了高高的水花。

3

这年十月,经剖腹产手术,朱旌顺利地生下了一对双胞胎。她成天乐呵呵的,一副无忧无虑的样子。转眼就到了冬天。她在衣橱里翻找碎布头替孩子做尿布的时候,无意中看到了柴峻留在这里的一堆衣物,她催促我赶紧给他送去。我记得,那是我最后一次前往柴峻的住处。

在五楼阴暗的过道里,我看见柴峻拎着两只热水瓶正从房间里出来。我朝他迎上去,向他问好,并说明了来意。柴峻只是冷冷地打量我,好像他已经忘了我是谁了。接着,他兀自摇了摇头,径直从我身边走开了。我冲着他的背影连叫了他两声。他装作没有听见,头也不回地下了楼。

我怔怔地站在楼道里,脑子里一片空白。不一会儿,504房间的门打开了。一个又矮又瘦的女孩朝我招了招手,示意我过去。我想,她大概就是柴峻新结识的女友了。她的手上沾满了肥皂沫,正在脸盆里给柴峻洗袜子。

房间里依旧很乱,或者说比以前更乱了。一摞一摞的书籍堆在地上,直抵天花板。女孩在书堆中找了半天,总算费力地取出一只马扎让我坐下。

我问她柴峻到底出了什么事,怎么理也不理我。

"没什么事。"女孩说,"他只是不和人说话而已。你不用生气。"

"他怎么会突然想出这么个主意?"

"不是突然,而是经过了很长时间的深思熟虑。"她纠正道。她仍旧在洗那堆袜子,手腕上的一对玉镯发出清脆的碰击声。"在他打算这么做之前,我们为此商量了很久。我完全支持他的这一明智的决定。"

"不说话,算得了什么明智?"我反问道。

"语言实际上是最无用的东西。"女孩说,"卡夫卡就说过,人类只是在互相欺骗时,才会使用语言。好像福楼拜也发表过同样的意见:人们总是敲打着语言的破铁锅,试图感动天上的星星,其结果只能使狗熊跳舞。"

"他在任何时候都不说话吗?"

"任何时候。当然,睡觉说梦话是一个例外。"

"那么,你们平时怎么交流呢?比如说……"

"沉默就是最好的交流。"女孩答道,"就像树木和花朵一样。假如他想让我替他做些什么事,只要递个眼色就可以了。有时甚至连眼色也不需要。沉默是我们最好的命运。没有争吵，没有欺骗，有的只是无边无际的宁静。自从他变成一个哑巴之后，我发现自己比以前更爱他了……"

她没有说下去，因为我们都已听到了柴峻那笨重而坚实的脚步声。

我们很快就从中文系主任王继军教授那里获悉了更为详细的情况。据说，柴峻曾试着用哑语给学生上课，但并不成功。两个月后，他被调入系资料室，负责图书的分类编目。新一代的年轻人只是为了取笑这位一度名声显赫的学者，才会想到去拜访他。他们想尽各种方式引诱柴峻说话，无不遭到可耻的失败。最后，我们无可奈何地忘掉了他。

我和朱旌一直珍藏着柴峻送给我们的一部论文集。那是在朱旌住院前不久，他托人捎来的。因此，写在这本书扉页上的一段话，可以看成是柴峻留给这个世界的最后声音：

为理想而痛苦并不可怕，可怕的就是看着它终于成为笑谈。

一本书打开一个世界

欢迎订购、合作

订购电话：0571-85153371

服务热线：0571-85152727

KEY-可以文化

浙江文艺出版社

京东自营店

关注 KEY-可以文化、浙江文艺出版社公众号，及浙江文艺出版社京东自营店，随时获取最新图书资讯，享受最优购书福利以及意想不到的作家惊喜